汤吉夫幽默小说集

汤吉夫 著

TANG JIFU
YOUMO XIAOSHUO JI

山西出版传媒集团
北岳文艺出版社
BEIYUE LITERATURE & ART PUBLISHING HOUSE

图书在版编目(CIP)数据

汤吉夫幽默小说集 / 汤吉夫著. — 太原：北岳文艺出版社, 2017.11
ISBN 978-7-5378-5424-5

Ⅰ.①汤… Ⅱ.①汤… Ⅲ.①短篇小说—小说集—中国—当代 Ⅳ.①I247.7

中国版本图书馆 CIP 数据核字(2017)第 269271 号

书　　名：汤吉夫幽默小说集	责任编辑：史晋鸿
著　　者：汤吉夫	装帧设计：阎宏睿

出版发行：山西出版传媒集团·北岳文艺出版社

地址：山西省太原市并州南路 57 号

邮编：030012

电话：0351-5628696（发行部）　　0351-5628688（总编办）

传真：0351-5628680

网址：http://www.bywy.com

E-mail：bywycbs@163.com

印刷装订：山西人民印刷有限责任公司

开本：890mm×1240mm　1/32

字数：230 千字

印张：8.375

版次：2017 年 11 月 第 1 版

印次：2017 年 11 月山西第 1 次印刷

书号：ISBN 978-7-5378-5424-5

定价：32.80 元

目 录 ■

新闻年年有

一

东大校方公告：腊月二十五放寒假。到底是当头头们的说了算，也不管靠近年根底下，人家忙得过来不。老周教的那一科又正排在放假那天考试，考试下来就得阅卷，阅完卷还得统计成绩。到系里交了学生的成绩册，已经是腊月二十七，离年只剩下三天了。家里房没扫，年货没置办，盼着在西大读书的儿子早回来帮着忙活忙活，却也终不见他的人影。到年货市场上瞧瞧，只闹哄哄如同过蚂蚁一般处处都是人挨人，老周一瞅就烦了，回到家里又大骂学校当局"残酷"，且恨恨地想：下回再搞民意测验，看老子还给你们打勾不！这时老伴儿催他去买硌窝鸡蛋，说副食店六点就下班，不早点去，怕就买不上了。老周想，对，硌窝鸡蛋是得买，一斤能比农贸市场上便宜七角钱，二十斤就能省十四块呢。就赶紧拎了篮子往外走。到得街上，见路边的理发摊上有理发的，忽然想起自己的头发也是该理一理了，要不到了三十，连出摊的师傅都不出来了，总不能跟刚从监狱里出来似的那么过年吧？

知识分子积重难改的毛病之一，就是不愿脱下孔乙己那件破旧的长衫。老周的理发，从进理发馆改到在街头进行，是经历过一番很苦很久的思想斗争的。他从未奢望进那种电子音响铿锵的发廊发屋之类的地方，后来连国营理发店也不敢进去了。理发店人挤，收费也猛涨，最次的理发店，收费由八角到一块二，如今要两块钱了。过去八角是全活，现在两块只剩下剪洗两项。就像澡堂子要求顾客自带毛巾和拖鞋一样，服务项目越来越多地下放给了顾客个人，而且理发小姐的脸色还不怎么好看。老周过去是三周理一回发，后来改成一月，再后俩月不定能去一次，老伴儿就看不过了，你不兴到马路边的摊儿上去试试吗？

这算什么话？要老周这样堂堂的大学讲师坐在马路摊儿上去理发？老周觉得就跟二十几年前，头一回让人抹了黑脸，拉到街上去游街一样，是奇耻大辱！他红涨着脸冲老伴儿道：你还不如找根绳来把我勒死算了。

老周话说得很铁，心却并非总能铁得住。头发长得难以去给学生上课的时候，他也曾悄悄地溜达到街上去实地考察过。他最担心的是正披着白罩巾坐在长条凳上的时候，让本校的学生碰见，那情景想想都令人尴尬。但考察的结果还比较让人放心，不知是此地离学校远，还是学生们不肯到此地来，反正他没遇上一个学生。而且他还意外地发现，到街头来理发的人，居然好几位就是他们东大的教职工，一个个坦然泰然的，仿佛也没有谁因为来到此地理发而掉了多少价儿。其实，世上什么事都一样，只要习惯了，你就再不会觉得有多别扭。当老周最后一次以溜达为名，到街上进行实地考察时，他听见一位理发师傅跟他打招呼：

"周先生，遛街啊？"

"嗯嗯。"老周惶惶然地答。同他打招呼的师傅戴着老花镜，叼着烟斗，笑眯眯地望着他。

"马先生，是您？"老周惊愕了，那师傅不是别人，正是东大物理系刚刚评退不久的副教授马幼然。

"闹点外快，"马幼然冲他点着头说，"反正闲着也是闲着。"

"对，对。"老周想迅速走开。

"您的头发该理理了。"马幼然说。

"是吗？"老周摸了摸脑袋说。好像他整年地扎进屋里，一门心思做学问，竟不知自己头上是何光景一样。

"来吧。"马幼然掸掸长凳说，"就坐我这儿吧。"

老周心里尚在犹疑，屁股却先行坐将下来。刹那间，就跟头一回行窃的人似的，他心里怦怦乱跳了好一阵。但跳过了，也就平静了。逡巡四周，又绝无一个熟人，还有什么不安的？而且他又猛然想道：人家马幼然，还是退休的副教授呢！人家可以在街上给人剃头，我周伯驹一个讲师，充其量是一个待批的副教授，就不敢在街上理个发？一横心，一阖眼，入定一般，老老实实，死心塌地听任马幼然在他头顶上摆弄。

"不错，不错，"当一阵凉风吹过，老周觉得甚是凉快的时候，他称赞道："在您这儿理发不闷气的慌。"

马幼然又叼起烟斗，抿着嘴笑。

"一天能理几个？"

马幼然说："我不把自己捆得死死的，想干就干俩钟点，不想干就歇着，权当给自己解个闷儿。"

"对，"老周说，"悠着点儿来，又不指这个发财。"

"补贴补贴生活呗，一个月进个百八的就显得活泛。"

"悠着点来，也能挣百八的？"

"那是，"马幼然抖抖白罩巾上的发楂说，"早知道如此，我早就退休不教书了。"老周也打趣道，"早知道如今挣钱这么容易，当初我连书也不读就好了。"

当老周满意地摸摸自己剪短了的头发，并且交了马幼然八角钱，马幼然还直说不要不要的时候，他就下定决心，下回理发还到此地来。

"来吧，"马幼然说，"咱们是老同事，同事之间不用给钱，来坐坐聊聊天也好嘛。"

"对，"老周说，"一边聊着一边理发，倒挺自在，下回准来。"体面之事，原本就是虚妄，一旦击破了它，或者绕过了它，再也不受它约束时，心里就会轻松而舒坦。老周那时心里的感觉就是如此。

现在，老周又坐到了马幼然的摊位上。但季节已是寒冬，老周一摘下帽子，便觉得寒风吱吱溜溜直往头发丝里、脖梗子里钻。他哆里哆嗦，唏唏溜溜地对马幼然说："理快一点，短了就成。"马幼然嘴里嗯嗯着，手里却不见行动得快。他的手冻得赤红，僵僵硬硬，不那么听使唤。好在风不甚大，俩人都咬紧了牙关坚挺着。兴许是天气太冷的缘故，整个理发的过程中，无论谁都没再言语，而当马幼然好不容易停下手，又火速地把老周的呢帽给他戴到头上时，老周才倒吸了一口冷气道："老马，您挣这俩钱也真是不容易啊！"马幼然冻僵的脸木木的，没有话，他心里说："大冷天的您坐到我的摊上来理发，就易吗？"就低了头，搓手，掏烟抽。

"老师是越来越没法当喽，"马幼然把烟丝按进烟斗里说，"听说学校又有新文件，干部要发岗位津贴了。您听说了吗？校级每月四十，系处三十，科级还二十块呢。"

"不准吧？"老周皱眉说，"我怎么不知道？"

"光下文件，未做传达。布置时，当局对各级干部说：'拿就拿得理直气壮，不怕反映，但不再往下做传达。'"

"理直气壮，干吗不传达？"老周说，"我在职呢，都不知道，您退休了倒清楚？"

"您回去问问吧。上午你们系秘书来理发，他说的。"

"那不合理吧？光当校长、处长、主任的有岗位，教授讲师们都没岗位？要是他们敢说教学不算岗位，下学期我就不给他们上课了。"

老周激昂慷慨地说着，就觉得后脖梗子一阵冷飕飕，心里也感到透心地冰凉。

理完发，老周没去副食店买硌窝鸡蛋，却直奔系秘书小秦家。小秦也住在这个小区，家在高高的九层楼上。老周一肚子狐疑，又走得急，来到小秦楼下时，已经呼哧呼哧喘不过气。他在楼下好好地喘息一阵之后，运足了气，才开始爬楼。爬了一层又一层，拐了一个楼角又一个楼角，中间歇了三回，到了九楼的时候，他的心脏蹦得快蹦到嗓子眼儿。他又在小秦家门口做了半天深呼吸，觉得气儿够使的了，才敢伸手去摁人家的电铃。

小秦正在家里揉面蒸馒头，听见门铃响，挓挲着两只面手出来开门，一见是面色土黄、嘴唇青紫的老周，便大叫："哟，我的爷，您周先生也能爬上这九层楼啊？"

"我这辈子就来这一回，"老周说，"要是分给我的是这套房子，我上来就再不出去了。"

小秦爱人也跑出来迎接，说："周先生，您说，有这么缺德的吗，九层楼没电梯，训练登山队是咋的？就甭提我们受的那罪过了，买煤买粮往上搬，买一回，我们俩就跟闹场病似的。他们市长、区长、校长们哪个愿上这儿来住，我们跟他们换。"

老周不是体恤民情来的，当然不会对小秦的楼层高发表什么议论。他想，小秦还有盼头，今年科级，明年兴许就是处级。升官比升教授容易。党委会上一定就结了，也不用考外语、交论著、请专家鉴定什么的。升了处级，还用爬这九层楼吗？而且楼层高能有房住也不易，系里新分来的俩博士生，三十出头，孩子都有了，连房子的影儿都望不见呢！

他喝了一杯茶，觉得心里不慌了，就问："听说学校发了个关于发放岗位津贴的文件？"小秦说没错，就是学校不让传达，所以系里就没往下传达。

"干吗不传达呢？"

小秦说这我可就不知道了，您要问得问校长去。

"我们讲师这一级给多少津贴？"

小秦说您是真不知道，还是假不知道？发的是干部岗位津贴。

"我们当教员的，没岗位？"

小秦说这我又不知道了，您要较真儿也得找校长去。

老周的火气上来了，好像那文件就是小秦制定的似的，追问道："搞出这么个文件来，可有什么依据？"

小秦说："听说国家教委的某个文件里有这么个意思。"

"有这么个意思？有个意思就执行？国家早说过，教授、副教授、讲师住房得有多少多少平米的标准，咱校执行了？国家规定，三十年以上教龄的教师退休，工资百分之九十，可咱这儿只发百分之七十，说是市里没钱，怎么到发干部岗位津贴了，又来钱了？"

"这可别问我，"小秦赶紧说，"人家给我二十，我就接二十，不给呢，我也不去抢。"

老周更有气了。连小秦这样的小青年，两年前留下来的本校生，现在每月也拿上二十元的岗位津贴，他干了三十五年，教的学生都有当副军长的了，竟连个岗位也没有了。就骂道："还不如给我们每人发一根绳，统统勒死算了！"

小秦见老周真上火，怕他在自己家里犯什么病，大年根底下多堵得慌，就转过来一个劲地给老周开心丸吃。但多好的药也不能药到病除，况且小秦也没法给他单发一份岗位津贴啊，老周就老也开心不起来。一直过了多半拉钟头，老周渐渐省悟到，那个缺德文件和人家小秦没什么关系，才声明他对小秦没意见，只是认为文件不合理，便起身告辞。小秦盆里的面，早使了碱，再不揉，碱就跑了，心里早盼着老周快点走呢。小秦说："周先生您先走好，楼层高，我就不下去送您了。"老周说："免送，免送，好好过年吧。"小秦说："您也好好过年。"就赶紧去案板上揉馒头。

老周愤愤然地往家走。走到家门口，才想起硌窝鸡蛋没有买，忙转回副食店去看，人家早就关门了。他气上加气，窝着火蔫蔫地回到家。

老伴儿问："买硌窝鸡蛋了？"

"没买。"

"去了这半天，你猫哪儿去了？"

"排队老长老长的呢。"

"我咋没瞧见你？"老伴儿说，"等了半天不见你回来，我就下去了，见排的队伍里没你，我就又重新排队去，鸡蛋都买回来了，也没见你的影儿。"

"不见就不见呗，我还能再去搞个对象来是咋的？"老周气乎乎地往藤椅里一靠道，"鸡蛋吃不吃是小事儿，别尽给气儿受就得啦。"

老伴儿让他给噎得委屈，"谁给你气儿受了？谁给你气儿受了？"

老周望望妻，又觉得对她不住，长叹一声，"没说你，没你的事儿。"

二

晚饭吃得没滋没味。挂面里虽然多放了几个硌窝鸡蛋，也还是水叽叽、淡叽叽地吃不起精神来。老周掰了几个干辣椒搁进去，仍然觉得不够劲，索性就稀里糊涂地灌下去，蔫蔫地躲进小间屋里躺着生闷气。

那个文件是谁搞出来的呢？是党委书记苏方，还是从西大调来的尚校长呢？苏方是东大的老干部，虽然传说有些糊涂，可占便宜的事儿也没听说干过啥。那尚校长是教授出身，照理懂得知识分子心理的，十之八九不会办这种惹教师们恼火的事情。那么还有谁能鼓捣出这么个文件来呢？

寻思来寻思去，终于不得要领，干脆也就不寻思了。又闷闷地躺了一气，忽然从小床上坐起来，冲大间里喊道，"小昆他妈，快点把纸笔给我拿过来。"老伴儿应着，一会儿工夫就举着纸笔从大间屋走过来。

"你想干啥呢？"

"我要告他们。"

"告哪个？"

"学校的那帮头头呗。"

"哟，"老伴儿吃了一惊，"人家咋惹着你了？你那副教授报上去，还指望着人家批你呢，告了人家，你还当不当副教授？"

老周轻蔑地一笑："副教授是他们家的，说给谁就给谁？我周伯驹五十六岁，干了一辈子了，定上，也是应当应分熬的。水平到那儿了，他们不给行吗？"

老伴儿说："俺不懂，不跟你争竞，可你办事，总得琢磨透了再办，别由着性子来。"

"我由着性子来？"老周拍拍手中的书说，"他们干的要跟中央的精神一致，我告他们干啥？我吃饱了撑的？"

因为老伴儿提起了副教授的事，老周心里的火儿就更旺。他五十六了，已经申报过三次，前两回都没批准。那真是说你行你就行不行也行，说你不行就不行行也不行，没理可讲了。可这一次若再不批，他一个大老头子，还有脸去给学生上课吗？那帮头头也真会扯淡，该抓紧办的事不抓紧，职称从申报到现在仨月过去，一点消息都没有，可轮到他们自己的事，比如这岗位津贴，一个文件下来，钱都热乎乎地领到家里去了。

他先摊开信纸，像着手写教学笔记似的，开始构思告状的提纲。想出一条，即用毛笔在白纸上记下一条。他怕想到后头又丢了前头——他知道自己的记性是一天比一天糟，有时挺熟的朋友竟忘记了人家的姓和名。

"这个文件是不利于安定团结的大局的。"他写道。写罢又端详许多，觉得这一条抓得好，这是中央要抓的首要的大事，不利于安定团结的事儿办了，就和中央的精神不一致，就是错的。有这一条往头里一摆，醍醐灌顶，就能从根本上否定掉学校的那个文件。

该怎样展开和加以论述呢？他皱着眉头想。

哦，有了。他想到自己的情绪，继而推及到整个教师的情绪，连岗位都不承认了，哪个能心平气顺？拿了津贴的满意了，没领到津贴的就有意见。这个文件不是起了挑动这一部分人对那一部分人不满的作用吗？

对，对，他迅速地把自己的这一片思绪记录在白纸上。

他又想到，津贴的数额也太大了，一补就是二十三十四十，而且月月拿这么多，一个职工盼个三年五年，调一级工资，不是才十块八块的吗？这也是容易激怒群众的地方。

还有，文件里说，这些补贴是从学校计划外的收入中开支的，这就愈加不合理了。计划外收入是全校教职工共同创造的财富，怎么能只用在一些当头头的人身上呢？

他愤愤然地又把这一片思绪记下来。

当老周前前后后把自己的意见系统地整理过，又调整了逻辑之后，他便越发地气愤难平了。教师是学校的主人，头头们都自称是"公仆"，可是公仆们咋总得比主人们多占些便宜呢？想方设法地肥自己的"公仆"们，还真是"公仆"吗？他相信自己的这份告状信，只要送上去，上级领导部门一定会认真关注的，这状就准能告赢。他又从头至尾将字句推敲了一遍，真理在手，平添了几分英雄豪气，心跳也就加剧了，好像马上要去参加什么激烈的战斗似的。

要不要把这信抄写出来张贴在学校门口呢？要不要请所有同意这信上意见的同事都在上边签个名呢？

要闹就闹大些吧，我周伯驹大半辈子也活得太窝囊了。当然，凡此类举动，闹成了，受益的是大伙儿，带头的多无好下场。可那又有什么？维护真理，为民请命，受难又有何怨，他感觉自己血管里的血都在咕咕地涌动着。

门铃响了，老周蓦地从躁动中醒来。他赶忙把写好的东西收拾到枕头底下，忙颠颠地去开门。

来客是楼下的老董，先前的老同学，现在是本系的老同事。老董富富态态，一派忠厚长者模样，进门便责怪老周道："年过不去了咋的，怎么年根底下又打发儿子出去卖烤羊肉串？"

老周一听就发蒙，好像反应不过来似的，反问，"你说的是小昆？"

"对啊，说的就是小昆。"

"你在哪儿瞧见他卖烤羊肉串呢？我还纳闷这孩子怎么放了寒假老不回家呢。"

这小昆也真不让他放心。

老周印象中的儿子，原本是很值得欣慰和自豪的，高考时全市分数最高，是文科状元，大一外语通过四级考试，大二便开始作论文，读书一向是认真的。老周想，一个家庭里若出个大学者，是要靠几代人努力的。自己这辈子，经历了太多事，学业荒疏了，倒是儿子赶的时候比自己强，兴许能出息个人吧？他教育儿子的家常话是：咱这家庭里，从政从商的路都走不通，你就好好念书吧。儿子也向他保证：七情六欲全抛却，一心只读圣贤书。据老周观察，儿子智商蛮高，涉猎广博，记忆过人，只要规矩得住，超过自己是不成问题的。

但两个月以前，小昆周末回家，曾眼睛直勾勾的，一副失魂落魄模样。老周询问许久，儿子什么也不肯说。他想儿子是不是谈女朋友了？是不是失恋了？他最担心也最讨厌的就是这件事，所以便一个劲追问。结果儿子说：我们系里一个女研究生跳楼了。

"你跟她熟悉？"老周顺着自己的思路想。

"不认识。"儿子说。

"那她跳楼干什么？"

"她毕业了，找不着接收单位，都嫌她是女的。"

"那就跳楼？"

"她在黑板上写了'活得真累'四个字，就跳下去了。"

"太不值了。"老周说，"她活得有多累？比我还累？可我不是活得好好的吗？这叫脆弱。人活着得皮实一些，得经得住磕碰，不能跟瓷人似的……"

儿子听没听进去他不知道，但他尽了父亲的义务。他给儿子讲了他大半生的经历，讲他是怎样皮皮实实地活过来的。

不过，儿子那天晚上直勾勾的眼神，也深刻地留在了他的记忆里，他老有一种不祥的预感，他担心自己的儿子也会像那个女研究生一样。他无论如何没想到，儿子能去卖烤羊肉串，这好还是不好？是放弃用功了，还是活得皮实了呢？他没好意思向老董解释什么，只是附和着说："现在的年轻人，谁知道他们想些什么呢。"

老周的老伴儿端上茶水，又给老董敬烟，老董瞟了瞟老周家的前门烟，自己从兜里掏出盒洋烟来。那烟盒蓝底金边，宝石一样的光鲜，比得那早倒了牌子的前门烟分外寒酸。老周不肯接老董的洋烟，说洋烟劲大，呛得慌，就点上自己的烟，闷闷地抽。

老周顶不喜欢老董好显摆的作风。但他承认老董比他活得滋润，比他脑瓜活。三中全会以后，多年申请入党没能入成的老董，一夜之间进了农工民主党，现在人家甚至比党员还吃香，属统战对象。过去的海外关系，如今也跟过去的军烈属似的，谁都得巴结着点。加上此公抓得及时，早早地出了两本书——无非是把别人的《简论》变成详论，把已有的详编改成《简编》之类，所以也较早地定了副教授。不过老周心里并不服他，他记得读书的时候，每逢考试都是他给老董补课。他那两下子唬别人行，唬我可不行啊。他有时就叹气，想这是命啊，谁知道谁是啥命呢？赶上哪一拨算哪一拨吧。

"学校各层干部都发了津贴，你听说了吗？"

"这早非新闻了。"老董喝茶，淡淡地说。

"你咋看？"

老董一乐："老周，你还是老脾气，那么较真了？"

"不合理嘛。"

"天底下不合理的事儿就这一桩？你能都管过来？"老董富富态态地一副超脱之状，截住了老周骨鲠在喉的一堆话。

"报告你个好消息吧，咱系里可能要增加力量了。"

"噢。"老周眨着眼问，"又分配年轻教师来了？"

"那好啊，"老周是近代史室主任，虽然略感意外，却未失态地像个室主任似的说。

"你猜是哪个？高教局的副局长梁怡秋女士。"

老周这就傻了，张着嘴半晌说不出话。

"她官当得好好的，干吗要来教书？"

"她把官辞了。"

"你开玩笑吧？如今不犯错误还有肯辞官的？"

"真的，她真的辞了。"

"她怎么辞了呢？不是说她快升到副市长了吗？官运挺硬的，咋就一下辞了呢？"

"我也纳闷。"

"有什么背景呢？"

"都在瞎传呗。"

"你消息灵，听到什么？"

"咱不好背后议论人家，以后还得共事呢。"

"对，对，"老周瞟一眼胖乎乎的老同学，立刻道，"尤其是你，还有个民主党派的身份呢。"

老董似乎并未留意老周话中的揶揄，却凑近着说："老周，咱俩处了三十多年，不敢说莫逆，总比别人更亲一层吧？梁怡秋是近代史专家，她来了，势必进你那个室，这对你可不是太有利的啊。"

这层意思老周当然不会想不到的，但他不能表现得太小气，强笑笑道："增加了力量，会有啥不利呢？"

"她这个人你有耳闻吗？她原在西大历史系任教，西大人人恨她。你知道孙先生吧，原是梁怡秋读硕士时候的导师。1983年评职称那会儿，梁怡秋硬是把孙先生给顶了。只有她才好意思干出这种事，挤兑自己的老师呢，照中国人的道德尺度，这就叫缺德，后来孙先生不是给气死了？"

"那么，她干吗不回西大去？".

"咱尚校长是从西大调过来的。在西大谁把梁怡秋捧成名人的？还不是尚校长！"

"那升副市长的事儿也告吹了？"

"当然，"老董又点上一支烟，烟雾在他四周散漫开来，"先前是常书记喜欢她，常书记一下台，她的前程也就到头了。"

"常书记下台了？"老周真是听见什么都新鲜。

"你还不知道，新书记上个月就到任了。"

老周对梁怡秋是有一种说不出口的腻歪的。当初梁怡秋异军突起，出任西大历史系主任时，曾担任市职称评定委员会的委员。老周头一次申报副教授，听说就是被梁怡秋卡掉的。梁怡秋认为周伯驹虽然任教多年，却述而不作，没有科研成果，还不具备副教授的任职资格，投了关键的反对票。此说是否属实，梁怡秋是否在会上这样讲过，是否真投的反对票，是无法查考的。因为评委会的纪律是一切情况均需保密，不得外传。正像许多保密结果都是保而不密一样，会上讨论的情况，下边传说的都十分具体，连细节都有，人们能不信？八九不离十嘛！无风不起浪嘛！

现在，梁怡秋要到东大历史系来，而且十分可能就要到近代史教研室来，老周跟患了牙痛病一般直吸溜。

老董说罢抽罢便下楼回去了，老周听罢想罢却没法安静了。假如梁怡秋真的来了，该怎么领导她？身份，人家干过副局长、系主任；资格，人家是近代史专家、教授。别的甭说，光这两点，老周出气都没法匀实了。

他躺在床上，枕头下边的告状纸哗哗一阵响。他的兴趣却再也转不到那告状信上去，他的眼前一直晃动着梁怡秋的身影。他冷丁想道，梁怡秋是市里破格评定的正教授，如果真的进了近代史室，就算自己的副教授批准了，以后还能再熬个正教授吗？一个教研室能评两个正教授？教授定不了，工资且勿论，房子呢？这辈子就永远挤在这一大一小没暖气的小房里吗？

是啊，无论如何不能让她进近代史室来！这娘们儿也真是多事，干吗放着小汽车不坐，非跑我这儿来添乱不可？

老周连打了几个喷嚏，懒得从床上起来，顺手从枕下摸出那几页纸来，瞄一眼那上边写满的激昂慷慨的文字，就拿它擤了鼻涕。

三

老周盘算了半宿，一早就决定出门。老伴儿就嘟囔，大年根底下，不快点去办年货，还往外跑，这年还过不过？老周说年货办不办这年也能过，我不信谁能把咱撂到年这边。老伴儿干脆放了手中的勺子，往椅子上一坐说：要那么说，我也歇了。这票那证的一大堆，买个什么都得排半天的队，光要我一个傻老婆子啊！老周说你有儿子啊，你去把儿子找回来。老伴儿说，他是我儿子不是你儿子？你干吗不去把他找回来？一边说着，眼泪就开始在眼眶里打转。老周想，不好，一到这个节骨眼上，往下就该从她二十岁那年嫁他说起了，痛说革命家史一般，可以半天半天让人插不进嘴去。老周平日最怕她叨叨，只要她那保定腔一在他耳边响起，老周便心乱如麻。一年以前，他和她立了君子协定，就是白天一整天里不许她嘟嘟碎碎，而晚上腾出半个小时专留给她叨叨。那半个小时里，她说什么，老周都不能干涉。时间安排在七点至七点半，正是新闻联播的时候。一到那时，老伴儿便柴米油盐、张家李家、鸡零狗碎地一通倾泻。老周瞧着电视似听非听、嗯嗯啊啊。试过几日，效果奇佳，双方都比较满意。

但若一早起来打开她的话匣子，老周可就怕有点招架不住了。他急中生智，赶紧把老伴儿的兴奋灶转移开，狠狠地骂道：小昆那小子，不学好，卖烤羊肉串，不把他找回来好好管管行吗？

"那你是去找儿子的？"

"你当妈的光管疼儿子，我这当爹的还得管儿子。"

"也别太狠了，卖羊肉串也不算啥，西大学校学生卖啥的没有？大小伙子还卖闺女穿的奶罩和玻璃丝袜呢！"

见老伴儿对卖烤羊肉串不以为非，老周又升一格，顺口瞎说："谈女朋友，搂着上街……"

"女孩儿啥样？"老伴儿眼亮了，"可别是个新潮的。"

"就是个新潮的。"

老伴儿就慌："你瞧见了？可别搞个大摩登来哟，我瞅着那路人心慌眼晕。"

"瞧，你也急了不是？你说大年根底下，是办年货要紧，还是找小昆要紧？"

"去吧，你快溜地去找孩子吧，快去快回！"

老周吃完早点，骑上车出门。他原来没想去找儿子，但既然以找儿子的名义出来，无论如何也得到西大去转一圈啊。况且儿子也实在不像话了，眼瞅着就过年了，把俩老人撂在家里，一个人在外边野跑。

刚骑到西大校门口，便见三四个烟熏火燎的卖烤羊肉串的摊摊，每个摊摊周围都围着一些时装男女。老周一眼就看见小昆，穿着黑不溜秋的夹克式防寒服，正眯缝着眼睛忙不迭地在火上烤羊肉串，嘴里唱出一串"瞧一瞧来尝一尝"之类的吆喝声，老周的脸上一阵热辣辣的，差点儿喊出声来。

就像儿子犯了偷窃案，警察当着他的面把儿子抓走一样，他觉得自己的脸面已被丢个精光。他没脸走上前去把儿子拽走，便找了个圆面包模样的孩子，给那孩子五角钱让他去买串烤羊肉串吃，同时让孩子给儿子带去一个字条。他自己则翻身上车，匆匆地逃走了。

老周要去访的是现代史教研室的主任高云升。他知道梁怡秋是近代史专家，可近两年关于现代史的著述也出版了两本，所以如果高云升不加拒绝，她进现代史室，也是名正言顺的。他想探探高云升的口气。

老周很少到高云升家去，他们之间的关系有些微妙。1956年的时候，老周因暑假回过保定老家，对于合作化运动中的问题，曾经在宿舍里发表过相当激烈的意见。那时，高云升也刚刚从河南老家返校。所有的问题与老周大同小异，言论也激烈得要命。但是转年鸣放的时候，激动得快也平复得快的老周，已经对此毫无兴趣了，而高云升却激昂慷慨地跑到大礼堂去发表演讲。演讲之不足，还上书言事，直寄中央。当然，"反右"一来，他即成了右派。多年来老周对高云升颇多同情，但高云升当右派那年，苦没少受，书也没少念，所以改正以后，业务上竟很是显眼。加上此公能言善辩，又锋芒毕露，不久便升了东大历史系主任。看惯了高云升谦恭模样的老周，对于高主任的指手画脚很难一下子适应，先前的那点愧，那点同情，自然也就慢慢地隐退消散。

高云升神通广大，连续两次组织了三北地区二十所院校的史学教材编写，自己亲任主编。只是他（们）一本又一本地出书，却从未找过老周参加。自然，老周也不会上赶着去巴结他。老周受了冷落，心里很不是滋味，他认为这是高云升看不起他，又故意让他尴尬，所以对高云升的同窗情分也便日渐疏淡。

他们之间关系的进一步恶化是后来的事，1984年老周去上海开会，他见会议登记表上他这个岁数的人，多是教授研究员什么的，连副教授副研究员都不多。自己五十出头了，提起来还是个讲师。甭说别人怎么看，自己先就矮了三分。所以填表的时候，老周鬼使神差，顺顺溜溜地填写了个副教授。那时刻，老周也曾觉得脸上热烘烘了好半天，幸好没谁注意他，热了一会儿也就不热了。在那十来天的会上，这个喊"周教授"（中国人称衔的时候，副字是常被省略的），那个叫"周先生"，叫得他心里熨帖又滋润。会散以后，主办单位给系里寄来一份代表通讯录，系里的人就在老周的职称栏里发现了新大陆，嘴怨的人出来进去的就嚷：嗬，咱系又多了一个副教授呢！周副教授！有的说：上海的会还管批副教授呢，早知道如此，咱也去开会！嚷过一阵之后，系主任高云升便出面批评。其实那回批评实在算不上批评，不过是请大家与人为善，不要到处乱嚷。末了顺便说了句，以后无论谁外出填表要实事求是，别给人家造成误会等等；又说要是外出老是"冒填"，就会成为品质问题，但又声明他认为这回大家乱嚷的这件事不属于品质问题。

老周那天没参加会。他听到的倒了两遍手的消息是主任批评他的"品质"问题了，就很挂劲。他周伯驹活了五十好几，本事不大，品质还没出什么问题哩！他高云升算什么东西？可"冒填"的事又确是自己干的，如果再折腾折腾，折腾出个白纸黑字来就更没意思了。所以不痛快归不痛快，嘴里也说不出啥话来。

不久，还报的机会来了。高云升出事了。老周冷笑一声，哼，这才真是品质问题呢！心里就找到了平衡。

其实，高云升也没出什么事。

那时的高云升，如日中天，正是走运的时候。他年过五旬，尚无妻室，心目中恋着的正是西大历史系主任梁怡秋。梁怡秋小他十几岁，是老三届的下乡知青。下乡时结过婚，一年后又离了。后来专攻中国近代史，考进西大历史系读硕士研究生，后来成为史学界的一颗新星。梁怡秋出身名门，颇有大家闺秀风范。人也生得不俗，亭亭玉立、风姿绰约，莫说高云升爱慕，连西大那边的一些青年教师也追求者甚多。

高云升找了朋友前去介绍，梁怡秋婉拒。当朋友搬出高云升的学术成就，介绍他主编过几种教材，以期促成一个学术上匹配的婚姻时，梁怡秋竟哂笑道：高先生是个做学问的人吗？朋友惊诧，反问，他不是做学问的人又是什么人？梁怡秋掩口笑道："像个联络官，算个学术外交家吧。"

朋友未敢把梁怡秋的话如实转达给高云升，只道人家嫌他年龄偏大了些不愿考虑。高云升一向骄傲，自尊心特强，当即冷冷地哼了一声，对朋友说，你可转告她，高某人不娶则已，如若娶妻，一定要找个比她更年轻的。

20世纪80年代中期，副教授还挺值钱的。以高云升的地位和知名度，如要寻个年轻的妻子并不困难。半年以后，当高云升偕一位年轻美貌的姑娘，与系里的同事们同去黄金海岸避暑的时候，他突然宣布，他就要和蓝丽小组结婚了。

蓝丽小姐是市轻音乐团的一位二十四岁的歌手。这位新潮女性穿着三点式的泳装，款款地出现在黄金海岸细软的沙滩上，历史系的众夫子们几乎个个目瞪口呆。蓝丽小姐和一群不相识的男孩子在沙滩上欢歌热舞着，炽热与疯狂，旋风一般卷过，让夫子们个个头晕目眩。那么长的腿在扭摆，露了那么多白亮的肉在阳光下闪烁，惹得一位躺在沙滩上目瞪口呆的先生脱口赞道：蓝丽小姐真够浪漫啊！

这时候，老周正在近旁。一向寡言少语的他，不知是什么灵感爆发，竟一反常态，响亮地冒出一句十分粗野的话来："不漫，够浪！"

就有一片大笑声。

缺少魅力的周伯驹，只有这句话是独具魅力的。以至后来历史系的同仁们背后谈起他们系主任的年轻夫人时，众口一词地都冲她叫"够浪"。

老周觉得高云升从此不再欠他什么了。

蓝丽小姐得到了她所崇拜且预期很高的高云升主任，但她没想到，正是由于她得到了他，因此她也就把他的前途掐死了。高云升只过了一个暑假的浪漫生活，一开学，他就从同事的阴阳怪气的祝贺中，从学生们背后指指画画的神色中，感觉到一种异样的气氛。他几乎能够想象得出，人们在议论他些什么。他想藐视舆论，坚持我行我素，但他却已经远无回天之力了。他的副手，原先是由他从办公室主任的位置上提拔起来的副主任李光顺，竟直言不讳地在系主任办公会上说：我们系里的工作没法做了，身教比言教重要嘛，我们已经没法儿面对学生了。高云升便意识到李光顺话中的寓意。后来，他连出席大会讲话的勇气都没了；再后，国内的学术会议他也不愿意参加去。他说不清自己怎么一下子就萎缩成一个精神上的矮子。终于，他提交了辞呈，而上头似乎正在等着他的辞职，辞呈一上去，没用两天，校长办公会便批准了他的请求，并且同时任命了那位李光顺担任了系主任。历史系一个新的朝代开始了。

为了减少与人见面，高云升又将家迁到离学校起码有十公里的偏僻小区去，无事不到校，离群索居，只求人们能尽快地把他忘掉。果真，风波一过，人们的兴趣索然，高云升终成为历史系的一个被淡忘的历史人物。

老周来到高云升家里，正是蓝丽小姐打算外出的时候。蓝丽只穿了件紧身的薄毛衣，修长的腿上绷了条黑缎子般闪光的紧身裤（老周不知道这该叫什么裤）。从上至下，身上该往外凸的地方都凸了出来，该向里凹进的部分都凹了进去，女性的魅力全部袒裸着。让老周这样的斯文人，心悸阵阵，额头上立时浮了一层细汗。

蓝丽正取了橘红色的外套往外走。在狭窄的过厅里与老周擦肩而过，袭人的香气便裹挟了心脏剧烈跳荡的老周，老周的两腿融化了一般，软软的近乎瘫痪。在他的一生中，和这样的女人挨得如此之近，记忆中似乎只有这一次。

"周先生，失陪了，我得赶去排练。"

"过年了，也不歇几天？"老周被她娇滴滴的港台口音逼到卫生间的门口边，怯怯地说道。他觉得这女人的声音很具挑逗的力量，而且当他禁不住地从身后打量蓝丽时，他看到了她的丰盈得恰到好处的臂，小巧而圆滑的肩头，以及天鹅一样长而白皙的脖颈，老周怦然心动了。他甚至想，高云升虽然因为娶了这女人而丢了前程，但人到这把年纪，家中还藏有如此诱人（他想到了"性感"那个恶浊的词儿，但他不愿用它去进行思维）的年轻妻子，能说不是福分吗？

高云升从屋里走出来。他正在染发，手里还捏着染发用的小刷子。老周马上宽容地想道：这是可以理解的，妻子太年轻，丈夫白发苍苍就容易引人误会。被错认成是妻子的父亲、祖父，总不是件愉快的事吧？但高云升又委实衰老得厉害，满脸核桃皮一样的纹路，精神里也没了前几年那股咄咄逼人的劲头。他的确是老了。老周想。

"年前正忙的时候，还有工夫上我这儿串门来？"

"拜个早年吧，节后就不来了。"

"你肯定有事喽。"

"对，"老周说，"无事不登三宝殿哪。听说系里要进人的事吗？"

高云升苦笑着摇头："我是两耳不闻窗外事，这你老周是知道的。"

"梁怡秋要调过来。"

"唔，"高云升很感意外，眼睛猛然一亮，"她不是在高教局当副局长吗？"

"官儿辞了，听说要来系里教书。"

高云升默默地想了一阵，点头说："对，她辞得对，她是个学者嘛，做学问是其长，何必非坐到火炉上受烤，当那不好受的官不可呢。"

"她既来历史系，不进你那现代室，就得进我的近代室，我担心这人不好处呢。"

"她这人好处，"高云升揪着胡子根说，"人爽直，不掖不藏，有什么说什么，这我知道。这种人比那种表面称兄道弟，背后插刀下绊腿的好处……"

高云升话里是否有什么所指，老周无暇细察，他迫不及待地抓住机会想把事情砸死。

"那么，她来了，就进你们现代室吧。"

"那当然好，"高云升说，"她水平高，进了我们室算给现代室增加了力量。而且，只要她愿意，室主任就让她来当。"

老周想，这高云升系主任是不当了，可说出话来还是系主任的高姿态。他打趣道："人家副局长不要，要你个室主任？"

"不要也行，来了个教授也是好事嘛。"

"好，"高云升的态度不仅大出老周所料，而且使老周十分感动，他几乎是一夜都没睡好的心事，竟然几句话间都解决了。他兴奋地拍着高云升的肩头说："好，老高，这事就这么定了。系主任征求意见时，你就争取把她要到你们教研室吧。"高云升说："行，没问题。"痛快得让老周恨不得跪下来给他叩头。

老周回家的路上和来时大不同。虽然寒风飕飕，耳朵冻得发麻，又加风泪眼，泪水哗哗，他还是振奋又愉快的。他想高云升这人毛病是不少，好张罗事，又好出风头，还有点"得志便张狂"的味道，但到底不是个坏人，办事痛快，城府不深。想到与他相处半生，总的来说，还是自己对不住人家的地方多。人家既不因为过去的疙瘩在梁怡秋的问题上给自己出难题，自己这边心里的疙瘩也就该扔到一边去。

他也够孤单的，以后应当常来看看他……

他们怎么还没有孩子呢？他们结婚好几年了。

一路想来，车骑得慢慢悠悠，回到家中已过中午。正在厨房里炖排骨的老伴儿见他回来了，赶忙跑出来，喜气洋洋地向他报告说，

"你咋不早回来会儿呢？方处长刚走一刻钟。"

"人事处的方处长？他来有啥事儿？"

"好事呗，你那个副教授市里批回来啦！"

"可真？"

"那还能假？方处长怕你惦记着，昨天批件一到，今儿个快溜地来通知你，说让你高高兴兴过个好年呢。"

老周把呢帽往餐桌上一拍，叫道："这老方真够意思！他要不来告诉，我这还过不痛快呢。"

这后半天的日子过得真舒畅，老周拖地擦玻璃，还不断地和老伴儿说这说那，活活地变了一个人。那老伴儿也喝了酒似的，脸颊红扑扑的，话又说得特别多。而且她发现老周也没像往常似的逼她闭了

嘴，单等晚上新闻联播的时候再给她启封条——解放感使她获得了真高兴。

夜间睡觉时，封好炉火，熄了灯，老周主动摸进了老伴的热被窝。

老伴儿问："你还打算告你们那帮头头吗？"

"早不告了。"老周大度地说。这工夫他什么都在兴头上，和老伴儿这番亲热也像等不得似的。

老伴儿悄悄乐："你们念书的人也真没出息，给个副教授就高兴得馋猫似的？"

"你不懂，"老周说，"这是顶该兴一兴的事情了。"

四

睡了一夜好觉。次日清晨醒来，老周头一个念头就是想到他已经是副教授了。那种美滋滋踏实实的滋味儿，一生中好像是头一遭领略到。又见窗外正在飘着雪花，便连连道：瑞雪，瑞雪，真是瑞雪啊！就一骨碌爬起来，披了棉袄到阳台上去扫积雪。他心里想，人走背字的时候，喝凉水都塞牙，可是走了顺字呢？保不准天上就会往下掉馅饼。想想自己这半年，天上掉下来的馅饼还少吗？临到过年了，又出乎意料地通知了个副教授。还有什么消息能比这更令人振奋的？人生之事，唯此为大！

他踱回屋里来，见老伴儿还偎在被窝里，新娘子一般地不肯起来。他笑了笑就径直去了厨房。这要在往常，他早就该甩脸蛋子给老伴儿瞧了。可今天，他想到老伴儿也真是不容易，操劳半生，也没少为自己的职称揪心，现在副教授既已到手，就让她也高兴高兴吧。他点火煮上稀饭，熥了馒头——他们家是从不买早点吃的。

那老伴儿实在是醒着的。她之所以不肯起来，是因为她正在为丈夫的一反常态纳闷呢！她想，这副教授大概真的是一件了不得的事情吧？看把丈夫喜兴的，从昨夜至今，他哪里消停过？想着想着便独自笑了，且夸："这副教授真好，当不当副教授可真不一样啊！"

老周听出了老伴儿的戏谑之音，兴致勃勃加以回报："赶明儿我定了正教授，我就天天给你端屎端尿，喂你灌你，把你当猪养活呢！"

不待老伴儿回音，楼下就传来儿子的喊声。老周立时跑到阳台上往下看，见小昆肩上挎着手里拎着好几个大大小小的包裹，龇牙咧嘴地站在雪地里。小昆喊："爸，下来接接我啊！"老周爷儿俩上楼之后，都喘得说不出话。老伴儿听儿子回来了，连忙披了衣服从屋里跑出来，心疼地说，就不兴分两回搬上来？这不是自己个儿找累受吗？小昆未曾稍歇，捡起一只大尼龙袋，往桌上一放，从中掏出一方一方的冰冻食品来，冲父母说：这下虾、鱼、鸡、鸭都全了，还有海螃蟹，都是给家里过年的。"

"你哪弄来的这么多东西呢？"母亲惊讶地问。

"买的。"儿子又捡起一只尼龙袋，从中取出烟、酒、茶、糖和点心之类的东西来，"这些都是留着打点人情的。妈上户口，派出所所长使了劲儿，今年得上人家家里去拜个年，姐姐的孩子过年接来也得入托，这衣料和化妆盒是送给幼儿园主任的。"

"还有方处长呢！"老伴儿喜之不胜地告诉儿子说，"你爸定上副教授了。"

但儿子对"副教授"兴趣不大，而"副教授"本人现在也并不那么见物眼开。他很严肃地板着脸问："你哪来的这么多钱？这么些东西不得好几百吗？"

"挣的。"儿子说，"卖烤羊肉串。"

"你卖了几天？"

"一礼拜。"

"一个礼拜挣这么多钱？"

儿子小虎牙一龇，笑道："我只拿一半。俩人合伙干，一人分一半。"

"这么说一个礼拜你们挣了一千多？"

"没错，"儿子说，"一人分了六百五。"

老周唏嘘了。他在小小的过厅里踱了几步，叹息道："我一个月只挣二百挂零，微薄了些，可这是我自己挣的，我心里踏实，钱来得太容易了，就怕昧良心了。"

"这是您的看法。"儿子说。

"从下学期起，不许你再去干这种给我丢人现眼的营生！"他冷峻地背对着儿子说。

儿子古怪地笑着，把另外两只较小的包裹拎进父母的卧室去，一边冲母亲挤挤眼睛，母亲就站出来帮腔了。

"我看你也别太'死性'，这么多东西，咱不得过个肥年哪？你这半辈子什么时候买回这么些东西来？儿子不偷不摸，不耽误念书，你管那么多干啥使？"

"唉，你懂啥？"老周嫌老伴儿瞎掺和，"他再有半年就毕业了，研究生还考不考？"

小昆从父母的卧室里走出来，对老周说，"爸，行啦，该过年了，说点喜兴事多好，干吗又提考研究生的事儿？"

"考研究生怎么啦？"

儿子就很不高兴。老周一想，坏了，儿子准是又想到那个跳楼的女研究生了。算啦，不说也好，省得大过年的，闹得一家子不高兴。他走近餐桌。看看鱼，是平鱼；摸摸虾，都有三寸长；那方牛肉，少说也得有十五斤；螃蟹嘛，只只都是圆脐的，且个个都有碗口大；还有火鸡、鸭、酱肘和海米，一大堆乱七八糟的东西呢。满意之余，他悄悄地感慨起来，自己活到五十六岁，哪年过年这么气派过？副食店卖鱼卖蛋的售货员都认识他，他一向拣处理的便宜的东西买，前年还因为图贱，买过八角钱一斤处理的鳕鱼，吃得他和老伴儿上吐下泻一天半，还不好意思对外人言。他叹了口气，吩咐儿子把东西搬到阳台上去冻着。老周坚决地摇摇头道："别开冰箱了，外头是天然的大冰箱。电钱也涨了，能省就省点吧！"

儿子不愿违拗他，动手把东西往阳台上搬。

稀饭熬熟了，馒头也煾热了，一家人就吃早饭。

早饭开头吃得蛮顺当，不料儿子吃着吃着却对母亲说，正月初三有个同学来拜年，老周就起了疑心，儿子的同学往年从来没来过，他就问："是男同学还是女同学？"小昆还没答，老伴儿便接话，"是女同学，怎么啦？"又见儿子嘻嘻地笑，他想这母子俩一定是串通好了的。他撂了筷子，把脸一沉，问儿子：

"搞对象了是不是？"

"搞了，又咋的？"老伴儿护着儿子道。

"你还念什么书？"老周的眉尖拧成一个大疙瘩，"卖烤羊肉串不说，又搞了对象！学问不到呢，本事不大呢，对象先占上了。你自己想想吧，你可对得住爹妈的希望不？"

小昆笑嘻嘻地放了筷子。老伴儿接着顶对他：

"你这当爹的也真是，儿子不回来，你是一天三念叨，儿子回来了，你又是这不喜欢那不待见。搞了对象又怎么啦？小昆过年二十三啦，还不该搞啊？你上大学那阵，二十岁不就跟人家搞上了！"

老周一辈子就怕提这一壶，偏偏老伴儿当着儿子的面来揭他的短，便急赤白脸地冲老伴儿嚷：

"好，好，我不管了！儿子是你生的，你就好好护着吧。"就躲进小间屋里一个人生闷气。

老周出生在河北农村，一小家里给订下的娃娃亲。后来老周考进北京读大学，一年级时就和一位南京姑娘好得难舍难分，他原来想回家去退了娃娃亲，将来好和南京姑娘结婚的。但消息传回家中，双方老人一起找到北京来，要学校好好教育他。结果，老周除了落个陈世美的臭名，在团支部生活会上挨了两次帮助外，竟一无所获。毕业后还是回家乖乖地和现在的老伴儿成了亲。

那位南京姑娘曾经告诉他，只要他忠于爱情，不怕阻力，她是愿意等他的。但老周唯唯诺诺，没有准章程，所以那姑娘终于和他分了手。分手的时候，姑娘长叹一声对他说：我算是看明白了，你将来，不论哪个方面，都将一事无成！

这位南京姑娘，现在是北京的《史学季刊》的主编。半年前，一篇署着老周大名的论文，天上掉下来似的寄到老周手中。文章就是那主编给发表的，而且还附言把老周的研究成果大大地夸奖了一番。这件莫名其妙的事情，把老周弄得神魂颠倒且萌发了旧情。一向古板的老周，很是苦恼了一阵，只是这些话他不好告诉老伴儿，所以老伴儿至今也还是不知道。

他躲在小屋里抽烟，听着过厅餐桌上人家母子俩有说有笑谈得正欢。他寻思，小昆的女朋友是个怎样的姑娘呢？他恍惚记得昨天在西大校门口，看小昆卖烤羊肉串的时候，见几个穿牛仔裤的长发女郎，会不会就是那其中的一个呢？

他像嚼了苍蝇一样的不快。他判断，那一定是个新潮的姑娘。如果这女孩儿也像蓝丽小姐一样呢？像她一样敢在众人面前穿着三点式泳装，招摇过市呢？他老周可就真的要羞死了。

他最难容忍的就是女人的三点式！

敢穿牛仔裤的女人就不敢穿三点式吗？

老周自怨自艾。从昨天开始的好心绪，打小昆进门以后，都彻底地被破坏了。

有人摁了门铃。他听见儿子喊："爸爸，高伯伯来啦。"便赶紧出去迎接。没料到，高伯伯竟是昨天刚刚拜访过的高云升。

高云升面色异常憔悴，刚刚坐下就说："抱歉，老周，昨天说的话不能算数，梁怡秋还是到你教研室吧。"

"怎么啦？"老周大惑不解，"出了什么故障？"

"昨天，我想得太简单了。"

"那么复杂在什么地方？"

高云升摇了摇头，苦笑道："不瞒你说，蓝丽跟我急了。"

"这事跟她有什么关系？"

"你该知道，当年我向人家梁怡秋求过婚。蓝丽吃醋，说我是想重温旧梦呢。我说，当初人家就看不上我，现在我是快六十的人了，也无意去做昨天的梦。可蓝丽说六十怎么啦？常书记六十岁的人，孙子都有好几个，梁怡秋不照样跟人家睡？你们尚校长多大了？梁怡秋跟他的关系，有哪个不知道？你瞧，惹出这么多是非来，我也真对不起人家。"

老周说："这里也藏着这么多事？我是连想也不敢想的。"

"这事，我根本就不信。咱们天南地北的中国人都会干这一套，比如你碰上一条狗，那狗朝你汪了一声，立刻就会有人说，你被狗咬了，咬你的是一条疯狗，你生命垂危了，正在医院抢救；也兴许有人会站出来说，那狗为什么不咬别人，单就要咬你呢？指不定你干什么了。会越说越邪乎，都跟真的似的。"

"不过常书记确确实实是被免掉了，新书记已经上任来了。几乎同时，梁怡秋辞了副局长。"

高云升继续摇头道："她这个人出路很宽，用不着施皮肉之计。美国人不是请她去做客座教授吗？她完全可以出去，可她选择了东大。她这个人道德、文章我都佩服的。问题是真进了我们室，我家的后院就无法安宁了。"

"可我是坚决不能要的。"老周说。

"你要不要我干涉不着，我只是想告诉你，我那个室是不好要她的。"

"那我们就说死了吧，咱们两个室，哪个都不要。"

"系里非安排不可呢？"

"那就态度坚决些。"老周说，"一定要往我室里压，我就申请调走啦。"

又说了一阵闲话，俩人商定，正月初六一齐去找系主任，把态度亮在前头，省得系里研究定了再抵制反而被动。

"梁怡秋肯定是不能要的。"高云升走后老周想，蓝丽是轻音乐团的和市里的干部们接触多，她的消息没一点可靠性？又想起高云升的态度，便暗自慨叹：人真是怪物，他至今仍对她怀着好感。这就是情人眼里出西施吧？

五

不论老周对儿子卖烤羊肉串的事儿多么反感，周家今年却确凿无疑地过了个肥年。物质变精神，当鱼虾、鸡蟹都在老伴儿手中变成餐桌上的美味时，这个家庭里就弥漫了往年从未有过的温馨。老周高兴，也很满足，他特意把一个老学生送他的已经存了三年的洋河大曲启了封，且破例地吩咐老伴儿多拿一个酒盅，让儿子一块儿喝几口。老伴儿兴冲冲麻利利地去拿了两个酒盅来说，"你们爷儿俩慢慢地喝着，后边的菜我一个一个地给你们炒。"

小昆不胜酒，只喝了一盅，脸就变成了煮熟的螃蟹壳。母亲心疼儿子，夺下儿子手中的盅说，不行我给你换可乐吧，你多吃菜。老周说脸红不一定不能喝，既是过年嘛，你就别拦他，他能喝多少就喝多少，放开了喝，不过平时可不能贪杯，年轻人喝酒没好处。说罢自己先行朝那汪着红油的烹虾下了筷子，唏唏溜溜地嚼在口中，又唏唏溜溜地赞道：好吃，好吃，真是好吃啊。老伴儿一边瞧着，眯着眼笑，好像比自己吃下去还高兴。

"好吃也是儿子挣来的。"老伴儿说，"跟了你大半辈子，你买回根虾毛来吗？"

儿子说："爸年轻时，没赶上好时候。"

这话中听。老周又夹了一只虾，送到儿子的菜碟里。儿子不过意，又夹到母亲的菜碟里，喜得母亲撩起围裙直擦眼睛。

年饭吃得痛快。世间一切烦恼统统消融进这酒这菜和这般的亲情中。室外已经陆续响起了鞭炮声。老周一仰脖喝下最后一盅酒，站起身，将军一般地下令道：

"小昆，快下去买挂鞭炮来放放吧。今年咱们也放它一回！"

儿子应着，放下筷子就下楼买鞭炮。

老伴儿说："瞧你，兴成这样！一个副教授就兴得你变了形，要是当了一国的皇上，还不得疯？"

"也不光兴，"老周喷着酒气道，"鞭炮驱邪，放放崩崩一年顺风。妖魔不入门，邪鬼不逞凶，图个吉利嘛。"

小昆很快买回了两挂电光鞭炮。午夜时分，天地间鞭炮齐鸣的时候，周家的电光鞭也燃放起来。脸上闪着红光的老周，督着儿子，把鞭炮挂挑在竹竿上，见电光石火，听霹雳轰鸣。他醺醺然地默祈着：我周伯驹一生行善，本分做人，不做亏心之事，妖魔鬼怪就离我远点去吧！

此时此刻，他心底里要驱赶的不是别人，年关夜，他难忘掉的，还是那个地位显赫的女名人。

在中国的观念中，新年是节，而春节是年。年是大节，要过得隆重。所以，中国文化的精髓，在中国式的过年中，便集了大成，饮食文化，服饰文化，种种文化都会在那喜庆加疲惫的时光里，得到最充分和最灿烂的展示。中国是礼仪之邦，衣食可以不足，礼仪不可不够。正月初一一早，拜年的人便转风车一般，在每一个家庭里轮番出现。哪怕是同一单位天天见面的同事，哪怕是住在同一幢楼，低头不见抬头见的邻居，在这一天里，也一定要见上一面，拱手作揖，道声恭喜发财，以示礼仪的周到和盛情的淳厚。中国人重这个。

老周难以脱俗。初一一大早，他吩咐了老伴儿和儿子，兵分三路，各自为战。儿子跑近，老伴儿跑远，外出去给方处长、派出所所长之类的拜年，他本人坐镇家中，擎受着别人的拜年——省得人家来了，家里没人，那也是失礼。实际坐在家中并不比外出轻松，几分钟来一拨客，说上两句拜年话，屁股没坐稳，就又起身告辞。有的简直连屋子也不肯进，好像要奔赴前线，视察海湾战局一般，多是来去匆匆。害得老周屁股上绷了弹簧似的，多半天没得安宁。

那天上午，唯一的一个例外是楼下的老董。在客人来来往往的罅隙中，他居然上楼来坐了十分钟。

"恭喜恭喜，你老周的嘴还真严实。那么大的喜事也绷住劲了，不露任何声色，真是难能可贵哟。"

"哪里哪里，我也不过是前天才知道消息的。"

"该好好请请客了吧？"福相的老董满脸是笑地说。

"今天晚上就请你来喝几盅，怎样？"

然后就谈梁怡秋。

老董把肥胖的身体凑近老周，十分神秘地说："我今儿告诉你的事，你可千万保密，这可是了不得的事情呢，说出去会捅娄子的。昨天上午我去西大，总算闹明白了，梁怡秋的辞职确有具体背景。"

老周眼睛睁圆了注意听。

"是在武汉出的事儿。让人给送派出所了，是跟一个七十岁的美籍台湾人睡觉。听说还给录了像。"

"天！"老周记得不久前武汉有个史学讨论会，也知道来了位美籍台湾学者，这件事还能错吗？他想这梁怡秋和常书记搞也就够呛了，干吗还跟外国人搞呢？他真替她遗憾，"没想到她这个人这么伤风败俗的。"

"你联起来想想，在西大，她首先摽上的是孙先生，后来又靠了尚校长，所以她出了名。后来尚校长举荐她去了高教局，她又摽紧了常书记，所以她升了官；她不是在国外也小有名气吗？现在搞清楚了，靠的就是这个台湾人到处帮她吹。这一手，她运用得好熟练哟。"

"她还是你们农工民主党的成员呢。"

"总不能因为她也是农工的成员，我就没原则地说她的好话吧？我为她感到耻辱。"老董愤愤地起身要走，又嘱，"不许传给别人，只你我心中有数。咱们这种人都太书生气了，告诉你，是让你暗地里当点心。"

"好，好，"老周感激地说，"你放心就是了。"

过了中午，老伴儿回来了。她很是兴奋，絮絮叨叨地报告方处长家如何热情，刘所长家怎样排场，以及各家各户年饭吃了什么，摆设有什么特别等等。老周强忍着听这些鸡零狗碎的消息，心里只顾琢磨那位梁怡秋。猛听老伴儿嗓门高高地说："你到底是去还是不去啊？"才知道老伴儿是在问他话呢。

"你非得亲自去一趟不可！"老伴儿说，"上午有孩子的人家差不多都去过了。大包小提溜的，都跟串亲戚似的，咱不去可就怠慢了人家。"

"你说的谁啊？"

老婆这才知道，刚才说的话他根本没往里听，就极无奈地喘口长气道："我的爷啊，还有哪个呢？你那外孙年后还进不进幼儿园？"

老周就想起来，老伴儿说的是要给姜主任去拜年。

"我没说不去啊。"他想，也是该去拜个年了，老伴儿嘟囔了一冬天，姜主任姜主任的，叫得快成了他心目中的大名人了。

说去就去，饭后老两口就捡上小昆准备好的礼品，奔了十六路车站。这是个全中国的人都上街的日子。街上、站上到处都是穿戴得新崭崭的孩子、老人、男人和女人，烟酒点心，糕点糖果，大提溜小提溜的拿着，个个喜气盈盈的。

上车很难。中国人至今还没学会排队，哪怕只有三个人，也会有争有夺有挤，何况是节日间人满为患？老两口跟科威特难民一般，费了九牛二虎之力，总算挤到汽车上，猛见售票员座位的前头还有俩空位，老周就饿虎扑食一样扑上去，并拿手中的提包给尚在车门处挣扎的老伴儿占了毗邻的一个座位。

也真够顺，他心里想，除去梁怡秋的事让他别扭外，这阵子，真是大事小事都顺当。这不，老伴儿也蹒跚着扑过来了吗？俩人都高兴，都说这车坐得太顺了。

汽车刚开出一个站牌又停车，车厢里原本就挤成一锅粥，车下的人还跺脚跳高地喊着要往上上。

那就上吧。于是就有喊叫，有呻吟，有骂娘；老周觉得后脑勺上不知被谁的胳膊肘重重地碰了一下，他也不吭声，只是把给姜主任送的礼品小心翼翼地抱在怀中。"过年，别找不顺当。"他想。

他又感到脑袋和肩膀被身后压住了。他想忍一会儿，到站下车就算了。可汽车老也不开，而身后的分量似乎又越来越重，那个人简直等于倒在他的脑袋上。他不得不说话了。他两手奋力地撑起那人，竟发现这是一位满头白发的老奶奶。老周话没出口，未加犹疑地就站起来，把那老奶奶搀到他座位上。他看到老奶奶浑浊的眼睛，和向他微微抖颤着的嘴唇，心里顿时生出一股强壮男人特有的豪壮。

实无立锥之地的站立是很苦的。老周咬着牙，肩扛着好几只不知何人的胳膊，他只希望车能快点开，开快点。但肋间被另一只手硌得生疼，低头去看，竟是身后的另一位枯瘦的带着助听器的老头，用那只瘦筋筋的手，死死地抓住刚坐下去的老奶奶的手，老周一下子就被他们孩子般的依恋所感动。

他喊："哪位同志给让个座，这儿有位老爷爷呢！"

没有人响应。

他看见靠得最近的座位上的一对情侣，主动地和其中的小伙子说："怎么样，你年轻，让座给这位老爷爷吧。"

小伙子把嘴一张，"哇呀"一声，扮个鬼脸道："对不起，我病了。"

他猛然瞟见小伙子胸前戴着东大的校徽，头上嗡的一声，火气就往上拱。老周脸色一沉，拍着小伙子的肩头道："是东大的学生吧，我是东大的老师，现在，我要求你把座位让出来！"

没想到那女孩儿比小伙子更难缠，她用黑眼圈瞄了老周一眼，回呛他一句，"老师怎么着？老师又不是警察！"小伙子也奸笑着道，"我说过了，我病了。"

老周鼻子都气歪了。要是他儿子，他准保上去抽他几个嘴巴。可是眼下，他紫涨着脸，哆哆嗦嗦的连话都说不出来了。老伴儿赶紧站起来，拉住老周颤抖的手，劝："别跟人家吵，我腾出地儿来不就行了？"

直到到站下车时，老周才缓过劲来，他对那对情侣说："记住，年轻人，你也有老的时候！"

那对情侣毫不含糊。男的说："放心，我们老了，不用你让座。"女的说："到我们老的时候，我们坐自己的小汽车！"

无论老伴儿如何劝慰，公共汽车上这段小小的插曲都是令他不快的。也许是梁怡秋带来的晦气太重吧？或者是昨夜的鞭炮放得还不够数？老周的心绪实在糟糕透了。世风日下！人心不古！他悲叹着对老伴儿说，咱们要老得跟车上的那俩老人似的，就不如找根绳来勒死自己更痛快呢！老伴儿说，你胡说些什么，大正月初一的。

走近姜主任家那幢楼下，老两口不得不在街心公园里多转几圈，以免马上上楼，让人看出脸上的晦气来。

一见姜主任，老周先就愣了。老伴儿不时念叨，总想来巴结的姜主任，原来是一位二十出头的小姑娘。说话间又知道她从幼儿师范毕业出来刚三年。老周算了算，她若读大学，现在该上四年级，正该是他的学生。他的心向下一沉，万般后悔自己不该亲自前来。

更加令他惊奇的是：这位小姑娘的房子比他老周家的房子宽敞得多，壁纸、地毯、南斯拉夫组合家具，直角大平面的二十四英寸彩电、录像机、组合音响，该有的几乎什么都有了。仔细地看了一圈，老周琢磨道，她一个月挣多少工资？就这么摆谱。或者有个有权的爸爸？或者找了个有钱的丈夫？他记得自己二十出头刚工作的时候，正住在集体宿舍里，四个人一间房，一直住到四十六岁。她活得真惬意啊！他想。

老周的老伴儿像谒见英吉利的公主一般，把一切她能想出来的好词儿全说尽了。老周待在一旁光愣神，他悄悄地嘲笑自己，一个五十六岁的副教授，为了外孙入园的这件区区小事，偕了年过半百的夫人，来向一个小丫头大献殷勤，他的感觉就好像让人给剥光了衣服，拉到了行人熙攘的大街上。

老伴儿把带来的礼品放到人家的茶儿上。在姜主任气派的客厅里，在酒柜上一排排名酒、名烟和工艺品的映衬下，一块薄薄的衣料和一个小小的化妆盒，就露出了清贫人家的寒酸。

老周从始至终没说一句话。

不过还好。比实际年龄成熟得多的姑娘，彬彬有礼地把老两口送到楼下边，还说，只要您家的外孙一来，就直接送到幼儿园去就是了。

老周感慨了小半天，吃晚饭时还念叨：和姜主任这样的小丫头相比，自己真是活得太亏了。小昆正往嘴里扒饭，听父亲这么说，就插嘴道："爸，你不懂，现在北方人认权，都想弄个一官半职的干干。有权就是有钱；广东人认钱，都想大大发发地赚点钱花，有钱也就有权。这叫殊途同归。"

"你怎么会懂这个？"塞了牙似的老周仄愣起眼珠问。

"光我懂？我看就您不懂。"

"混账话！"老周拍了筷子，训诫儿子说，"你还是傻一点好，不念书能有什么出息？"

六

初三那天，老周算计着小昆的"同学"要来玩。他认定了那是位着牛仔装的"女同学"，他不能以父亲的身份来接待他所不认可的儿子的女朋友——如果那样，就等于默认了小昆的大胆行动——所以，他吃罢早饭就独自到街上溜达。

那街也实在没什么好溜达的。商店还没开张，农贸市场上冷冷清清，只有一两个卖瓜的小贩。他过去问问黄瓜多少钱一斤，小贩带搭不理地告诉他八块五。这不是宰人吗？他端详那一堆比拇指粗不了多少的小黄瓜，想不出该是怎样的人才吃得起这玩意儿。他相信东大的同事们哪个也不会犯这个傻，花八块五一斤的价钱，买几条黄瓜回去过瘾。他抚着下巴慢慢围着那个清冷的摊摊转悠，一个狮子头模样的大肚囊就过来了，边走边吆喝，来，来，这堆黄瓜归我啦！怕被别人抢走似的，连价儿也没问，便把黄瓜抓往他的草篮里，又抻出一张伍拾元的纸币，往卖黄瓜的手里一塞，说多少就是它，甭找了。然后腆着肚子，哩啦歪斜地走掉了。

老周认识他，华林商场门口修鞋的。

老周又生气上火了。他生什么气呢？跟谁生气呢？他自己也不知道。他生的无名气，上的是无名火。他本当好好地在家里待着，不该出来的，出来不就是找气生找火上吗？

他遇上了马幼然。马幼然说，这么早你上街干啥呢？他反问，你不是出来得也不晚吗？马幼然就叹了声：家人都出门拜年去了，我一个人在家里闷得慌。老周说，谁不是呢，将来再老一老，就更憋闷了。马幼然说那就上我家去聊会子吧，外边天挺冷。

老周就跟了马幼然回家。

马幼然问："岗位津贴的事儿，你打听清楚了吧？"

老周说："清楚了，果有其事。"

"听说是尚头搞的。尚校长原在西大，那边是有的，调过来没有了不就亏了？所以就赶紧补上，下了文件。"

"我也听说了。"

"当头的就这样，干点于己有利的事，还得找出点冠冕堂皇的理由来。"

"谁让他们有权呢！权就是钱，权能变钱，你懂吗？"

"怎么，大伙就这么忍了？"

"不忍你说咋办？"

"告他们去。我要不退休，非拉一伙子人告他以权谋私不成。"

"告赢了又咋样？这件事告赢了，下一件事呢？以后别的事你不还是攥在人家手心里吗？"

马幼然搓搓手，打开电视机，又摸出烟斗来，想了想说：

"倒也是，我们都这把年纪了，还是少生闲气，保重身体吧。"

俩人都说得挺沮丧，便不往下说，这时电视屏幕上出现了老周所熟悉的方脸大嘴的女节目主持人。老周想，瞧她又换了一身新衣裳，她到底有多少件衣裳呢？以前老周给她统计过，一个月换十二身，有一回一晚上就换了三身，谁知道她得折腾多少身才算完呢？

那位女节目主持人好像比往常更热情，流畅的声音里颤颤悠悠地充满着女性的激动，听到她说"出席今天联欢会的领导同志有省委副书记，我们的老市委书记常××同志"的时候，老周立时像过电似的冷不丁地来了精神。他看见常书记站起来向大家挥手。那是个精干的男人，看上去比实际的年龄年轻得多，一脸喜气，也蛮和蔼的样子。

"不是传说他犯生活作风错误免职了吗？"马幼然叼着烟斗说。

"他倒升官了。"老周说。

"有时候传说也尽是瞎传。"

"怎见的都是瞎传呢？"

"这不，人家又升上去了吗？"

"官做到市委书记这份上，生活作风还算什么错误？"嘴里这么说着，老周自己心里也嘀咕：生活作风问题可以不算错误，可毕竟不是功劳不是政绩吧，提升又凭什么呢？

他们一边说着一边想着，女主持人下边宣布的领导名单，又说了些什么，谁都没留神听。老周想起官官相护的事，古来就有，也说不定那位常书记后头另有更大的人物撑腰呢，也未可知。

但那女主持人在宣布了出席联欢会的领导同志名单之后，忽然情绪亢奋地继续宣布，要借此机会代表市总工会等六个团体，公布本年度本市十大杰出人物的名单了，老周仿佛预感到要有什么让他震惊的消息，耳朵直愣愣地竖起来。

念一个名字他的心剧烈地跳一次，结果，他最害怕听到的那个名字终于从女主持人的大嘴里报出来。他注意到那女主持人果然没报梁怡秋的官衔，只是说"著名的史学教授、市人大代表梁怡秋同志"，老周的脑袋立时便耷拉下来了。

如果真的辞官了，她那在传说中的种种问题，统统被这一则新闻掩饰下来了。她将以"著名的史学教授"的身份进入东大历史系，进入近代史教研室。他老周挡得住此人的光临吗？如果挡不住，他老周剩下的还有什么？做那个人的助手？当人家的陪衬？做人家的垫脚石？当人家餐桌上的一碟小菜？

他心里苦涩极了。

他在屏幕上看见她，她还是那副看似温顺的样子，那副挂在嘴角的浅浅的微笑，老周总觉得是一种轻蔑，一种嘲笑，一种强者常常会做出来的表情。

他心里乱了。

他好像听见马幼然在同他说什么，可他没听清。电视上就有歌，有舞，有相声，有小品，有变幻的灯光，有起伏的掌声。老周心猿意马。那些画面，那些声音，都被梁怡秋打碎了，又揉在了一起，在老周的听觉和视觉中，造成了混混沌沌的一团。

他又看到了蓝丽。屏幕上的歌星比生活中的小姐更加华贵，也更加动人。她的身材本来就是姣好的，在珠光宝气的包裹中，更多了启人遐想的天地，她扭动着腰肢唱，声音嘶哑又高亢。那扭动的身子，宛如一条攀缘而上的蛇，或是一缕缕袅袅飘起的炊烟，她的演唱勾起了演播大厅里的热情呼应，一群小伙子向她甩过飞吻来。一个念头倏地从他脑际闪过：高云升此时也在家里看电视吗？他会怎么想？

蓝丽从台上走下来唱。她和坐在前排的观众一一地握手。那大概是她恩赐给人的一种荣幸？但他恨的那个人正在大厅里的掌声中和被他骂过的人热情地握着手，电视镜头对准了她们，他注意到蓝丽小姐脸上的绝对真诚的微笑。

电视看得太扫兴。可认真地想想，有什么兴可扫？人家露面，碍着老周什么？可老周又确实真扫兴。一扫了兴就没情绪，他懒得再听马幼然的无关痛痒的诸多评论，他伸了个懒腰就告辞了。

可街上也真是没意思，串门拜年的人多，可看的光景很少。一个扫着兴的老头子瞎转悠又有啥劲？

他自己问自己：我这是何苦呢？我是家里的主人，还是小昆的女朋友是家里的主人？我干吗要给她一个外人腾地方？

他就决定回家。他想，万一碰上那女孩子，他可以绷着脸淡着她，他可以说自己身体不适，躲进卧室里不露面，反正不给她认可的姿态，她就不能心顺地走出去。

老周一切想仔细，前后想周全了，就气鼓鼓地回家转。但是进得家门，却不见什么穿牛仔服的女孩子，从他家里正往外走的，是一个巍巍铁塔似的大胡子。小昆说："爸，我的同学老 A 来坐半天了，一直等您，您也没回。"

"唔，"老周仰脸望望那个大胡子。如果忽略其胡子不计，这还是个毛孩子呢。他想眉清目秀的留那肮脏的络腮胡子干啥使？那大胡子就叫伯伯了，挺规矩的。

"您好，伯伯，我给您拜年来了。"

"唔，到吃饭的时候了，吃过饭再走。"老周拉住大胡子的胳膊说。

"不，妈妈在家里等着我呢。"

小昆说："老 A 的爸爸在云南地质队，过节不回家，妈妈半身不遂，做饭家务全指靠他。"

"唔，"老周哦了一声，又把大胡子打量了一遍，赞道，"还是个孝子呢，不错，难得。"

老伴儿红肿着眼睛从屋里走出来，包了一大纸包的馒头包子之类的塞给大胡子，说："捎给你妈，就说过两天，我去看她。

大胡子又说了些感谢的话，小昆就陪他下楼去了。

"你哭什么？"老周问老伴儿。

"这孩子的命真苦，"老伴儿说，"跟小昆一块卖烤羊肉串挣的钱，全给妈妈看病了。"

"嗯，"老周说，"难得，难得。"又问，"就他一个人来的？"老伴儿说："那还有谁？""没小昆的对象？"老伴儿揉揉眼笑了："是谁说小昆有对象了？还说搂着上街……""我那是吓唬你呢！""俺可不怕吓唬，俺还盼着儿子给我领回一个女孩儿来呢。"

老周悬着的心总算回到了心窝里。他想，那天是怎么啦？怎么就非想到小昆有了女朋友不可呢？也许是到了更年期吧？他听说不光女人有更年期，男人也同样会有更年期，说一到这时候，人就烦躁，就不宁，就多疑，也许……

但他到底心里踏实了，儿子还是他所期望的儿子。

一会儿，小昆送同学回来了。老周劈头就夸儿子："你交了个不错的朋友嘛。"儿子说："孬朋友我从来不交。"老周说那就对了。

机会难得。老周想借机好好地跟儿子谈一回了。

做了一辈子教师，养成了诲人不倦的好脾气。老周教导起自己的儿子来，不仅不倦，可以说是乐此不疲。他在小间屋里对儿子说：

"人的一生，身体精力最旺的时候，也就一二十年的光景。这段时光一经蹉跎，势将追悔莫及，可以说，一个人将来能否成大器者，全看他二十岁前后打的基础如何了。三十而立，立什么？当然是业。古人说，修身齐家治国平天下，修身是摆在头里的。修什么身？无非是人格和学问。小昆，我希望你能看清这一点，不要耽误了自己啊。"

小昆竟没任何反应。

老周继续滔滔，像在课堂上训教学生们一样。

"我的一生，实是耽误了。粉碎'四人帮'后，我已四十好几，要想大有作为，为时已迟。我不过教书为生，争取不误人子弟也就得了。我的水平，顶多再升一格，当个普通的教授就算到头了。可你不是，你年轻，你的基础比我好，你赶的时候比我好，你完全有条件成大才，成大气候。"

儿子搔搔头皮，抬头望望他，照旧没有说话。

"要目不旁顾地做学问啊，孩子，"老周说到兴头上，就一时无法止住，他的诚挚，把自己都陶醉了。"爸爸的吃亏，就在于把教书当成饭碗，以至到了五十六岁才评定了副教授。但平心而论，先前的定不上和现在的评定上，基本上是公正的。学问不够，没有研究成果，光怨天尤人是通不过的。这次我申报之前，发表了一篇论文，不但发表在重要的《史学季刊》上，还受到专家的高度评价，因此评定了副教授，也是理所应当的。孩子，爸爸的经历不足为训，可爸爸的坎坷却可资借鉴啊！做学问不容易，要长期积累，博采众长，是绞尽脑汁的事情。所以，你若想成为大才，那么别无选择，必须从今日始，认真扎实地读书做学问，而不彷徨四顾，贪花恋草，求蝇头之小利啊。"

这一席永不会向别人敞开心扉的真情话，说得老周自己眼睛里都汪着泪水。在这世界上，他最疼的就是自己的儿子。他对儿子的期望更胜于自己的生命，他希望他所向往过的一切，他所失去的一切，都能从儿子的身上寻回来。

但小昆仍然冷漠得令他不解。一块石头焐在胸膛上，也早该发烫了啊。小昆竟冰冷得超过了石头？他甚至看见儿子的嘴角边隐约地掠过一丝古怪的冷笑。

小昆的冷笑是痛苦的。痛苦中包含着他极不情愿的轻蔑和不屑。

正如老周所知道的，儿子读大二时，就开始练习撰写论文。可做父亲的也有所不知，儿子读到大三时，用了半年多的时间，写成了一篇论述太平天国宗教问题的长篇论文，他充满自信地断定，自己论述的领域是史学界研究不多的方面，他踌躇满志地将论文直送西大学报编辑部去，他相信母校的师长会给他以支持和帮助。但两个月后，学报把稿子退还给他，主编崔京天先生亲自附了一纸短笺，无非是说，这不过是一个学生的习作，还谈不上学术水准，不适合在学报上刊登等等。

小昆大失所望。但他年轻气盛，不甘如此轻易地被否定，又想到北京的《史学季刊》的主编是父亲的同学，便动念把稿子再寄去看看。付邮之际，突发奇想：他抹去了自己的名字，署上了父亲的名字。至于目的究竟为何，是想试试编者的眼力，还是想拉拉与主编的关系，小昆自己也相当模糊。

以后的事，便成了老周的经历。

那是一个闷热的午后，老周无课在家。听见邮递员在楼下喊他，就拿了图章下楼去，他收到的邮件是寄自北京《史学季刊》的。翻开目录，见赫然列在首题的竟是署着周伯驹三字的长篇论文，老周当下就糊涂了。他从未向《史学季刊》投过稿，怎么倒刊出自己的论文？冷丁想到会不会是她——老周昔日的情人——代写的呢？兴许她听人说过自己的职称卡在没有论文上，而愿意代作代发，来加以成全？他的记忆一下子被拉回到三十几年前的日子里，爱、恨、悔、愧一起化作潮涌，摇撼着他的情怀。

缓步走上楼来，又发现刊物里还夹有一封附函，急切切地展开，见写的是：读罢大作，感慨系之。史料翔实，鞭辟入里，观点新颖，堪称佳作当即决定发排。想到作者是昔日之老同学，兴奋实难言表。又从中得知你勤奋不已方有此卓越成果，特此祝贺云云。站在楼梯口的老周，又一次糊涂起来。

他排除了主编代作的可能后，又想到论文可能出自另一"周伯驹"之手。天下之大，重名者多多。如果是那样，这刊物便需火速退还回去。老周五十六岁了，怎么能无端地去掠人之美呢？

他当即给主编写了回信，言明情况，请编辑部尽快查找论文的真正作者。可是走在去邮局的路上，老周转念又想：职称评定马上就要开始，自己手中正没有一篇像样的论文。现在论文到了，而且不是自己去求来的，何不……况且……

未到邮局，老周又返回家中。他果断地送报了论文。他聘请的为他的论文做鉴定的专家之一，正是西大学报主编崔京天。崔京天很够朋友，当天便为老周写了热情洋溢的鉴定书。那其中极关键的一句是："几十年来，研究太平天国宗教问题的文章，无出其右者。"那之后就有层层评议，就有春节前夕方处长上门报告的好消息。

"小昆，"老周能够说出的话都说尽了，他需要儿子给他一个令他放心的表示，"你必须答应我，你须向爸爸做个保证，下学期一定好好地读书，一丝不苟地做学问。"

"不，"被逼无奈的小昆偏执地声明，"学问，肯定是不再做了。"

老周万万想不到，苦口婆心的规劝，竟换得儿子这般无情无义的答复。失望和委屈，挤兑得他陡地迸出火苗来，他相当恼火地向儿子喊："不做也行，你得告诉我是什么原因！"

"已经没学问可做了。"儿子抱着肩，不急不慢却分明是以对抗的态度对父亲说："学问都让你们这老一辈人做完了！"

七

当这场风波过去，老周独自咀嚼儿子的答复时，他是相当蔑视儿子的幼稚的，学问还有做完的时候吗？一代人一代人地做到了今天，学问不还是深广似海吗？这不像是他印象中的儿子。也许那个脆弱的女研究生的阴影太浓重了？或者卖了一个星期的烤羊肉串，挣钱太多，勾走了儿子的魂灵？但无论如何，这不像他记忆和希望中的儿子了。完了，儿子，他想，起码日益临近了的研究生招生考试中，没法指望自己的儿子了。

老周为此忧伤了一晚上。

但忧伤归忧伤，日子还得照常过，次日起得迟，起来的时候，太阳已经挺高的了。让明亮的太阳一照，老周的情绪也就改变了。他又想起了他刚刚到手的副教授，不管有多少愁事，毕竟和以前大不一样了。因为想到了副教授，所以继而又想到崔京天。没有老崔的仗义，哪有老周的副教授呢？老周知恩不忘，暗自思忖，怎么也得去给老崔拜个年以示感谢吧，就决定当日去看崔京天。

老周在崔京天家坐了好大一阵子，他笨笨吃吃地净拣拜年话说，说着说着连"没你老崔就没我周伯驹"这样的话都流出来了。崔京天就赶紧拦住他说，你评上副教授主要是水平到了，那篇论文水平不低，我的鉴定只不过实事求是地加以介绍罢了，用不着感激的。而且说你教书研究三十多年，如今修成正果，是应当应分的。老周就喜洋洋的，很得了安慰似的。他把老家来人捎来的两瓶酒送给崔京天，崔京天坚决不要，并说咱们都是知识分子，不兴这一套。老周就说，如今社会上都兴，咱们要是一点不兴，不显得情分太薄了吗？崔京天就说，不薄不薄，你来看我就已经不薄了。老周说那可不行，你要连两瓶酒都不肯收，是你老崔待我不诚。

崔京天仔细地看了那两瓶酒，还是摇头，说这酒还是留给你自己喝吧。老周说我平时根本就不喝酒，今天你是留也得留下，不留也得留下。崔京天就乐了，说我要留下就热闹了，传出去说我老崔是得了阳痿还是早泄？老周还蒙在鼓里，崔京天就向那酒的标签努努嘴，老周趴下去细看，原来是保定特产的五鞭酒。标签下边有说明，道是强筋壮骨，壮阳补虚，对阳痿不举，举而不坚，坚而不久之类男子虚弱之症，有特殊功效云云，不觉就先自红了脸。

崔京天呵呵大笑，说你老周送礼送错门了吧？把应当送给你们高云升喝的酒，错送到我门上来了。老周臊得不行，他担心崔京天怀疑他是该酒的常饮客，又暗恨自己笨拙，连送礼也送不到点子上。

但新话题也就有了。放下五鞭酒，就谈高云升。由高云升到蓝丽，浪漫的题目很不少。然后再经蓝丽到梁怡秋，老周把老董叮嘱他的话都忘了，足足把梁怡秋白话了半拉钟头。

老周说得过瘾，却见崔京天皱了眉头，就问，我说的不对吗？崔京天就说，你是东大的人，怎么我们西大的事你也知道？老周说咱两校只隔一条马路，你们那边打呼噜，我们这边都听得见。崔京天玩笑着说，但愿别我们这边放个响屁，你们那边就预报明天有雨吧！

崔京天的话说得挺损，闹得老周非常尴尬。又连忙往回找补说，我听到的都是传言，要是不够准确，就算我没说。崔京天说，说了就是说了咋还能算是没说？你说梁怡秋恩将仇报，挤了孙先生，结果又气死了孙先生，她可是怎么挤怎么气的呢？老周说，人家这么一说，他就这么一听。细节嘛，他也不是太清楚。崔京天说可我清楚啊，我是当事人。我可以向你保证，我知道的都是第一手材料，你信别人的，还是信我的？老周马上说，那当然得信你的。

崔京天说，那年评定职称，我和孙先生都是西大的校评委，梁怡秋不过是系里的一个讲师，而且那段时间她一直在武汉开会，评议中她没有任何掺和，倒是孙先生很坚决，一个劲地举荐梁怡秋。而且声明，为了奖掖新人，他愿撤回申报，将名额腾出来供大家另行选择。结果梁怡秋破格晋升为正教授，孙先生甘当伯乐，一时传为佳话，这事实你信不？

老周不好意思地说，你是当事人，你说的我还能不信？不过既如此，梁怡秋咋又会把孙先生气死呢？

崔京天大叹其气且大摇其头，愤愤然道，孙先生是被气死的不假，但气死他的却不是梁怡秋，这一点我最清楚不过。职称评过，孙先生伯乐来伯乐去，就有人开始琢磨他干吗那么为梁怡秋卖命？琢磨来琢磨去，就琢磨到他们师生的关系上。兴趣是最好的向导，然后有人就开始对这关系进行论证，论证来论证去，结果就出来了：说是一位女性以青春和美貌，征服了一位半生独居的老色鬼。这话终于传到孙先生的耳朵里，你知道老先生本来就有心脏病。

老周说："这么说，孙先生和梁怡秋都很冤枉了？"

崔京天说："如果你相信我说的事实，那结论就不言自明。听了你传来的消息，我真是感到悲痛。这叫欺好人难容，灭高人有罪啊。我原以为西大风气不好，不料东大攻讦更甚，老周，你说咱这些人还有救吗？"

老周无话可说，他实在是栽在崔京天面前了。拎了两瓶五鞭酒，步出崔家门口的时候，就好像是被人驱逐出境一般，面子都丢尽了。

但他又想，崔京天说他讲的都是事实，可老董说他也是听西大的人讲的。究竟哪个是真事实，哪个是假事实，一时也没法弄得清。问题是自己过于毛糙，快六十岁的人了，还那样沉不住气，这就是教训。人生也是一门大学问，至死做不完的大学问啊！

有了这回教训，初六同高云升一起去见李主任的时候，老周就沉稳多了。一句不说听到的传言，只道自己教研室编制已满，希望不再进人，向系主任亮明了态度。那高云升是不会说梁怡秋坏话的，也仅仅说："我们现代室，现在已经超编一人，当然更不可能接收新来的人。"

那是上午十点的时候，李主任家刚刚送走了一批客人，小客厅里烟雾还没散尽。李主任一边吃煎饺子（不知是早点还是午餐。这使老周想到，当个系主任也真不容易！）一边听他们说话，两只公牛般的眼睛，骨碌碌直转。

一盘煎饺子吃完，李主任抹抹嘴道："二位的态度我明白了。这几天系里来了好多人，都是反映梁怡秋同志的种种问题的，建议系里不要接收她。我就劝同志们，不要这么小肚鸡肠，人家人还没有到，就云山雾罩地说人家的坏话，这很不好。大家反映的问题，组织上没向我交代过，所以我不能说信或是不信；而且退一步说，即使梁怡秋同志确实存在你们说的问题，那不也只是生活作风问题？对一个成就卓著的专家来说，充其量是个小节问题嘛。同志们千万别那么狭隘吧。"

老周频频地点头，觉得主任的官腔里倒是有一些领导干部的博大风度，而高云升却干咳起来，好像喉咙里卡着了鱼刺什么的。

"哪一个当领导的不爱才呢？我个人是非常欣赏梁怡秋同志的才学的。但问题也太多了。比如说进一个人，你得有户口指标（当然，梁同志不存在户口问题），你得有职称指标，你得有编制指标，你得有相应的住房面积。这些都有了，你才可能去爱惜人才。人才是排在第五位的，那前四位的问题不解决，你多爱惜人才，也是爱莫能助。老高当过主任是不难理解的。"

高云升还在干咳，端起茶水润嗓子。老周说："您应该去找校长力陈，摆摆困难嘛。"可李主任马上接过来说："问题恰恰在尚校长身上。梁怡秋同志辞职之后，原拟去社会科学院，尚校长三顾茅庐，硬去把人家请了来。"

老周叹气。他想，这尚头也真多事，这不是给东大历史系找病吗？六十岁的人了，当校长，还能折腾几年，干吗非给别人添腻歪？

"请了梁怡秋不算，二位还不知道，尚校长的魄力可以说超出了所有人的想象。他一口气请了十二位年龄在五十岁以下的教授来。雄才大略，非你我之辈能比。"

老周差一点哎哟出声。一个梁怡秋就愁得好多人睡不好觉，这十二位年轻的教授一来，还不搅得东大周天寒彻吗？他瞧瞧不断干咳的高云升。揪着胡子根的高云升，正拿眼睛瞄着李光顺，全神贯注地聆听着。

"你不能说尚校长不想办好东大，也不能不佩服他的胆识和魄力。但是二位知道，我校的编制已满，职称名额也早已占满。一下子来了十二位正教授，原先老东大的盼着晋升的人，就都没戏了。何况这十二位又都年轻，等着他们退休腾地方都指望不上，不是把老东大的人晋升正教授的路，都给堵死了吗？副教授升不上去，副教授的名额也腾不出来，必然会影响讲师们的晋升。所以尚校长的这一手，无疑等于从上边封了顶，然后引起整个职务系统的肠梗阻。"

"您说得太对了，"老周对李光顺说，"您还真能理解老师们的心理呢。"

李光顺接着说："尚校长此举，肯定会招来怨怒，好心未必能得好报，我们中层干部们已经看出来了。而且十二位教授一来，得有十二套教授的住房吧？我校住房原先就紧张，那些盼房等房眼珠都发蓝的人，希望就更加渺茫。所以看来是职称问题，实际上也是住房问题。"

"你们中层干部为什么不阻拦他呢？"

"阻拦？连建议怕都难听进去，还阻拦？我们在会上要求尚校长采取点现实主义态度。尚校长说，'我这个人向来我行我素，我认准的事情就一定干下去。不是实行校长负责制吗？我做的事，我来负责。'你瞧别人还说什么？"

老周说："你应当代表我们，再次去见尚校长嘛。"

"不，"李光顺公牛般的眼睛，又骨碌碌地在客人身上转起来，他苦笑着摊开双手说，"实不相瞒，该说的，我都向校长说过了，梁怡秋同志的来系任教，我是无论如何也挡不住的了。"

高云升又干咳起来。老周心想，这家伙怎么啦？一句话不说，光干咳嗽。家里缺水还是怎么的，跑主任家一杯又一杯地猛喝茶水？

"您挡住挡不住我不管，她来了，您可别硬往我们室压！"老周无奈，算是下了最后通牒。

"你们也可以直接去找尚校长嘛，"李光顺搔着秃脑门儿说，"让他知道知道群众的反映也是好的嘛。如果你们不去，或者去了没用，人分到系里来，我李光顺只能往教研室里压，我有什么办法？"

一直干咳的高云升忽然干笑了两声，那声音就跟劈柴干裂似的。他拿起帽子戴上，站起来拍拍皮手套说："好啦，我直接去找尚校长，告诉他梁怡秋来了，就直接安排到我们现代室得啦。"

未待主任把话说完，高云升就不辞而别。闹得老周泥胎菩萨一般，干瞪着眼睛瞅高云升的后脊梁。

"唉，"主任说，"他这个人哪，还是那么古里古怪，神神道道的。"老周又看看脸色很不好看的李光顺，也不知道此时主任对高云升的举动，到底满意还是不满意。

八

老周忽然间发现自己衰老了。一些事他固执，他认准的道儿，别人不照道儿走，他就有气，而且是真生气。另一些事他犹疑，前思后想，左顾右盼，形成不了一个结实的判断，完全是老年人的心态了。

而对于一些需要敏锐的洞察力的事情，他承认自己已经是十分迟钝。比如那天高云升的举动吧，老周琢磨了好儿天，始终也没弄明白，这老兄到底是怎么了。不是说定了为挡住梁怡秋，才去找系主任的吗？怎么到时候突然来了个一百八十度？既然如此，又何必没事找事非去系主任家费唾沫星子呢？这老兄那天一个劲干咳不说话，又是犯的什么病？主动要去了梁怡秋，高云升就不再怕年轻的夫人后院起火吗？

整个一个不可知！

但老周毕竟轻松多了。只要梁怡秋不进他的教研室，高云升是咋回事儿，高家的后院起不起火，老周的兴趣便都不太浓。正如海湾战争，不管"飞毛腿"和"爱国者"哪个更厉害，老周是不怎么动感情的。打就打吧，反正离咱中国还老远老远的呢！在这一点上说，老周完全不像个史学工作者。当然，也许是因为他确实老了。

正月初十到系里领工资，老周碰上了领了工资要走的高云升。老周说，老兄那天犯了什么劲？怎么一下子会变了？高云升推着自行车又停下，站在刺骨的寒风里，对老周说，让李光顺小子气的。老周说，我怎么没看出人家怎么气你呢？高云升说，他倒没直接气我，我是路见不平，拔刀相助——我忍气吞声好儿年，不想再忍下去。老周说那你是为梁怡秋打抱不平了？高云升说，一方面为她，一方面为尚校长。你没瞧李光顺那小子，一个劲地把火往尚头那儿引吗？

老周想了想，倒是咂摸出点儿滋味来。他点点头说，引归引，也未见得就有什么坏动机吧？高云升搓搓脸笑道，你跟他打交道少，不知道。李光顺阴极了，搞我那会儿，就是先拍后搞，现在对尚头用的也是这一套。不过拍没拍好，掉过头来，马上就告就搞。这次评职称，系里上报的是你和他，到了学校，尚头就把他给抹了。尚头问，李光顺教过学吗？没教过书，当什么副教授？李光顺能没有气吗？你甫听他说什么"雄才大略"啊，"胆识魄力"啊，那都是虚应你哪，内里的都是刀子啊。说梁怡秋作风问题算小节，真会扯他娘的外国淡，关键人家作风问题有没有，不是什么大节和小节。这家伙太滑头，属泥鳅的。

寒风凛冽中，老周像在听天方夜谭。他干眨巴眼，插不上一句话。等到高云升翻身上车，准备走了，他才猛然醒来，追着高云升问：你不是两耳不闻窗外事吗？你是怎么知道这内里的事儿的呢？高云升说，正月里串门的人多，哪路消息传不开？道声再见，一溜烟地消逝在灰沙里。

老周又长了一份见识。他细琢磨高云升的话，觉得不是没有道理。那天李光顺的谈吐，他还能回忆得起。他想高云升毕竟当过几年头头，官场上的钩心斗角，看得比自己仔细。但他的消息就一定可靠吗？老周有了教训，便打了半个问号。不信不好，信也不好，权且就存在心里罢。

领工资的日子，到底与开会学习的日子不同，系里的人来的虽然陆陆续续，却到得分外整齐。节后相见，寒暄定然会有，互道消息七嘴八舌也格外热火。老周四处听了听，人们最关心的，还数干部的岗位津贴。上纲上线，激昂慷慨者有，更多的人则是怨声载道，说是这么一来就越干越没了情绪。也有人骂骂咧咧，图嘴头子痛快，老周听了，倒也觉得挺解气的。一个小伙子说，这辈子当头的，下辈子就让他转牛转马，因为这津贴拿得实在缺德。别人笑，老周也跟着笑。他想，是真够缺德的。有人指名道姓骂尚校长，说他调来没干好事儿，头一件就是这岗位津贴；也有人替尚校长抱不平，说这事儿是苏方书记干的，他要离休了，要给干部们留下点念想，就下文件发钱。党委会上，只有尚校长不同意，最后表决六比一，没拦住等等。

老周从始至终没介入，虽然他听了他们的议论之后，也曾把大家的想法和自己费劲巴拉写成的告状信比较了一下，觉得就水平论，无一能超过自己。他不想发表高论的想法是，反正别人能过去，我也能过去，何必逞那个能耐呢？况且，说是这个搞的那个搞的，说话的人，哪个参加党委会了？算了吧，稳住点为好。于是稳住。

另一件被议论得更多的，是在意料之中的梁怡秋的调入。谤者众，誉者寡。大骨节的事老周早就听说了，他并不感到新奇。但细节却异常具体，且丰富。比如，那七十岁的台湾学者的音容笑貌，与梁怡秋之间的浪漫情调，都被描绘得栩栩如生。并说武汉的宾馆偷偷地给他们录了像，寄到本市的国家安全局，许多干警都看过，后来省纪检知道了。把录像调了去，再后来就销毁了等等。

老周也没介入。天下事原来就够复杂的了，干吗还要更复杂下去？况且梁怡秋既可以去高云升的现代史室，人家与自己已无碍无妨了，干吗再去嘀咕她？若再去说人坏话，以中国人的道德论，就太差劲了。他想。

他在系里待了一个小时。和这个打打招呼，同那个开一句半句玩笑，远远地避开了是非，真正像一个快六十岁了的老先生的稳重的样子，超然物外地去领了工资，就打道回府。

路上风急，他车骑得慢。他计算了一下，离开学只有一周了。一二三四五六七，再过七天，那个名叫梁怡秋的女名人就要到历史系报到上班了。

1991 年

酷热在夏天

一

小孙到老苏屋里送《工作简报》的时候，老苏正闭着眼靠在藤椅里琢磨事儿。夕阳从窗户斜射进来，照在党委书记稀疏的白发和皮肉松弛的脖子上——那眼泡也就显得分外的肿。小孙头一回发现苏书记果真是上了岁数了，心里挺不是滋味儿的。

他悄悄地把《工作简报》摊摆在老苏的写字台面上，刚想转身离开，老苏就睁开眼睛道："是小孙啊？"又瞅瞅那打印的《工作简报》说："是不是又折腾了一宿一天啊？你们这些同志啊，也真是辛苦。"小孙不好意思地搓着手答："我们算啥辛苦？无非是帮着领导抄抄写写、打打印印呗，真正辛苦的还是您呐。"

"坐，你坐，站着干啥呢？"老苏伸出那只缺一根中指的大手来，热乎乎地示意说："总不得空儿和你单独坐一会儿。"又从自己的大瓷杯里折了一半茶水到另一只瓷杯里，对小孙说："你喝这一杯吧，我刚沏好的，还没喝。"

小孙拿起老苏给他的茶杯就咕咚地喝了一口，然后怵怵探探地坐在写字台侧面的一张椅子上。他来党办室任纪要员快一年了，这是头一回在老苏的房间里坐，屁股上剌剌挠挠，怪不自在的。

"对你的关心不够啊，"老苏说，"对我有什么意见能说说吗？"

小孙脑门儿上一阵冷飕飕的。他飞速地回想了一下，除去在媳妇小范面前骂过一回老苏外，平时从来没跟别人说过老苏不好的话，可是小范会不会在校刊编辑部上班的时候给捅出去了？就很难把握。小范天生是那种嘴一痛快，哪儿都痛快的人，校刊室又是仨人办一张报，一月只出一张的那种让人闲得剌痒的地方。他这么一想，汗就出来了。小孙赶忙掏手绢擦汗，嘴里连连道："您这屋里还真不凉快啊。"

老苏笑眯眯，说："要热，你就脱了衣裳擦擦洗洗吧。"小孙说："不用，不用，您都不热，我还能热？心静自然凉，我静一会儿就不热了。"

小孙仔细回忆，骂老苏那一回，是他陪老苏到市里开会。散会回校，顺便让汽车往丈母娘家绕了一圈——小范让小孙给她妈送鱼去——顶多也就多费了五分钟时间，老苏在车里便绷了脸，第二天见了小孙，脸色还不大好看。不过就是因为这么一件小事嘛，而且小孙回家向小范说这过程的时候，也只是随口骂了句"真不够揍"罢了，没骂什么更难听的。问题是小范倒手再往外骂时，都骂了些什么呢？那只野鸟是见了天神爷也敢往头上撒尿的主儿啊！

可老苏却不像是疾言厉色的样子，不生胡须的肉嘟嘟的脸，两颊松耷拉的，像个和善的老奶奶。

"有啥意见你尽管说，在职务上，我是书记，你是纪要员；在党内，咱们都是一样的同志。"

"我哪会有什么意见？"小孙急得眼泪快出来了，"您的思想水平、领导艺术、为人处事，我紧跑慢颠学都学不过来，哪有工夫琢磨对您的意见？"

"你要没有，谈谈同志们的反映也行嘛。"

"同志们都说，东大前后十任书记，就数您这一任干得好；实干、能干，群众威信高，学校面貌变化大。"

老苏往藤椅里一靠，呵呵地笑道："不能那么说嘛，前九任书记也都完成了他们的历史使命嘛。就像吃饭一样，也许你吃了九口还不觉饱，吃到第十口上忽然饱了，你就误以为是这第十口有特殊的重要。可再想想，要没有前边的那九口，这第十口能饱吗？对不对，小孙同志？"

"小孙同志"瞟了一眼平静、温和、谦虚如老奶奶般的苏书记，意识到自己刚才可能是多虑了，心就渐渐平静，汗也出得少了。

"您是谦虚。"小孙说，"我在办公室干材料工作，学校各种统计资料、各种意见反映都从我这儿过，我心里可有数。"

"就真有些成绩，也是大家的。我不过是党委一班人的班长，是个召集人。我的本事就有一点儿，叫集思广益，或者叫从群众中来，到群众中去。"

"您是书记，有责任是头份，有功劳也该是头份。"

老苏又呵呵地笑了一气，挠着头说："你这个小孙同志，还挺难说服的呢！"

"我是党员，凭党性说话；也是老百姓，凭良心说话；不管是谁问我，不论到哪儿去说，我都是这么说。"

"好好，这事咱们不争了，各人保留各人意见，互不干涉吧。不过，我这书记对你是没有尽到责任的，发现人才，还要培养人才，我对培养二字注意得不够啊。这几天我一直在想，我在任十年了，对哪些同志我还没有尽到责任呢？结果一想就想起一大堆。老的少的，男的女的，不算少呢。其中当然也有你。细琢磨琢磨，还真有点对不起啊。"

收敛了笑容的老苏，胖脸上慢慢浮上了一层阴云，在从身后斜射过来的夕阳中，那脸就尤显得有几分阴暗。小孙感动得不得了，一个劲说："您哪能这么说？要说对不起，也是我对不起您，我年轻不会干，工作干不好，愧对您的器重……"

"不，"老苏挥手止住了小孙说，"你是个听话的好同志。"又沉吟一番说，"好好工作吧，小孙同志，你很年轻，前途远大。"

小孙挺不是滋味地回到党办室，同事们早都走得干干净净了，平日总是例子把大伙儿耗毒了她才肯走，这几天安主任痔疮又犯了，没上班，例子也就不耗大伙了。小孙在空荡荡的办公室里独坐了好一阵，老也琢磨不透老苏跟他说的话到底是啥意思，但也确实觉察出一点特别的味道来，这使他联想起他的故去的父亲。在区卫生局当了一辈子科员的父亲，弥留之际，也曾深情地嘱咐他：孩子，你年轻，有学历，好好干，前程远大之类。那时候，小孙确是领悟了什么是父亲的真诚和决别的悲怆。

老苏是怎么啦？说得好好的，怎么忽然冒出那么一些令人心伤的话语呢？哎哟，小孙猛然想到书记今年六十二岁了，是不是上头跟老苏谈过关于他离职休息的事情了？坐了一年办公室，摸到的规律是"人之将退，其言也善"，说不定就是那么回事儿吧？小孙的心里一时竟比刚从老苏屋里出来的时候更不是滋味儿。

小孙对老苏是有感情的。一年以前，小孙在系里当学生辅导员，有一回系总支刘书记通知他，说次日上午苏书记要来学生宿舍视察，让他做好准备。小孙不敢怠慢，当夜便到学生宿舍去进行"预察"，不察还罢，一察才知道问题严重。肮脏不说，门窗墙壁上还到处乱涂乱画。尤令人惨不忍睹的是，几个宿舍门上都挂有从挂历和画报上剪下来的半裸的女人像，横躺竖卧，搔首弄姿，性感得不行。最为突出的一例，是某班男生宿舍门前，贴了一张某女星着三点式泳装的大幅照片，蔚为壮观，整整覆盖了门的上半截。留下的下半部，门上用帅气的汉字写着"我们大家都爱你"的字样。小孙看了十分气恼。

但学生历来不把比他们大不了几岁的辅导员视为先生，倒是嘻嘻哈哈地围着小孙一个劲和他开玩笑。问他："电影明星里，你最喜欢哪一个？只要有你说得出来的，我们就能给你找出照片来。"有的说："剪贴好了给你送去，让你天天瞅着过瘾。"有的问："给你贴在床头上，小范姐姐不吃醋？"

小孙转而央求学生撕掉那些玩意儿，学生们就一齐哄笑散开。

小孙不是学生，他深知万一上头怪罪下来，辅导员的责任是推卸不掉的。次日上午一早，他就跑到男生宿舍去，拿了剪刀、糨糊、纸，把那些伤风败俗的东西该撕的撕，该盖的盖，又借了笤帚、拖把和抹布，清扫楼道擦地抹玻璃。

该着小孙走运。不早不晚，即在小孙的活计干得差不多的时候，苏书记由校系领导陪同，浩浩荡荡从楼上下来了。

"你是哪个系的？"苏书记用他那缺了一根中指的大手握着小孙脏兮兮的瘦手问。

"中文系的。"

"读几年级？"

系总支刘书记在一旁抢着介绍说："他是小孙，不是学生，是辅导员。"

"噢，"老苏兴奋异常握着小孙的手，使劲地抖，连连称赞道，"好，好，很好。"又冲刘书记说："你们培养了一个好辅导员。干部、教师亲自参加劳动的作风，这些年丢掉了不少。宣传部和学生工作部应当好好抓一下这个典型，要好好地向全校宣传宣传呢。你叫什么名字？"

小孙不知哪儿来的灵感，一向不善言辞的他，竟然当着两层书记的面儿，说出了自己如下的十分得体的话来：

"苏书记，请别宣传吧。我不过是做了一个辅导员应当做的一点事。刘书记常教导我们，身教重于言教，思想工作尤重榜样的作用，我不过是照总支的要求，做了些具体工作罢了。"

说得苏书记直竖大拇指，刘书记脸上笑逐颜开。

一个月后，组织部来调小孙去党委办公室。小孙犯了犹豫。上学时他崇拜先生，打算将来奔个教授学者什么的，原想干几年辅导员去改做教学工作，忽然来了调令，就等于多年的计划都被打破。

小孙回家去和小范商议，没想到小范劈头就给他一句，"傻帽儿，这事儿你犯啥犹豫？你要在系里教书，几辈子能混出个头绪来？本校生留校，教书得先补研究生学历，没个五六年你定不了讲师；讲师再熬五年，才有资格申报副教授；十个讲师能有仨俩的升上去，就算不错了。就算你走运，熬到副教授，十年行吗？那时你多大了？混上了，也不过相当个正处级。你要进党办呢？在领导身边，印象好，一把手说一句话就上去了。"

小孙这方面的知识远不如小范。小范在校刊室当编辑，工作不多，整天背着相机，这儿"咔嚓"，那儿"咔嚓"，跟机关的人混得很熟，头头脑脑的都挺喜欢她。可惜，她属自由战士，牛仔裤、牛仔衫、牛仔夹克、牛仔风衣、牛仔裙、牛仔靴子，整个掉在牛仔坑里了，不像是个当官的材料，要不，她早能捞个一官半职的了。

"那么说，我去？"

"傻帽儿，哪条道近便走哪条，还用说？"

第二天，小孙便报告刘书记，说他同意去党委办公室。刘书记火辣辣地告诉他，系总支根本就舍不得放他走，可是为了给党培养干部，上头一要人，我们还是头一个就推荐了你。小孙很感激，差一点哭鼻子。

到党办室报到那天，党办室安主任正犯痔疮，痔疮加便秘，折腾得这老同志龇牙又咧嘴。但见到小孙，还是咬着牙高兴，说党办室缺一个纪要员，要纪律性强、文字水平高的青年同志，我们就物色上了你。不管系里同意不同意，反正我们是把你要来了。小孙听了，十分感动，表示一定好好工作，不能辜负安主任的希望。

但是后来，小范的舞伴、校团委副书记小胡传来的消息说，调小孙是老苏亲自点的名。小孙听了，又暗中对苏书记格外感激。他的结论是，不论哪个说的属实，反正三方都是同意的，人缘不好，惹了谁，事儿都不会那么顺利。所以日后做事，一定谨慎谦虚，让无论哪层哪个领导都满意。

小孙下班回到家中，见小范已经先回来了。她脱得只剩下乳罩裤衩，肉光闪闪地在卧室里摆弄从团委借回来的录像机。她冲小孙喊："晚饭你做吧，我这儿倒带呢，腾不出手。""又弄了啥带子？""棒带子，倒完了，晚上好看。"小孙就去做饭。看那兴致，他知道小范又是借了那种带子来，昏头涨脑，无非是男人女人床上瞎折腾的那玩意儿。头一回看时，小孙特恶心，毛骨悚然地看完了，心里跳得嘣嘣响。可晚上和小范亲热时，居然照猫画虎，多了不少新花样，小范也显得倍儿可爱。不过回味起来又索然，他觉得，仿佛不是夫妻间的恩爱了，倒像是跟一个收费的女人在闹着玩。嫖妓感笼罩了他的心，以致第二次小范拉他同看时，就表现得很漠然，但小范兴致浓，嚷嚷着一定要搞点更好的带子来开开眼。

不大工夫饭就熟了。小孙从厨房里一脸油汗地出来时，小范也从卧室里轻盈地跳出来，光溜溜地抱住他的湿脖子脆生生地亲了一口说："棒极了，B级的。"小孙说："啥叫B级的？"小范凑着他耳朵说："带特写镜头的。"

吃饭的时候，小孙告诉小范："下午跟老苏聊了会儿。"小范说："跟他有啥好聊的？"小孙说："听口气，老苏可能快离休了。"小范说："他早该离了，都六十二了，还占着茅坑不动弹。"

小孙说："老苏待咱不错，他要离了，我还怪不好受的呢。"小范说："好受不好受是小事儿，他要一离，你在党办这一年就白干了。"小孙说："是呢，他要晚离个三年两载，把我安排了再离才好呢。"小范说："他要是真心待你，现在离也能把你安排个副处级。"

"不，"小孙说，"这你就外行了，提干得按台阶，我现在是一般干部，现在顶多是个副科级，迈过科级，再提才是副处级。"

"谁说？"小范反驳道，"人家小胡不是留校一年就提拔了团委副书记？那是江书记的后腰硬，你要有心，得跟老苏说说去，告诉他这叫遗留问题。"

小孙觉得小范说得并非没有道理，但张口去向书记要官，这种丢人现眼的事，他小孙实在干不出。想来想去，最保险的办法是应当留住老苏，六十能干，六十三六十四就不能干了？何况他经验丰富，精力充沛，作风清廉，他离了是整个东大的损失。

吃完晚饭，收拾利落，小孙就决定给省委组织部写信。小范过来问："录像你不看了？"小孙说："我有事，你自己看吧。"

小范很扫兴，砰地把卧室的门关了，气呼呼地把小孙撂在过厅里。

小孙摊开纸，拿起笔琢磨词儿。他把能想到的都想到了，极力陈述东大离不开老苏，老苏是目前无法替代的好书记。密密麻麻，一口气竟写了十好几页，又重新抄写了，署上了"东大群众"的落款，才算透了一口气又想了想，"群众"这个词过于含糊了，如今没有不透风的墙，万一这信传到老苏耳朵里，"群众"不就把小孙给淹没了？又在"东大群众"的后面加了"孙伟执笔"几个字，才觉得妥善了，进屋里去睡觉。

小范蒙着毛巾被睡着了。小孙没开灯，轻手轻脚地摸到床上去，猛然就扑上来一个热乎乎的轻软的肉体，蛇一般地将他攀缘住。他说："别闹，我有些头疼。"小范便喘吁吁，娇成三道弯地央求他："只看一段，咱就睡觉，行吗？"小孙说："我真头疼呢。"小范就气急了，甩开手把小孙推到一边去，自己扭过身，赌气独睡，小孙也就不再言语。

二

小孙毕竟年轻，对于书记的微妙变化，反常举止，实在是发现太迟。那日他上班时，见办公室里的人差不多都到齐了，又见地面洁净，报架桌子拾掇整齐，六只热水瓶也灌满了开水，例子端坐在打字机前一本正经目不斜视，心里就怪不好意思的。心想只晚到了一步，这些活儿就都让例子给抢了去。

党办室里数他和例子年轻，主任科长们只管上班喝茶看《参考消息》，勤杂一类的活计，都是他和例子抢着干。例子名叫厉子静，是早先老办公室主任的小女儿。安主任特别赏识她，表彰模范党员，举例是她；评选五好职工，举例是她；评选先进青年，举例也是她；她就成了安主任挂在嘴边的活例子。例子长得秀美，挺像电影里的林道静，也梳着林道静那样的老式短发，平时好穿布鞋，衣衫也是十多年前的老式样，但青春是掩不住的，她那双明澈的眼睛和红扑扑的脸蛋，仍然是同事们喜欢称赞和谈论的对象。应当说她是挺美丽的。

对于小孙的调进，例子是唯一流露敌意的人。

有一回例子收党费，叫："孙红人，交党费啦。"

小孙问："谁是孙红人？"

"你真不知道，还是假不知道？"例子说，"还用我说？"

其实，据小孙观察，例子才是真红人呢。安主任的袜子她都管洗，分瓜分枣时，安主任那份每回都是她给送了去。小孙不愿伤了和气，不吱声就是了。

小孙拿了杯子去倒开水，没话找话，对例子说："大小伙子喝你打来的水，真不好意思。"

例子头也没抬，甩他："少来那个，开水是苏书记一早给打来的。书记打，红人喝，正合适。"

小孙盯着例子将信将疑："书记干吗给咱打开水？"

"那还有错？"例子说，"要留点念想呗。"

小孙就恍然。

这时候，方科长已经吃完了早点，拿办公纸擦着嘴角说："六十二了，也该给大伙儿留个念想了。"

审计科长结巴刘摘了花镜说："老、老苏一离，就、就、就缺、缺个正、正书记了。"

大伙原以为他结结巴巴、费劲巴啦地会说出点惊人的见解来，结果竟说出一句大实话，就都笑了。方科长说："缺个书记，就你去干吧。"结巴刘说："我、我不行，我做报告，不、不、不利索，还、还、还是你干吧。"大伙就哄地又喊方书记。

结巴刘刚才说了半截，让人们给笑回去了，现在哄完了方科长，腾出工夫，又接茬说：

"书、书记缺、缺了，得、得从副、副书记，校、校长里出。校、校长是党、党外人士，不、不、不用考虑，那、那、谁当、当书记呢？准、准定是副、副书记。副、副书记提、提成正书记，副书记又腾、腾出地、地方了，就、就得从、从常、常委里出，谁、谁能进、进常委呢？就、就得从、从部、部、长和处、处长、主任的里边出。"

方科长嫌他说得费劲，接过来学着他说："处、处长、主、主任、升了常委，又腾出地、地方来了，就、就从科长里出，科、科长腾、腾……"

大伙儿笑得差一点岔了气，个个腰都直不起来了。

"这、这叫牵、牵、牵一发，动、动、动全身。"结巴刘说，"好、好多人，现在晚上都做、做上好、好梦喽！"

方科长说："笑归笑，安主任这回不捞个副书记干干吗？他原先就是常委。"

"不，不行，"结巴刘说，"他，他有痔、痔疮，一犯，就、就、就上不了班儿。"

除了例子，大伙都笑成一团。

方科长说："安主任要提了副书记，咱办公室可就腾出把主任的椅子来。结巴刘来个主任干干怎么样？"

"不、不行，"结巴刘拧鼻子挤眼，急急地摆手，"我、我、我没痔疮，不、不、不是当主任的材、材料。"

笑声又起，大伙儿的眼泪全笑了出来。

方科长又说："那就例子干吧。"

人们笑得东倒西歪的，直说老方太损，女杨科长捂着嘴："结巴刘没痔疮，人家例子就非得有痔疮？"例子半天不出声，听方科长取笑到她头上，女杨科长又趁火打劫，便把打字机拽得哗哗啦啦山响，又站起来说："方科长别想涮谁就涮谁啊，后备主任不是去年就给调来了吗？"大伙儿便把目光往小孙这儿瞟。结巴刘说："对、对、对啊，一、一、一把手给选、选来的，肯、肯、肯定是、是个主任的材料儿。"

小孙火烧火燎地站起来给大伙儿作揖，央告道："各位高抬手饶了我吧，我求求大伙了，我们家哪有那香火呢？"大伙就又一阵大笑。

但小孙心里确被说得乐滋滋的。玩笑归玩笑，道理归道理，方科长和结巴刘的玩笑里，就一点信息也没有吗？他每周都为党委会纪要，干部要怎样任免，一把手是怎样的重要，他是知道得比谁都清楚的。只要老苏看中的人，你八个反对也没用。老苏会说："缺点？哪个没有？我们自己有没有？干吗要求被提拔的同志十全十美呢？"该定照样定。要是老苏反对定的人，你八个人评功摆好也不行。老苏会说："净是优点？一点缺点也没有？一个人让人看不见缺点了，这本身就可疑，调查调查再说吧。"他照样能给你否定掉。

他感到欣慰的是，老苏对自己总是有一种信任和赏识的目光，只要他不马上离休，小孙就觉得有希望。

有说有笑的，时间就过得快。顶中午，财务处又派人来发防暑降温费。去年是每人发半斤茶叶，今年变了章程，每人发五十块钱，说是谁愿买什么就买什么，"扩大个人自主权"，大家特高兴。又透露总务处正外出联系货源，准备每户发一个防盗门，大家听了就更高兴。

次日上午，大家不忘昨天上午的愉快，结巴刘刚刚喝罢茶水，准备重新拉开话匣子，安主任就撅着屁股，哈叽哈叽地进来了。大伙儿纷纷站起来关心主任的病情，问痔疮怎么样了，问大便可排下来了没有等等。但主任脸色沉沉，带搭不理的，问了一会儿，大伙儿也就没了积极性。

主任干咳了一阵，敲敲桌子说："本来不该说话的，看来不说不行了。"

人们吃了一惊，都竖起耳朵来听。

"咱们办公室，除了小厉和小孙（小孙注意到，主任从来不说'小孙和小厉'），都是老同志喽，党龄短的也够二十年，咱又是党委办公室，是给党委领导当差的，同志们，可别忘了咱们是吃哪碗饭的，尤其是一些老党员。"

安主任平时和蔼可亲，脸儿猛一拉下，不论是新人还是老人儿，一时都蔫了。

"背后议论领导，拿领导取乐，合适吗？具体点说：上级没有宣布苏书记离休，我们议论他离休干什么？党员不听党的文件，光信瞎传瞎猜来的消息，这是党性的表现，还是自由主义？大伙儿好好想一想。"训完了，安主任就夹了公文包，哈叭哈叭地出去了。办公室里你望望我，我望望你，脸上多是似哭非哭、似笑非笑的古怪表情。很是沉闷了一阵子，方科长终于慨叹道："完了，这屋里以后不能说话了。"

结巴刘说："出、出、出了王连举了。"

小孙往例子那边看，见例子啪啪地打了几个字，一扬脸道："这种人讨厌，嘴愆！"

结巴刘说："是、是、是他妈的遭愆。"

人们又看小孙。小孙想，不好，不表示几句，打小报告的就是自己了，赶忙说："说几句笑话算啥了？也值得往主任那儿献媚去？"

纷纷地谴责了一通，目标就模糊了，于是大伙儿又漫无目标地乱骂一气。这个说"上街让他撞到摩托车上"，那个说"养个儿子也得让猪给啃了"等等。

气咻咻、乱纷纷的时刻，安主任又撅着屁股回来了，他站在门口对大家说：

"刚才忘了一件事，党委和校长联席办公会上决定，从下月开始，干部实行职务津贴。校级每月四十，处级三十，科级二十。咱办公室，除小厉和小孙外，都有，领工资时别忘了领。另外，这事儿，不传达，不宣传，给你多少你领多少，也甭提向谁做解释。老师那边要问，告诉他们找领导去。这事儿寒假前就想办，没办成。这回党委下了很大决心，都是为了加强干部队伍建设，请大家给予支持。"

"别人都有，小孙、例子俩年轻的没有，合适吗？"方科长瞧出了例子、小孙脸上都不是颜色，故意说。

安主任想想说："决定是这么规定的，咱也没办法，如果大家没意见，我想办公室不是有不少旧报纸吗？卖了，每月给他俩各补十块，行不行？"大伙都说这法儿好。例子不同意："不给，我这么干；给，我也这么干。主任甭操心，我不挣那几个旧报纸钱。"小孙列席过那次会，消息早就知道，别扭归别扭，姿态不能低，他说："卖了旧报纸，就给办公室添个茶碗吧。"

安主任说："甭客气啦，就这么定了吧。"

三

老苏觉得脑袋有些发蒙。

党政联席会开始时，那脑袋原本是挺清醒的。从来没有谁在会上当面直接反对过他的意见，所以宣传部长宋科亮噼噼啪啪冲他放了几炮以后，老苏的脑袋就发蒙了。后来怎么一片沉寂了，又怎么糊里糊涂地举手表决了，老苏本人怎么也糊里糊涂跟着举手了，现在他统统都稀里糊涂的。

从来的会都是在老苏的一句"就这么着吧"的声音中结束，今天怎么付诸表决了？当老苏举了手又放下，听老丁宣布"通过了"的时候，他猛然意识到，这次党政联席会上，他扮演的实际不是"一把手"的角色了。

散会以后，他把老丁叫到自己屋里。

"那个老宋都说了些什么呢？"老苏俩手撑着桌子角问。

老丁想，会你不是参加了吗？老宋发言时，你不是一直龇乎着他在听吗？怎么会散了，又问起他说了些什么？老丁不知道，那时候，老苏只听了"我坚决反对单在各级干部中发放职务津贴"一句，头就嗡的一声，脑子里各个零部件立时便停止了转动。

"老宋说他坚决反对的理由是什么？"老苏问。

"他说各层干部的工资里，已经包含了职务工资，再拿津贴，是职务工资部分的重复。又说单单发放干部职务津贴不够公平，为什么教师系列不发？然后说，这么发放，一定会造成领导干部和一般干部、干部和教师之间的矛盾，不利于安定团结。"

老苏说："照他这么说，就不能改革了？"

老丁说："他怎么说是他的权利，最后大伙儿不是都举手同意您的提议了吗？"

"老宋这个人哪，"老苏叹道，"一到关键时刻，就表现得偏激。"

"也不大懂得道理，"老丁说，"是您把他从马列主义教研室提起来的，照理……"

老苏又叹："此一时，彼一时，如今我不是过了岁数了嘛。"

老丁是老苏的最默契的搭档，知遇之恩，老丁从来不忘。从校长办公室主任升任党委副书记的三年中，无论党委内部有怎样的意见分歧，老丁总是坚定地站在老苏一边。遇事常请示，办事不越权，和他相处，老苏觉得很融洽。

"老丁，"缄默了好一阵，老苏说，"我想先跟你打个招呼，你看我在什么时候退下来好呢？"

老丁大吃一惊，惶惶然问："怎么，省委组织部找您谈过话了？"

"没有，鉴于我的资历，我想他们不会逼我的。不过，咱们都是一级组织的负责同志，党的政策能不懂吗？"

老丁说："组织上既然还没这个意思，您琢磨这个问题干啥呢？学校里千头万绪的事，还不够您忙活的？"

这样说着时候，老丁心里也愧恶恶的。因为只有他知道，省委组织部早就希望老苏退下来。

春天，老丁在省委参加思想政治工作会议期间，省委组织部干部处曾召他去谈话，说是离休问题已经暗示老苏几回了，老苏始终不拾茬，不知老苏到底想没想到，他早就过了规定的年龄了。

老丁说："人家心里的事，咱咋会知道？"

组织部干部处处长就说："那就委托你，以个人的名义，先和老苏同志谈谈心，他想通了，主动给部里写个申请来。资格那么老的同志了，总不好让我们赶着他下台吧？"

老丁眨巴着眼睛想，我是个副手，排名还在女江的后头，让一个第二副书记去找一把手谈一把手的离休问题，我吃饱了撑的是咋啦？你们不愿"赶"他下台，让我去"逼"他下台吗？闹个抢班夺权的印象可不好，那是官场之大忌。但老丁是颇有城府之人，他没把自己的隐忧向干部处长说出来，只道："渗透渗透，试试吧。不过，任免是大事，理应由领导部门出面，正式谈话合适。所以，不管我回去渗透的结果如何，还是请部里拿主意。"

老丁回校，始终也未向老苏"渗透"。他想你省委组织部碍着"资格老"的面子，不愿直接找老苏谈话，我就能不碍"一把手"的面子，去催促人家下台吗？要滑，咱就一块耍吧；抻到底，也该你组织部来办，而轮不到我。

"得考虑考虑领导班子的问题。"老苏用那缺了一根中指的手，拢拢稀疏的白发说，"我退下来，你看谁上来合适？"

"我拒绝考虑。"老丁点上香烟说，"如果组织部来征求意见，我就说您暂时不能离，从工作实际需要看，起码还应当留任四年。"

"六十六离休？笑话。"老苏自己先笑了，"厅级干部六十岁就该退，这是一条死杠杠。"

"可您六十二了，已经延了两年。延两年和延三年四年五年六年，质的区别在什么地方？"

"你不必固执，老丁，我心里有数，再延，顶多也是一年半载；所以，无论如何到了该考虑班子的时候了。"

老丁狠嘬了一口烟，挺激动地对老苏说："咱别在这事上跟自己过不去不好吗？什么时候上头有信儿了，再说行不行？而且，定班子又不是咱俩的事儿，咱俩有个想法，省委就听咱俩的？"

老苏很为老丁的真挚所打动，他很温暖也很忧虑地说："班子配不好，我退下去也不安心。照理我退了，应当由老江来接替，可你瞧老江那样子那水平，能行吗？"

老丁眨眨眼，没吱声。他知道老苏的话已经到了嘴边了。老苏的意思是，老江既然不行，下边就是你老丁，你有没有这个思想准备呢？该怎么回答？回避尚且不迭，怎能拾这个话茬？所以他说："我已经说了，我反对您现在退下去。"老苏就叹气，又批评老丁太感情用事。老丁笑着说："都是你自己瞎琢磨，还非拉我来陪着不可。"便起身告辞。

老苏一个人愣愣地坐了一刻，又靠到藤椅上去歇息了一会儿，心里一直是空落落的。这位开了一辈子会，做了大半辈子的报告，大事小事习惯拍板定案的党委书记，想到这间办公室该让给别人了，想到将来自己再回来，是属于"串门"性质的时候，一股恋恋又酸酸的滋味便涌了上来。

一只苍蝇嗡嗡地从他身边飞过，又落在他的大写字台的台面上。那嗡嗡嗡的声音，使他想到蒋介石的美制飞机，他的手指就是那次空袭中被炸掉的。那年他十八岁，抬着担架出生入死在淮海平原上。一转眼四十四年过去了，当年龙腾虎跃的小伙子，现在追打苍蝇都有点气喘吁吁。那是只相当狡猾的苍蝇，老苏举起蝇拍，三起三落，三次都打了个空。他再度追上去拍打时，苍蝇竟嗡嗡嗡地围着他绕了一圈，斗气似的朝阳台那边扬长飞去。

他掏出手绢，揩揩脑门儿上的细汗。他感到一阵儿心慌，心想：果然岁数不饶人了。

他拿起电话，拨通了江副书记的电话号码。

不大一会儿，江副书记摇着芭蕉扇过来了。

"您找我有事？"

"过来聊会儿。"

"亏得您找我。"江副书记一屁股坐进沙发里，哗地摇着扇子说，"联席会一散，好，我屋里有人等着呢！"

"啥人啊？"

"数学系的胖曹，在礼堂门口静卧的那一位。"

"又是职称的事？"

"可不，好像她那副教授是我给端了似的。"

"你告诉她，职称是校长那边的事，这边不管。"

"找上门来，推得出去？"

"你们这些同志，工作老是职责不清，兜着揽着，一副救世主模样，累死活该。"

虽是批评，女江却听出了夸奖和关心的意味，自然是感到欣慰。但老苏不知，胖曹不找别人，偏找女江是有原因的。这次评职称，数学系六十人只给了两个高级指标，胖曹没轮上，工青妇这一块儿不是教学单位，也分给了两个高级指标，其中一个就由女江占用了。

胖曹问："江书记，您要个副教授干啥使呢？"

女江说："这是我要的吗？"

"您不要，那指标会飞到您家去？"

"我和大家合作编了书。"

"您也编书？"胖曹冷笑起来，"您编的啥书？您把您的书的章节目录给我说全了！"

东大的人都知道女江是会计出身，原是省委的计财处长，因为年纪大了，在省委不好提拔，才放到东大来当副书记，她牵头主编《群工理论丛书》，人们私下纷纷摇头。这一点女江本人知道，也很气恼。现在胖曹当面嘲讽起来，她当然不能轻饶。而且她这人说理未必擅长，打架可从不怯场，就火爆爆地和胖曹干了起来。老苏的电话不晚不早，正在这个时候打过来了。

老苏问："今天的联席会，你觉得开得怎么样？"

女江说："您是问宋部长的发言吧？您就太软，您该狠狠地克他一顿，有那么跟书记讲话的吗？"

"那倒不是，"老苏说，"党委会上人家有权发表意见。"

"我看他是不知好歹！"

老苏说："赞成我反对我倒没啥，我是想，我们这个班子将来会不会像以前那么团结……"

"有您震唬着还这样，换个资格浅的，还不得反了？"

"可谁也不能老占着这个茅坑啊。"

"咋啦？"女江敏感地听出老苏的话音，连扇子也不摇了，"上头跟您说啥啦？"

"我想听听你的意见，"老苏说，"我六十二岁了嘛，两年前就到了岁数了。这件事，你有什么想法吗？"

女江当然有想法。下半年，她就满五十五岁，也到了离退休的最后期限。她一个劲掺和编书，就是因为她得知有副教授职称的女同志，可以到六十岁退休，所以她千方百计得给自己闹个副教授。当老苏说"谁也不能老占着这个茅坑"的时候，她甚至敏感地想到，是不是老头子在暗示她也该退休了呢？

"我会有啥想法，"被迫无奈，女江就说，"到时候，上头让退就退呗，个人谁能拦住？"

女江说的是她自己。不过她内心的话并未全盘托出：您六十二岁了退不退？您要不退，凭啥让我退？我退也行，您得先退。

"你是说你同意我很快退下去吗？"

"对，"女江顺着自己的思绪说，"您退了，给大家树立个好榜样，到时候不论谁，该退就退。"

老苏心里冰凉冰凉的。女江的回答，比宋时亮会上的发言更令他神伤。当初如果我拒绝接收你，你能到东大来当副书记吗？你主持党员大会时，出过多么大的丑，你说我们在党的人都占了便宜，惹得那么多党员要求你公布自己占了什么便宜，如果我不替你包涵着，你下得来台？你弄一帮人编书，自己亲任主编，印刷、出版、买书号，不是我做主批了你两万块钱？到了这个节骨眼上，你就耐不住了？就算我马上离休了，你那水平驾得起这辕子吗？

老苏目送着虎背熊腰的女江走出自己的房间，他愤愤然地想：不行，只要我还在职，就得像个党委书记的模样，该做什么就得做什么，该怎么做就得怎么做，不能让人们觉得我已经在给他们腾地方了。

四

一周以后，小孙早晨上班在校门口看见老苏。老苏站在小花园的草坪上练甩手。他跟进进出出的各式各样的人打招呼。有两回还把送孩子的女教师叫到小花园的护栏边，又亲又逗地哄人家的小宝贝儿玩。小孙想，老苏也真多余，你逗逗人家孩子，就能从六十二变回五十九吗？

他主动地过去向老苏问个早，就直接奔了办公楼。进了党办室，小孙先去抓暖瓶，见开水又已打满，知道这一定又是老苏干的，又赶紧去擦地抹桌子，这时，例子也就到了。例子说："红人，你快升官了，还干活？"小孙说："例子干吗老损我？这屋里的人值几个旧报纸钱的，只有你和我，本是同根生，相煎何太急，要损你损别人去。"例子把小孙手里的拖把抢过去，说，"我不是损你，我听见信儿了，组织部已经在考察你。""瞎说，考察也得先考察你。"小孙又把拖把抢回来，"你在党办室比我吃香，我心里有数。"例子说："我吃香？我要吃香还用调你？"

小孙知道，例子经常跟他过不去，原因就在这里。例子当了几天纪要员，因为给党委起草的文稿中，经常用"春光明媚""鲜花盛开""天高云淡"之类的词儿，把老苏看腻味了，才决定从中文系把小孙调过来。小孙说："一瞧你就是个女的，心眼儿小得比针眼还细，你以为我乐意干这个差使吗？整天跟圈在箱子里似的。"例子说："甭来那个。记住，当了官了，别给我气儿受就成啦。"

不大工夫，人们陆续都到了。女杨和方科长各沏了一杯茶，又各自吃从家里带来的煎饼果子。小孙起晚了，没吃早点就来上班，见别人吃东西，肚子也觉得饿，拉出抽屉，见饼干只剩了两块，捏碎了搁到茶杯里，拿热水冲了，慢慢捧着喝。结巴刘问："你喝的是、是、是什么？"小孙说："就两块饼干了，冲着喝。"结巴刘扔给他一只圆面包，小孙不好意思，又扔回去。结巴刘说："小范、一、一准还、还没起来，是、是不是？我早、早说过，寻媳妇，别、别、别寻漂、漂亮的。"小孙说："她早起来了，给我煎的荷包蛋。"方科长就走过来，掐着小孙的下巴说："张嘴我瞧瞧，看你那荷包蛋可在里边。"就变戏法一般把油纸裹着的荷包蛋拍到小孙手里说："吃罢，兄弟。"小孙心里热乎乎一阵，也便不再客气。

顶到八点半，大伙儿吃完了早点，嘴里腾出地方来了，就开始聊天。

结巴刘说："反、反映还、还挺强烈的呢！"女杨会意，接着说："数历史系教授们翻腾得厉害，都骂尚校长呢。"老方说："这跟尚校长有啥关系？他正在外国讲学。"女杨说："他是从西大调过来的，西大干部有职务津贴，这边没有，人们都说他要给自己补，就赶紧下了文件。"老方说："这是胡说，行政这边的人都知道，这主意是苏书记出的，他要退了，给大伙儿留点念想。"

结巴刘灌下一大杯茶，激昂慷慨地说："管是、是谁出的主意呢，咱这边，都、都觉、觉着不赖。当、当、老师的，不、不、不坐班，东、东边讲课，西、西边辅导，外、外、外快不少，咱们死、死、死耗在这里儿，补、补、补点也不、不、不算不公平。不就、就补、补、补几个干耗工、工夫钱吗？"

例子说："耗就给钱啊？"

方科长听出了例子的意思，就连忙说："要说耗，顶耗的得数例子，"又看看小孙，接着说："其次是小孙。可偏偏他俩都没有，所以我觉着不如不分等，行政这边每人发二十，比啥都强。"

大伙都说就是就是，"这么一分，倒把大伙儿分生分了。"

女杨又说："听说头头里意见也不一致，宋部长就反对发津贴，还跟老苏戗起来了。"

方科长说："他过去是当老师的，向着当老师的。"

结巴刘说："就、就、就那么简单？现、现、现在是啥时候？过、过、过些日子省里的考、考察组就、就、就要来了，考、考察谁、谁、谁能当书记。"

女杨说："对，历史系都嚷嚷，只有宋部长主持正义，老宋的威信挺高的。"

方科长点着头说："弄半天，宋部长打了埋伏在这里。"

于是又议论宋部长怎么怎么不是东西，说他五十岁的人了，还和学生们一起跳迪斯科；说他儿子高中毕业没考上大学，说他闺女谈了四个对象都没谈成。女杨还说宋部长的老婆在街上买橘子，恨不得一个个剥了皮地那么挑，末了还得让摊主给再饶两个；比起宋时亮，他老婆就更不是东西等等。

小孙一直没说话，他经常在党委会上做纪要，他必须守纪律，不论别人说的属不属实，他都不能介入。他对老苏有好感，但在发津贴的问题上，他又佩服宋部长。他觉得他说得有理，而且人家又在会上声明："既已通过，我回去执行，但作为个人，我决定放弃那份津贴。"后来小孙还听说，老宋老婆在化学系当系主任，也放弃了，化学系的干部没一个人拿。他们说，我们面对教师，道理讲不清。

又聊了一气，方科长忽然敲了敲桌子叫道："坏了，怎么今儿个又议论起领导来了？"结巴刘说："今儿个是、是宋部长的、专、专场。"老方说："今儿个怨我，哪个要去打小报告，就说是我带的头吧。"

女杨瞟瞟例子说："今儿个不至于，这屋里没宋部长的人。"

例子吃不住劲，问女杨："你是谁的人？"

女杨不怕例子。女杨说；"我是安主任的人哪，你瞧不出我们的关系吗？"

例子不是对手，弄了个一脸灰。

例子没来时，党办室就女杨一个女的，大伙都照顾着她，她习惯了，动不动就说：老方，帮我给自行车打打气吧。老方便去帮她打气儿。分苹果时，她敢捅捅安主任的胳肢窝：主任，个儿小的可别给我啊。安主任就尽拣个儿大的给她拿。这一切特权，例子一来，不用别人说，她自己都主动取消了。哪有快五十的老婆子跟小姑娘似的撒娇的呢？

女杨特懒，一周六天，天天上班吃早点，从不扫地，也从不打水，自己的办公桌想起来擦一回，想不起来就算了。小孙听结巴刘说，她家里脏得跟狗窝似的，进不去脚；老方还告诉小孙，自己没茶杯，也别用女杨的。说有回女杨掏手绢擦杯子，擦了半天，自己倒格格地先乐了，大伙一看，才知道她手里拿的是只脏袜子。

这类事小孙没有亲眼见，似信非信。但安主任每回以例子举例时，都得不指名地批评相反的情况，比如说例子勤快，办公室的勤杂事全抢着干了，一定得加一句：我们的岁数大的同志得注意，别老那么懒得屁眼下蛆行不行？女杨脸上就会霎时变天气。

所以，女杨、例子间的摩擦，原在情理之中。只是例子稚嫩，受到女杨的反击，又臊又气，早已青白了脸，就咬紧了嘴唇跑出去。

老方说："坏了，这回可真的要坏了。"

女杨说："没事儿，随便小丫头骚去，看能把我怎的？"

五

周四下午是党委例会，小孙拿了纸笔打算到小会议室去纪要，安主任喊住他道："今天你甭参加了，纪要我自己来。"小孙顿生狐疑，不知发生了什么事。在办公室待了一会儿，甚觉无趣。自从有了那回的不快，方、刘、杨都埋头看《参考消息》，不说闲话；例子正在整理橱柜，也沉默不语。自己桌上虽有一堆各系处送来的"消息"，却又无心整理，干脆就抱着茶杯，暗自盘算怎么给丈母娘过生日。

外边的天阴得很沉，并且又轰隆隆地打起闷雷来。他忽然想起上班时忘记了关窗户，就站起来和方科长说："我得回家看看去。"老方诡谲地对他笑："现在是啥时候，还有心思回去关窗户？你也不等着听消息？""啥消息？"小孙仿佛意识到是啥消息，却绝不能把想到的事说出来。老方就伸出圆乎乎的胖手来，小声说："兄弟，你就等着请客吧。"

听老方这么说，小孙就更得快走了。要不人家会说，瞧，这小子官瘾不小，为了等着听消息，挪不动脚窝了。他就匆匆跑下楼，骑车回家去。细雨零落地洒下来，闷雷也越来越响得近。看样子暴雨马上就要来了，小孙把车蹬得像赛车，党委会上讨论到哪一步了？是提科级还是处级？这时候老苏能不能说"就这么着吧"呢？不让自己参加，是属于当事人回避。老方经验丰富，又老谋深虑，察言观色，推测动向，十回有九回都是正确的。

很快到了家，他把钥匙捅进钥匙孔里去，左摇右转，竟打不开门。又转了一遍，觉得门像是从里头锁上的。可回想一下，下午上班是小范先走，自己后走的啊。这时雨点啪啪地砸下来，风也牛吼似的叫起来。门打不开，就先关窗户，他这么想着，就绕出楼门口往楼前跑。跑到楼前，远远地看见窗户确是开着的，窗帘像旗帜般随风飘抖。他纳闷，临走时窗帘是亲手打开的啊，怎么又拉上了？疑疑惑惑往里边瞧，他一下子就给吓蒙了。

他影影绰绰地看见两个人影。女的是小范，赤身裸体，正往身上套裙子；男的背着窗，像是在低头系裤子。像点燃了一桶汽油，怒火陡地在他心中烧起。他撒腿跑回楼洞里，砸门，踹门，野兽般地喊叫，他不能让那个野汉子便宜地逃跑掉。

门开了，他让过脸红得如一片红布的小范，怒冲冲地直奔卧室。小胡？他惊愕得简直不敢相信。他看见团委副书记缩缩地躲在旮旯里，面无血色像一张纸，眼神贼溜溜的像耗子。他逼近去，揪住野男人的 T 恤领，噼里啪啦抽了他一串嘴巴。团委副书记捂头挡脸，躲躲闪闪直说对不起。

"你个王八蛋！"他一边骂着，一边去窗前抄竹竿。

小胡赶紧往外溜，抹过墙角，倏地溜进过厅里。小孙飞身追去，猛起一脚，踹到了小胡的后腰，小胡趁势窜到门口，等小孙举着茶杯追上时，他已抱头鼠窜，钻进了漫天的雨幕里。

"你们干什么啦？"小孙蹿进屋里，堵住门口审问小范。

"你都看见了，有什么好说的。"小范脸色青白，靠在写字台上。

"这是第几回？说！"

"真没意思。"

"你觉得没意思，我觉得有意思！"

他狞笑着，扑到床上去，扯掉了草席，狠撕狠拽，又抄起剪刀，一气横戳竖铰，瞬间就把好端端的草席铰成了一堆烂条条。他铰得性起，就转身冲小范哇呀呀地吼道："我捅死你得啦！"小范不躲，反把脸扭向一边，半天才挤出一声冷笑道："我看不起你！"气得小孙真想拿剪子立时把她戳烂了。

但他终难下决心，不消片刻，又泄了气。他看见立柜的镜子里，正映着小范的轻蔑的神气，怒火便重又升起。又见她的眉、眼、唇、鼻以及曲线优美的身体，竟又想到小范做爱时的种种风情，想到她投入小胡怀抱中时，会不会也是那种样子？便再也遏制不住，挥起剪刀，发狠地朝镜子里的小范摔去。镜子碎了，碎片应着哗啦的声响，溅落了一地。他扑倒在床，呜呜地号啕大哭。

雷雨交加，天地间一片迷茫和模糊。

都怨自己，他想。他们每周四下午都来家幽会的吧？周四是党委例会，小孙是必须列席的，小范知道，当然小胡也一定知道。他们钻了空子，只有自己蒙在鼓里。

他早发现他们经常进出舞场，他并非全不介意。可小范说：亏你还是大学毕业呢，男女之间不能交个朋友？现在的事实证明，"男女之间无友谊"。还是安主任的话说得对，那是不是主任故意提醒自己呢？

他讨厌油头粉面的团委副书记。他有时也到党办室串门去，冷冰冰的例子只有小胡来到时，才真正像个温柔的少女。小胡嫌例子穿着陈旧，有一回竟然当众夸奖小范："例子太保守，可惜了的长得眉清目秀，瞧人家小范！"

瞧小范什么？瞧到一张床上去了？他姥姥的。

"你别死爹死妈的模样好吗？"小范靠到床沿说，"我受不了。不行，咱们可以好说好离……"

小孙忽然坐起来，圆睁着红肿的眼睛，发狠地嚷："离？就这么离？便宜死你！我不把你们抖搂臭了，甭想离！"

"要抖搂，你就抖搂吧，可别没完没了的这么又疯又闹的。"小范说毕就去拾掇了衣服，又拿了伞，便往外走。小孙跳下床去，横着挡住门口道："你上哪儿去？"小范说："我上哪儿去，你管得着？"小孙说："就得管着，今儿个的事儿完了吗？"

小范把衣裳包一扔，坐回床边上去，道："没完看你又能咋的？捅我你不敢，我走你不依；除去砸镜子你还有啥本事？"

小孙喊："你真是不要脸，你干了丢人现眼的事，倒像我缺了理！"

"我缺理，你该咋治咋治啊，干吗疯疯癫癫、哭哭啼啼的？"

小孙家里风云骤起时，学校小会议室里党委会也正开始。有了上回的教训，老苏决心要更像个书记。他暗自思忖：不管发生什么情况，反正不能采用举手表决的方式。他宣布会议主要是讨论干部问题后，就让组织部长介绍了两个被考察人的情况，然后他亲自补充介绍道：

"头一个是组织部的组织科长小吴。工作勤勤恳恳，纪律性强，我的意思，是先到系里干两年副书记，等后年曹部长退休了，再回来接组织部长的职。刚才曹部长已经介绍了小吴同志的情况，我的意思合不合适，请大家讨论。

"第二个是办公室的小孙。这是去年发现的一个人才，听话，肯干，纪律性强，到党办一年多，出了几份好材料，省报上都见了稿。我的意思是党办安排一个副主任，由安主任下力量带一带，将来办公室那一摊子就交给他了。这意思合不合适，也请大家考虑。"

老苏讲完了，老丁又补充，老丁补充完了，女江也破例做了补充。看来书记副书记之间意见一致了，老苏心里就踏实了。他对安主任说："小孙是你的人，你说说你的意思吧。"安主任说，"小孙不错，最大的特点是稳。当初选他来党办，就是为了培养。书记们都相中了，该提就提吧。"

老苏很满意，又笑眯眯地问曹部长，"小吴是你的人，你的想法呢？"曹部长说："这俩人我都没意见。就是小孙一步提个副主任是不是快了点？照上级要求，提拔应当有个过程的，按台阶……"

"你们干组织工作的，就是保守。"老苏呵呵地笑道。

这时已经说完没意见的安主任又发言，说曹部长的意见值得考虑。比如小孙，一步提个副主任，那些老科长们就一定不好领导。有个台阶呢先干一年半载的科级副科级，再提别人就没话说了。

老安这么一说，别人也觉得有理——包括女江也说，小孙提肯定该提，不过安主任的想法更细致，就先提个科级吧。

老丁有点荷急，他知道老苏和他通气时说过的是提副处级。老苏的脾气他了解，只要想定了的事，谁能改变得了？现在大伙儿一致倾向于先给小孙定科级（还有一个宋时亮未置可否），他真担心再次出现联席会上那种尴尬局面。要是接连地给老头子来两回的不痛快，那老苏还能吃得消？

老苏皱着眉想了一气，忽然呵呵一笑说："还是大伙儿想得周到，小吴提副处，小孙就先提科级吧。"

老丁心里一块石头落了地。连忙环顾大家说："还有别的意思吗？没有的话，咱就照苏书记的意思定了。"

这事到了这儿，应该说大局已定了。老苏虽然让了半步，却换得了一致意见，心里挺满意。刚想开始下边的议题，安主任放下记录又说道："小孙不错，该提；可若小孙提了，小厉不提，小厉能说得过去？论岗龄，小厉早一年；论表现，小厉是五好职工，模范党员，先进青年；光提小孙，不提小厉，我这个主任的工作够难做的。"

大伙儿就议论起例子，众口一词，几乎没一个说她不好的。女江又把例子和女杨比了比，说仨女杨捆块堆儿，也顶不上一个小例子。老苏听罢，慈眉一扬，笑道，"我看该提就提，小厉也是个好同志。"

老苏这么一松口，各位常委们就更积极，又恰是滂沱大雨中，不似上午那么闷热，于是大家便过江之鲫般挨个说起来。女江提了个工会的干事，说是大学毕业生，在校工会干了四年，任劳任怨，学校的工会活动都是他的，还兼管老干部、离退休的同志特别感激他。女江说："刘干事也该提个科级。"

女江说完，曹部长说，刘干事是不错，老干部处那边早反映过。老苏又征询大家意见，见无人反对，又拍板道："刘干事也提科级。"

这老头子是怎么啦？连老丁心里都没底了。这么下去，得定多少算完？和尚一多，庙还够吗？但决开了的口子不好堵，定了刘干事，统战部长便提施亚南，组织部老曹也提他们的张连义，女江兴致勃勃，又补提了一个老干部处的魏绍山，前前后后，一共提到了八个人。

议了一会儿，老苏问："都议完了没有？"又伸出那只缺一中指的手，掰着指头把八个人的名字依次念了一遍，接着问："咋样，大家对八个同志还有啥不同意见吗？没有，就算定了，这算一拨，都定科级。"

一直沉默，且没有提宣传部里人选的宋时亮说："一下子提了这么多科级，部门里可就没什么兵了。"老苏一摆手道："没兵再从下边要嘛。干部这事儿，就是一茬接一茬的，事业才兴旺。"曹部长说："科级干部一多，编制上没那么多科给他们当科长去啊。"安主任也发愁，"办公室一共分仨科，小厉、小孙一提，算哪科的呢？"老苏说："咱既能提科级，就能让科也多，事都是人干的，活人哪能让屎给憋死呢？"

大伙儿一下子都哄笑起来，纷纷逗安主任：瞧，又便秘了不是？安主任苦笑着连连摇头，老苏一旁哈哈大笑，他对自己一语双关的风趣，感到十分的满意。

散了会，安主任回来找小孙。小孙不在，办公室里只剩下例子。主任悄悄地跟她嘀咕几句，例子红头涨脸挺激动的，连说几声谢谢主任，就卷了雨衣乐颠颠地跑了。

安主任又等了一会儿小孙，仍不见来，就不等了。他决定晚上亲自去小孙家，及时报告他这最新的好消息。

安主任晚上到小孙家的时候，小孙家的火药气氛已经过去。小孙和小范一人占一把椅子，一角一个，背对背地生气。

"怎么啦，这是？"

"没怎么。"小孙赶紧站起迎接。

"吵嘴了？"安主任坐下说，"吵嘴没关系．小两口吵架不过夜，吵归吵，疼归疼，吵过去就算了。"

"都因为我。"小范说。

"因为我。"小孙抢着说。他怕小范搂不住，把丢脸的事都倒出来。安主任一笑："这不就结了，俩人都怨自己个儿，还有啥过不去的？小孙，我告诉你，党委会讨论提干，这回你定了科级。"

这是在意料中的，又不是个喜兴的时候，小孙一点显不出高兴的模样来。他木呆呆地望着安主任，心里直想哭。

"按上级要求，只能先定科级，锻炼几年，再往上提，你这个同志挺稳的，好好干，我这一摊事，将来都归你。"

见小孙仍旧木呆呆，小范便过来谢安主任："小孙一直老感激您，说在一个好领导手下，有学不完的知识呢。"

安主任说哪里哪里，我文化低，水平也低，不像小孙，能说能写，将来的发展，未可限量等等。

安主任走后，小范去给小孙煮了一碗鸡蛋挂面，送到小孙跟前，小孙不吃。她又去烧了一大盆水，凑近小孙道，"孙科长，洗澡吧。"小孙说："你少来这一套，没皮没脸的。"小范蹲下身，抓了小孙的脚，脱去他脚上的塑料凉鞋，就撩水给他洗脚。小孙把脚扭来甩去，嘴里不停地喊道："就不用你洗脚！就不用你洗脚！"

六

小范小胡该着倒霉，那天下午上班，小胡见了小范问，你借团委的录像机还不该还？小范说正有录像看呢，看完再还。小胡就问，什么好带子不兴借咱看看吗？小范说，看行，借不行，要看得上我家去。小胡说好，什么时候去？小范想想说，要去现在就去。

俩人到了小范家里就看录像。小胡头一回看这样的录像，看着看着就支持不住了，急不可耐地就把小范的肩膀搂过来，小范也失了控制，就势扑进小胡怀里，俩人就又啃又咬，绞成一团，终于热乎到床上去了。

这时小孙就回来了。

小孙和小范吵了半天，又赌了一宿的气，第二天又在家躺了一天，把前前后后盘算仔细，等傍晚小范回家的时候，他把小范叫到跟前，问：

"你说，咱俩过下去呢，还是离？"

小范说："都随你。"

小孙说："你说痛快点，爱我还是爱小胡？"

小范说："爱你。"

小孙说："那我就原谅你这一次。"

小范便蛾一般地飞向小孙，一头扎进小孙的颈窝里。俩人紧抱着激动了好半天，小孙的胸脯都让小范的眼泪淌湿了。他趴在小范的耳朵上说："录像机快还回去，录像带赶紧处理，小胡不是好东西，以后不能理……"

小范说："好，小孙，以后天塌地陷我都跟着你。"

从不服软的小范乖乖地大表忠诚，很令小孙心里感到熨帖，一股男人的博大膨胀开来，竟使他醺醺然仿佛得了胜利。他抚摸着小范的后背说："以后你少给我惹这样的麻烦，你知道我活得多么不易啊。"

"知道，"小范勾紧了他的脖子说，"刚混了个科长，还得往上熬处长……"

"稍有闪失，就什么也不是。"

小范就什么也不再说了，把自己的橘子瓣般的红唇死死地堵在了小孙的爆起一层干皮的薄嘴唇上。

次日早上起得晚了，上班路上遇见的人都纷纷给小孙道喜。到了党办室，老方就把组织部下来的文件给他看，并且死乞白赖地逼小孙买糖吃。小孙本是有些高兴的，一见文件，兴致竟大跌。他原以为前天的会上只定了他一个，结果文件上印的名字竟是缕缕行行一大串。都提了等于都没提，还有什么喜？而且他又瞥见例子的名字也在那上头，靠给主任洗袜子送水果，换得主任青睐的人也成了科级，自己这科级还有什么荣耀的？

结巴刘正忙着往嘴里塞早点，腾不出工夫来和他打招呼。女杨今天把孙子也带来办公室，那孙子威武得像一只小老虎，正举着机关枪，冲他奶奶咔咔咔咔就是一梭子。女杨说："烦死了，烦死了，你快到楼道里玩去吧。"就推着小老虎往外走。只有例子气度非凡，站在打字机前，照旧是一本正经目不斜视。小孙发现，例子破例也穿了一件月白色的绸衫，下摆束在一条日本花瑶的长裙里，果真是风姿绰约，亭亭玉立。又见地面挺脏，知道没人打扫过，便拿了拖把赶紧擦地。结巴刘见状，忙过来抢夺，说，"你、你提升科、科、科长了，这地、地、地，就得大伙儿轮、轮流擦。"小孙硬是不给他拖把，三下五除二，几下就把地擦得露出亮儿来。

又去摇水壶，水壶都是空空的，他想，这例子也真是，一公布是科长了，连这些活儿都不肯干了？真近视。就提了水壶打开水去。走到二楼楼梯拐角处，正碰上团副书记小胡上楼来，俩人相视的刹那间，小孙真想上去揪住他狠揍一顿才出气。可他又想，这里不是能发作的地方，若换个僻静的地方，而且只有他和他，那他是白刀子进红刀子出，也在所不惜的。小胡怯怯地道一声对不起，就跑上楼，小孙则咬着牙根打水去。

打水回来时，见例子正从办公室往外送小胡。小孙顿时想，这小胡和例子是啥关系？瞧例子平日冷冰冰，见了小胡就黏糊糊的样儿，保不准他们之间也暧昧得可以。他恨恨地暗咒：小胡把例子也睡过了才好呢！

例子的脸红扑扑的，一身古怪的香气。小孙又瞄一眼她微隆起的胸部，得了证实一般地想：没错，例子肯定是让人给睡过了。

他沏了一杯茶，坐在自己的椅子上喝，听见例子的黑色高跟鞋嘎嘎地从自己身边走过。抬头望望例子的背影，又觉得例子的臀部也较过去丰满许多，这是少妇特有的体型啊，就暗中十分的得意。他暂时忘记了妻子被人睡过的屈辱，窃窃地满足于种种想象的兴趣。

这时，安主任拎着公文包哈叽哈叽地走进来。

安主任说："大家都知道了，我们党办室又提拔了两个年轻的同志，征得组织部同意，小厉算是文印科科长，小孙算是秘书科科长。今后的工作，还希望同志们密切配合，老同志多带年轻的同志，年轻的同志更要尊重老同志。”

结巴刘说：“没、没说的。”

方科长说：“提了好，省得到月还得给他们俩去卖旧报纸。”

女杨听见楼道里孙子咔咔咔咔地不知向什么人扫射，忙跑出去管教孙子。她不耐烦地缴了孙子手里的武器，孙子便坐在地上蹬腿大号。几个人都跑出去帮着哄劝，女杨就趁机说：

“起来，孩子，好好听话，回头我让安爷爷和苏爷爷，也给你定个大科长。”

小孙皱着眉头想：这科长也真是当着憋气！

七

六月中旬的某一天，天气不该到最热的时候，忽然间就热得人喘不过气。气象台的预报是摄氏 36℃，可家家的温度计都已窜到了 38℃。办公楼里不开电扇没法办公，开了电扇照旧办不了公。太热了！热得太早了！人们说：照这种热法，七月份该怎么过？

那天早上，安主任上班比谁都早。这老同志撅着屁股，龇牙咧嘴、大汗淋漓地擦地面，小孙感动得上去把笤帚、拖把都抢过来，又埋怨安主任：“这点活，还非您干不行？”就捋胳膊卷起袖子，龙腾虎跃干起来。

不一会儿，方、刘、杨和例子陆续都到了。因为主任早到，大家没顾上先吃早点，各自找了活计，赶紧收拾整理。很快拾掇停当了，又一齐叫热，说今年夏天是鬼门关，老弱病残、高血压、大胖子都有危险。又问主任可否调整一下作息时间，上午六至九，下午四至七，把中午大热的时间躲过去；例子还说，干脆买台空调吧，有空调机，暑假我都来上班，等等。

安主任说：“少来咸的淡的，今天事儿多。不论天有多热，一件不许马虎！”

大家你望望我，我望望你，都说这是口渴偏给盐水喝，要人好看呢。安主任说，不许胡说，就布置工作。小孙的任务是接站。省委组织部派来的干部考察组十点下火车。小孙不敢怠慢，打电话，要汽车，九点一刻就下楼去等着。

小车的司机是秃刘，山东人，说话慢条斯理大嗓门。小孙有时陪书记到市里开会坐车，和秃刘熟悉。秃刘吃捧，只要你夸两句刘师傅的车开得简直没治了，你让他拉你上伊拉克他也肯去。

小孙坐上车，说上火车站接人。秃刘就问："是接公人还是私人？"小孙说："公人。"秃刘就说："他奶奶的，咋老是公人？"小孙笑道；"看意思你是愿意接私人啦？"秃刘也笑了："公人私人一个X样！"

秃刘给小孙开了空调，且说："女江要坐车，有空调也得告诉她机器坏了，非热死丫挺的不可。"小孙说："不至于吧，干吗跟江书记那么大仇？"秃刘说："婊子养的不是东西，礼拜天她用车，拉了姑娘接女婿，末了还得给她送外甥女。晚上八点了才让回来，连晚饭都耽误了。"

汽车刷刷地开动。茶色玻璃把炙人的骄阳和火热的空气都挡在了外头，凉习习的冷气扑在身上，令小孙感到非常惬意。秃刘还骂："我就算一头牲口，也得喂饱了才肯干活吧？奶奶的，拿我还不如一头牲口呢。"小孙说："我知道，管你顿酒你就不骂了。可谁也免不了有疏忽的时候。"秃刘说："不对，我爱喝酒是爱喝酒，可不图别人赏给一盆马尿。你问老苏头去，他管我喝过一回酒吗？没有。这些天还老上我那儿去喝酒。我乐意让他喝我的酒，一块儿喝起来，我就觉得我不比他低，俩人是朋友。"小孙说："这倒对，不过，能有几个苏书记？"

秃刘打了一把方向盘，挺神秘地压低声音说："我看出来了，老苏头心里有事，料理后事呢。"小孙说："留不住了？"秃刘说："留不留咱说了算？"小孙说："也没准儿，上级要是肯听听群众的意见呢?"秃刘说:"群众的意见都一样? 骂他的你没听见过?"

汽车穿过河边的林荫道时,小孙问:"刘师傅,要是苏书记非退不可咱校里的头头谁当书记合适呢?"

秃刘不假思索,张口就道:"宋时亮。"

"宋部长行?"

"那人正气。"秃刘说,"不是因为他是我的老乡,我就说他正气。他是外国人,我也这么说。"

"咋个正法呢?"

"你比比就是了,"秃刘说,"当头的哪个不是马列主义呱呱叫? 到他家一看就知道。宾馆里有啥,他家就有啥,干啃工资他哪来的那么多钱? 一月二百块钱,喝酒,是茅台、汾酒、五粮液;抽烟,是长剑、三五、万宝路,自己花钱哪个也不干。"

"宋部长家你去过?"

"比我还穷,"秃刘说,"除去书比我多,我比他一样也不少。那人讲马列,干马列,嘴对着心呢。"

接了省委组织部的同志,又把他们安排到学校的招待所,已经十一点了。小孙赶紧返回党办室向安主任交差,看见下去了解各系防暑措施的例子和女杨已经回来了。小孙从有空调的车厢出来,冷丁觉得跟进了蒸笼一般的酷热难熬,倒了一盆凉水,就把整个脑袋伸进去,吓得女杨大叫:"小心激着! 小心激着!"女杨也热得浑身湿透,跟从水里捞出来的似的。例子则对着风扇让风使劲地往身上吹。这天,也真是热得邪门了。

顶十一点半,接受任务到派出所去领人的老方和结巴刘也摇摇晃晃地回来了。结巴刘进门就找水喝,把早晨来后凉着的一大搪瓷缸的开水,饮驴一般地咕咕咚咚都喝了下去,老方脱光了膀子,直嚷:"再热,我可就跳楼了。"

女杨问:"你们去把谁领回来了?"

老方说:"别提了,这回可现眼了。咱们的校团委副书记让派出

084

所给扣了一后晌。"

如同这闷热的天空里猛然打了一个响雷，屋里的几个人，同时都哑巴了。

"小胡，怎么啦？"沉默了半天，例子才问。

"看那种不要脸的录像呗。"

小孙心里咯噔一下，浑身就一阵冷飕飕。他看见例子的脸刷地红了，头也立时低了，仿佛受了意外的打击，结巴刘说："他、他、他交代得，还、还、还好，派、派出所让领、领、领回来，继、继、继续交代，小、小、小伙子，一上午，直、直、直哭，后、后、后悔也来、来、来不及了。"女杨说："我看就是烧的，刚二十五六，就提了副处级，不知那官该咋当了。江书记是后腰啊，瞧这回江书记又该说啥了？"

百爪挠心一般，小孙刚刚擦干了的汗水，哗地一下又全冒了出来。他觉得头晕、恶心，赶紧去扶着桌子坐到椅子上，老方就惊叫："快、快拿人丹来，小孙中暑了！"几个人上来，把他扶到长沙发上，又掐又掐，又敷热毛巾，例子又贡献了风油精，折腾了好一阵，小孙的焦黄的脸上才转过点颜色来。

这算啥鬼天气呢！人们说，刚六月小孙就热死了，往后的日子还让人活吗？

小孙病在心里，中午回家，小范正在厕所里冲澡，小孙推门就进去了。小范打了一头一脸肥皂，看不清是哪个进来了，吓得抱着肩蹲下去，嘴里嗷嗷尖叫。小孙问："录像机呢？"小范听出是小孙，站起来，关了龙头，道："什么急事等不得人家洗完澡？""少啰唆，录像机呢？""还了。还团委了。""录像带呢？""咋啦？你干吗跟吃了枪药似的？"小孙咆哮："我问你，录像带呢？""给小胡了啊。""你干吗又找他去？那带子是他的吗？""怎么啦，你说啊！"赤条条水淋淋的小范，此时已无心洗澡，拿了浴巾擦身上。小孙跺脚道："怎么啦！怎么啦！你说怎么啦？王八蛋让人家派出所给抓起来了！"

小范也慌了，追着小孙从厕所出来，急问："是因为看录像吗？"小孙不理她，躺在床上大喘气，一张脸死爹死娘似的没情绪。

"好小孙，"小范坐在床边上说，"你别多想，我没怎的。录像机是从小胡手里借的，当然得还他。他问带子呢，我说带子得洗了，他说你给我吧，我替你洗，我就交他了。就这些，没别的。"

小孙说："就这些还不够？让人当场抓起来，就得审，一审就会审出你，审出你来跑不了我。吃不了就兜着走，这回我算全完了。"

小范也不知该怎么办，六神无主，目光呆呆的。

"上午学校把他领回来了，听说交代的态度还挺好，他越交代得好，不越糟糕吗？我早跟你说，你少给我添乱找麻烦，你不听，这回彻底舒坦了吧？"

小范说："你也甭那么怕，追到咱，我全兜起来就完了，就说跟你没关系。"

小孙说："咋就没关系？你丢人我不得陪着？"

小范说："你要怕丢人，我就主动跟你离，让你干干净净，清清楚楚不就得了吗？"

真要那样，怕是不想离婚也得离了。小孙想，小胡会不会交代跟小范的关系呢？还有例子，他记得例子一听说小胡因看录像让人给扣了的时候，脸就刷地飞红了，他和她之间的秘密不也暴露无遗了？纪检委的人不追得底儿掉能轻易饶过他？

完了。他想。他心里烦乱已极，他恨死了小范，他暗骂惹祸精！臭婊子！骚货！他见她头发湿漉漉乱蓬蓬地去擦地，就喊："你把头发梳好了再干活不好吗？"又见她只穿了背心裤衩在屋里走来走去，就喊："你穿上衣裳吧，我瞅着你那浪样儿就恶心！"

小范平静地朝他走过来，冷冷地笑道："有错我自己担。我不该你的不欠你的，你凭什么张嘴就骂我？你原谅了我一次，今天我也原谅你一次。我说话算数，不信你就试试。"说完转身就走，钻进厨房去做午饭。

八

入夏以来最炎热的一周里，考察组马不停蹄地进行工作。

消息特别多。头一天被考察组请去谈话的，多是拥护老苏的。人们回来说，关于老苏的情况，考察组的同志记录得非常仔细，虽然没明确表态，但那目光和那说话的语气，证明他们是倾向于老苏延期离休的。因为几个人都听到考察组一个女同志说，看来老苏同志在东大党委班子里确是举足轻重的啊！这话不是已经十分明朗了吗？

第二天的行情就有些变。回来的人说，考察组的同志对宋时亮非常感兴趣，还特意向人们印证，"忠诚信念，身体力行，做行动的马克思主义者"的口号，是不是他提出来的。人们说这是在讲党课的时候，抨击那些以马克思主义为招牌，以权谋私、腐化变质的党员干部时讲过的，准确无误。考察组的同志又问，那么，他本人呢？他是这样的身体力行的马克思主义者吗？大伙儿说是，又举了许多例子。考察组的同志兴趣盎然，一一做了记录。人们说，这回老宋没跑儿了，中央不是提出要把马克思主义者选拔到各级领导岗位上来吗？考察组的问题就是冲这一条来的。

后来消息越来越多。有的说，老丁是老苏亲自挑选的接班人，考察组对老丁的情况问得特别主动。有的说，女江已有了副教授职称，这一点比老苏、老丁、老宋都强，属学者型的领导干部，在大学当书记最合适。更有人说，当初给女江定副教授时，党委就内定了由她接替老苏。考察组关注她，也是理所当然的。

在这一周里，顶忙活的得数女江。胸前挺着俩肉坨坨，颤颤巍巍串四方。

她串到学生食堂去。大中午在卖饭口帮着师傅们卖菜盛汤。学生们不认识她，这个喊：师傅，我不要黄瓜豆角；那个叫：大娘，你还没找钱给我呢，我只要了一碗鸡蛋汤。女江累得腰酸腿疼一身臭汗，还头晕目眩，算错了不少账。顶晚饭的时候，人们就再没见到她的人影。

在电风扇到处呜呜响的行政楼里，人们不时能听到女江响亮的唐山腔："咋的？你还住着两间房？处长住两间房？不像样。下半年调房我得说话，我要忘了你给我提个醒儿，咱不让干事儿的人吃亏。"那位女处长就千恩万谢地走开了。"你三十了还没对象？准是挑花眼了吧，哈哈。你要信得过你大姨，这事儿就包在我身上了。"就暖乎乎地打发了那位偶然碰见的大姑娘。她终于串到党办来了。那时小孙心事重重，小脸儿焦黄，老太太进门就说："小孙。你是咋的啦？缺营养啊，挣钱不吃干啥哩，不吃身子骨咋壮？"又奔女杨的桌子去，对女杨说："今儿个上午我上组织部，才知道你是个干了二十年的老科长。说起来也真够呛，科长咋能一当就是二十年呢？你又没犯啥大错误。"女杨说："我快到退休的岁数了，现在啥也不想。"女江一拍大腿："个人不想是对的，作为组织不想是不对的。"闹得女杨魂不守舍，好几天老跟喝了迷魂汤似的。

一句话不显，一件事也不显。凑在一块儿可就显了。办公楼的人们又专是管人的，琢磨起人来都是专家。女江的拙劣，自然瞒不过那一群人精，人们说，女江准是服用兴奋剂过量，应当立即驱逐出赛场。

考察组不舍昼夜地活动了一周，就回省了。留下的谜却还继续牵动着东大办公楼上人们敏感的神经。人们综合了各方面的消息，又分析了可能入选者的种种背景，渐渐地排除了女江，排除了老丁，最后连老苏也排除了。人们排除他，不是排除他的资历和威望，人们觉得他已经超期服役了，上头既派人来考察，就是以他离职为前提的。于是一时间办公楼里便刮起了"宋旋风"。

"宋时亮要当书记了。"人们纷纷这样说。宋时亮家里也迅速地热闹起来，认识不认识，够着够不着的人串门的特别多，挤得老宋的老婆都无处备课，索性搬到化学系的办公楼去住了。这一点，连老苏也看出些门道来，有一回他竟然问小孙："你也没去看看宋部长吗？"

小孙说："我看他干啥？他是宣传部长，我在办公室工作，又不直接领导我。"老苏就怪笑："快了，快直接领导你了。"

在小孙印象中，宋时亮果真要当书记了。

他回到家里，把老苏的话学给小范听。小范说："你还真得抽空看看宋部长呢。"小孙说："我去干啥哩？"小范说："干啥你知道。一朝天子一朝臣，你要混个出息来，总得拜拜去。"小孙说："我不去。都知道我是老苏的人，老苏一天在职，我一天不能拜宋部长去。"

"你偷着去啊，别让老苏知道。"

小孙心动了。可第二天晚上悄悄买了两个西瓜，到宋部长家去的时候，宋家的门已经高悬了免战牌。上书：恕不接待任何私访，工作事到办公室谈。小孙大失所望，又很后悔，我为啥不前几天来呢？他想。

心事也压得他心焦神虑。纪检委那边对小胡的审查结果如何毫无消息。小胡的荒唐事被人热闹地谈论几天之后，人们就没了兴趣。人们的那种不值一提的态度，也使小孙产生了许多怀疑。他实在憋不住了，就瞅办公室里只有他和例子俩人的空子，问例子："小胡的事儿，咋样了？"例子说："不知道哇。"小孙又问："他看的是啥录像？"例子说："不知道哇。"小孙说："你没去看？"例子脸红了，说："他是让我去看的，我去晚了，去的时候，他让人给带走了。"

他的忧虑更重了。如果例子说的属实，看录像的事就与例子没关系。

他决心要找老苏去探探口风。这么折磨着，时间长了谁也受不了。

但老苏忽然到省里去了。老苏走得非常神秘，不带随从，不带司机，不坐小车，是自己坐火车走的。

老苏还没回来，省委组织部又来了电话，召女江立即赴省，女江也神魂颠倒日夜兼程地赶了去。

于是传说又对宋时亮很不利，说苏书记和江书记正在省里办交接，宋时亮没戏了。

宋时亮有戏没戏，在小孙的筹算中固然不可排除，但他更关心的还是小胡的事到底会在多大程度上牵扯到自己。

过了两天，女江自己回来了。她的脸色绝对像一只熟过火了的茄子，黝黑黝黑的没有光泽，而且回来以后，一头扎进家里，办公楼里很少能再听见她那响亮高扬的唐山腔。

人们又说：看来女江还不成。

又过了两天，老苏回来了。小孙把本来应由例子去送的一份材料，自己去送给老苏。那时候老苏正在屋里和老丁密谈。刚想放下材料就退出去，老苏就发话了：

"小孙同志，我正要找你。等一会儿我和丁书记谈完了你就过来一下。"

小孙应着退出来，心便一个劲地往下沉。他几乎马上想到老苏找他是因为什么，他想到这是他的前程中的一个严重的危机。

安主任住院做痔疮手术，方、杨、刘和例子都去医院看望去了。办公室里只剩下他一个人，他非常难过，也感到委屈，他是讨厌那种录像的啊，何况他为此损失了自己妻子的贞洁，应当受到严厉惩罚的，是那个臭流氓而不是孙伟啊。

但这一切你将怎样去向人申明呢？

如果申明了，你就会得到光彩吗？

眼泪在二十六岁的年轻人的眼眶中打转儿。刚刚开始的生活就如此疲累，还敢去想象遥远的旅程吗？

泪水终于流到面颊上了。他抽抽鼻子，感到自己从来没像现在这么脆弱过。

电话铃响了。他擦掉泪水，到书记房间去。

书记照旧如同老奶奶般和蔼和慈祥，他对小孙说：

"我找你来，就一件事。"

小孙的心，一下子吊到了嗓子眼儿。

"我在省里，听说你给组织部写过一封信。"

小孙吊起来的心，又回到心窝里，

"是受部分同志委托，由你执笔。"

"是的，"小孙答道，没敢抬头。

"年轻人莽撞，虑事不周。"老苏说，"它的后果，一定出乎你的意料。"

小孙抬起头，眨着眼睛看着老苏，他难理解。

"前几天，有人在省里听到这消息，说是我指使了你，纠集了一些人给省委施加压力。"

"我可以做证，"小孙惴惴不安又颇惶恐地急着说，"这跟您没关系呀。"

"我当然知道没关系啦。"老苏用手指脑门儿道，"我只是告诉你，你没开动这个机器，这件事你可能出于好心，但反变成别人的口实，怕是你始料所不及的。"

这是给书记招祸了。小孙想。他不知道该怎样弥补由于自己的唐突所造成的过失，挺着愧地望着党委书记。但书记并没过分责备他，只淡淡地说："你也甭太往心里去，谁让你年轻呢？以后多注意就是了。"

小孙很感激地表示："我吸取教训，以后不随便给您添麻烦了。"

老苏满意地点了点头，站起身去切西瓜。一边说："省委张副书记送了我几个西瓜，说是甜极了，今天给你尝一尝。"就把切好的西瓜端给小孙吃，小孙吃了一块，果真甜得似蜜。老苏很高兴，又介绍道，"这是河南开封的瓜，是河南省的一位领导捎给张书记的。"小孙就不仅感到奇甜，而且觉得金贵。又吃了一块之后，便不论老苏怎样让吃，他都不再吃了："留着吧，留着让别的同志也尝尝。"老苏说："行，一会儿你回去，给安主任也捎回半个去。"

西瓜之外，不见有别的话题。难道老苏找我来就为了写信这一件事？小孙实在憋不住，就试探地问：

"小胡的事，咋样了？"

老苏说："机关一支部讨论的处分意见还没报上来。"

"得处分？"

"不处分咋向群众交代？小胡也太不像话，我一向主张，对青年干部的错误不要姑息。处分也是一种教育嘛。"

"对，"小孙顺情说，"对我们这些年轻的，您就严格要求吧，有错您就别客气。"

九

六月的热浪持续了一周，后来又不那么热了，所以方科长终于也没有跳楼。但一进七月，天气忽然又如同蒸笼了，热得受不了的人们就急切地盼着快点放假。有机会有门路的可逍遥到海滨去，没门路或不想动弹的，则可脱光衣衫遁在自己家中，反正只要放了假，避暑都能想出自己的办法来。

放假！放假！在七月开始的几天里，行政楼里许多人脑子里转悠最多的就是快放假。可离七月五日放假只有两天的时候，省里忽然来了一位组织部的副部长，代表省委组织部宣布了对东大党委领导班子进行调整的意见，就好像在烧得滚烫的油锅里突然撒了一把盐花，热得透不过气来的行政楼里，忽然间又热闹起来。

宣布是在小礼堂里进行的。十台吊扇过飞机一般地轰响着，副部长的声音又很小，近二百名党政干部不竖起耳朵就没法听清这字字千钧的新消息。

副部长宣布的意思，大致如下：

一、老苏继续留任校党委书记。期限定为一年。明年此时，自动办理离休手续。交代老苏的任务是，全力搞好党委班子的组织建设和思想建设。

——人们对此条的理解是，上级已明确委托老苏具体负责选拔和培养书记的接班人的工作。一俟此人选出，老苏即完成了历史使命。

092

二、免去女江的副书记职务，改任厅级调研员，退居二线。

——此时人们才恍然大悟，前些天省委组织部为什么要电召女江赴省。许多人想起更早一些时候女江的活跃，很替她惋惜。有经验的干部也从此条中意识到女江的退隐，老丁的排名已从副书记中的老二升到第一。

三、任命组织部的曹部长为新的副书记。

——这是任何人、任何单位、任何一次议论中，都被忽略了的人物。他的擢升使百分之九十八以上的人震惊。他今年五十八岁半，再有一年半时间，他也该退休了。但人们震惊之余，也不得不赞叹组织上的关心，让他在副书记的岗位上再过一水，然后光荣地退休。老同志了嘛，没有功劳也有苦劳！

四、免去宋时亮的常委和宣传部长的职务。他将被调往省委政策理论研究室去任副主任。

——这是众望所归，一度被认为必定是书记人选的人物的工作变化，更使得许多人大惑不解。按级别论，他是被提升了，如果上级不赏识他，怎能提升？但如果真赏识的话，为何不能在东大提升？难道东大党委不缺少有能力的干部吗？

副部长声明他此行只是来宣读文件，并未被授予解释的权利。于是人们便自己加以解释，乱糟糟的响声，险些把热烘烘的小礼堂的顶盖掀翻了。

老苏继续主持会议，他敲了三遍桌子，才使会场里声音小下来，然后大声说："下边，就请丁副书记宣布校党委关于校团委副书记胡平同志所犯错误的处分决定。"会场上才重新静下来。

小胡被撤销了校团委副书记职务，同时给予留校察看一年的处分。对于这个宣布的反应是平静的。似乎人们早已参照党纪和政纪的规定衡量过，小胡的下场，仿佛就应当是如此。小孙则在头天的党委会上已经获悉，心惊肉跳的日子昨天业已过去。此时他挤在汗流浃背的人群中，激动不安地等待老丁的最后一项宣布——他在科长的岗位上只干了半个月，又被提升为校团委副书记。

那次党委会上争论得异常激烈。宋时亮提议给小胡留党察看一年的处分，丁、曹、安三位附议。女江同意免去小胡的职务，却不同意再给他党纪处分。女江主编《群工理论丛书》时，出谋划策，上蹿下跳，左勾右连，小胡曾卖过大力气。女江说："共产党员犯了通奸错误才给警告处分，看看录像就该留党察看？到底是干干严重，还是看看严重？"还说："我就是搞不通！我今天还是副书记呢，我得爱护年轻的同志。"

当然，老苏没有理她。在争论成了僵局的时候，他环顾大家问："免去职务，留党察看一年，除江书记外，还有哪位不同意？"然后大手一挥，拍板道，"就这么着吧。"就算定了。

小孙颇多感慨。回家后告诉小范，会议最后，老苏力荐我去担任团委副书记。说老苏当时说："小孙虽然刚当科长，可到底也算迈了一个台阶啊，咱们又没有更适合的人选，从工作需要考虑，就上小孙吧。"见没有人反对，他又说："咋样？都没意见了？好，那就这么着吧。"

小范说："我早说了，一把手要器重你，一句话就能上去。"小孙说："真是的，我一辈子也忘不了苏书记。"又说了老苏那天给他吃西瓜和平时对他的种种关心，一直说得眼泪花哨的。

有些话，他没向小范说。对小胡的处理，证明了小胡被审查的过程中，没牵连任何别的人，他自己把一切都承担了下来。或者，他是为了掩盖自己与小范胡闹的情节吧？但无论如何，他没有采取"我完了，我让你们也完"的态度。这使小孙对他的十分仇恨中，滋生出一份感激来。

第二天，党办室为了小孙举行了一个小小的欢送会，欢送小孙到团委上任去。这是个放假的日子，又是连鸟儿都不愿飞的热天气，可同志们一个不落地都来了。安主任又自己出钱去买了几个西瓜，吃得大家个个嘴上流水，肚子滚圆。安主任说："小孙最大的优点，一是谦虚，二是稳当，三是勤快。去了团委，这三点要继续发扬。"女杨说："小孙这同志厚道，不争不闹，不出风头，和人，挺好。以后官儿做大了，可别骄傲。"小孙说："这些嘱咐，我都记住了。"

方科长出汗最多，吃瓜也最多。他拿湿乎乎的手拍着小孙的肩膀说："兄弟，半个月里你跳了俩台阶，可真不容易。这么升上去，希望就大大的。下半月津贴你该拿三十了。钱多了，早晨一定得吃早点，不能老让小范随便睡懒觉。"小孙笑笑，说："我也记住了。"

结巴刘想到日后早上扫地打水没人了，心里很为小孙的调走难受。他费劲巴啦地对小孙说："团委就、就、在四、四、四楼上，不、不、不算远，想、想、想我了，就回、回、回来聊聊。"方科长说："聊聊也得找个嘴利索的，找你来聊，不得急死了？"

大伙儿笑了一气，又说了小孙好些好话。例子嘴角蠕动几次，话未出口，又咽了回去。小孙却已经感觉到她好像有什么难言之处。他想：既不好说，不说也算了。大伙儿把小孙送到办公室门口，又一一地和他握手，这时，小孙的眼圈就湿了。喜忧苦乐，大家在一起滚了一年，毕竟有些依恋，心里都不好受。这一分开，虽然仍同在一幢楼里，总是比先前疏远了。他回望着大家一边招手，一边恋恋地走上楼去。转过楼梯拐角的时候，例子却跑颠颠地追上来，把一个橘黄色封套的精美的笔记本塞到小孙手里，说："留个纪念吧。"小孙心里就热辣辣的，也当即拔出自来水笔，给了例子。

例子说："小孙，过去我嫉妒你，净刺儿你，挺对不住的。"

小孙想起也曾恶毒地希望小胡把例子给睡了，心里也觉得挺羞愧，他对例子说："我对不住你的地方也不少，你别见怪就是了。"

他看见例子明眸一闪，竟跃出两颗晶莹的东西，心里一窝，头便深深地垂下去。

1991 年

上海阿江

阿江就是老江。阿江没有
老婆，所以也就没有房子。

中文系通例：年高德劭的老教授，均尊之为老。张老，王老，含着恭敬。副教授一干人等，则称之为公。赵公，李公，那恭敬就差了些成色。等而下之，中年讲师者流，虽然也以老字相称，那老字却是冠在姓氏前头的。老陈啊，老郑啊，其间的滋味，尊敬就远逊于亲切了。中文系有三个江。一个是系主任江老。仅此一个，从不混淆。但余下的两个，都属老字摆在姓氏前头的，有时就所指不明。"见到老江了吗？""哪个老江？""教古代汉语的老江啊。"显得费事。后来虽有"古汉语江"和"写作江"的称谓，毕竟不像个正经的称呼，未能为众人接受。再后来，高人就出来了。称一个为"山西老江"（可能是由"山西老醋"衍化而来，叫着特顺嘴），另一个为"上海阿江"。许是贴切了，竟就叫开来。

上海阿江教写作，位至讲师；长于诗，算个诗人。此公半生坎坷，后来一朝成名，倒是合了"大难不死，必有后福"的老话。但对福字，理解各异，且无论多福的人，也总会有不福的那一面。阿江亦不例外。他五十三岁了，至今还没有妻室，你说福耶非福？当然以诗人之超凡脱俗，不会对没老婆多么上心——他更关注的是爱情——但老婆之不可无，却是显而易见的。这一点，上海阿江终于慢慢明白过来了。

东大规矩：教职员工，凡未婚者，学校一律不承认其分房资格。不论多大年纪，不论什么职称，一律只能住在单身宿舍里。仿佛旧式的家庭里，儿子没有家室，即不算成人，不能分家另过一样。

上海阿江就占了这一条。所以他在单身宿舍里已经苦熬了十五年。他也曾为此抱怨过："这是混蛋的政策！如果我抱定独身一世的主意，你就一辈子不给我分房？"总务处长告诉他："没办法，学校订的政策，我有什么辙？"阿江怒气未消："不合理的政策得改。"处长说："定了的东西哪能随便改？"阿江说："啥了不起的政策不能改？党章宪法还改来改去的呢，你个分房条例就改不得？"

总务处长说不过他，就道："没改以前先执行。"又搓搓脸，冲阿江一摆手："去，回你的宿舍歇着吧。别说你是阿江，就算你变成了江老，只要还是跑单帮。对不起，你就得老住那单身房。"

这不，老婆的价值就出来了嘛！非常现实的问题是：老婆等于房子，没老婆就没有房子。这对诗人终生期求的爱情婚姻说，不啻一次毁灭性打击。

倘若不谈爱情，只讨老婆，阿江也许早就进入可分房者的行列。可惜他过分痴迷，觉悟得迟，空空地蹉跎了许多大好时光。

读大学时，阿江恋着一个名叫阿黄的姑娘。那是他心中的"有丁香一样的颜色、丁香一样的芬芳、丁香一样的忧愁"的姑娘。他与她山盟海誓，构筑过不少古今中外情侣们共同的梦想。但是，爱情毕竟抗不住急风暴雨式的阶级斗争。1958年，阿江被戴上帽子，旋即又被发配到华北某地进行改造。爱情之梦便名副其实地变成了一种"梦想"。

阿黄等了他四年。一个冬日的黄昏时分，她突然出现在华北某地的小村庄。她同我们的阿江缠绵了一夜，然后抱着阿江大哭一场。她告诉他，她要出嫁了。她专程前来，并且把一切都给了他，就是为了却彼此的情肠。"不要恨我，也不要念我，就权当我死了吧。""权当"也者，从来就是无奈的声音。试想，哪个"权当"曾经真正地"权当"了？况且，即使阿黄真的死了，就能让阿江割断情思，从此将昔日淡忘？那是永无可能的。

那次分手是悲怆的。分手之后的阿江是悲凉的。"权当"死去的阿黄远未死去，难圆的爱情之梦，折磨得我们阿江骨瘦如柴，痛苦绵长。所以，当阿江平反改正之后，他的头一件事，就是跑回上海去寻找他的阿黄。他命令阿黄火速地与其丈夫离婚。他向她宣告："落实政策必须彻底。必须把你落实给我。还我爱情！"

这已近乎痴人说梦了。不是诗人，哪会有如此昏话？阿黄已结婚十七年，双胞胎的儿子都十六岁了。"还我爱情"就必须拆散另一个家庭，不以法律或道德的目光视之，即以当事人的情感论，就那么简单？能像一圈麻将没打好，将牌打乱了，重新再摸牌一样？

偏偏阿黄也是活软之人，她心动了。

于是以后的几年间就有频频的通信，频频的感情传递，频频的消息互通。终有一日，两位阿江的崇拜者出现在阿江的宿舍里。他们买了啤酒约他去公园小酌。盛情难却，阿江便随他们去。行至南湖堤边一僻静处，两人忽然变了颜色。一个揽腰抱住阿江，一个抡圆了胳膊，噼噼啪啪猛抽阿江的嘴巴。又将他按倒在地，好一阵拳打脚踢。然后一个抓胳膊，一个抬脚，像扔一只口袋一般，把阿江抛进湖水里。

被打得晕晕乎乎的阿江，喝了几口浑水，挣扎着爬上岸来。迷离着眼睛问两个怒目相向的小伙子：

"我怎么你们了，你们这样撒野？"

一个小伙子恶狠狠地告诉他：

"今天警告你这一次。往后，再给我妈写信，当心我们废了你！"
浑身湿得癞皮狗样的上海阿江终于明白，二十多年的爱情之梦，今天
真是做到头了。

那年，阿江四十七岁。

在单身宿舍里，阿江熬了十五年。
五十三岁的阿江说：我受不了啦。

春节过罢，春天却全然没有到来。初一至十五，天气阴冷得没完
没了，阴冷来阴冷去，阴冷到十六，雪就下来了。那雪也真下得奇，
扶扶摇摇，两天一宿，把整个世界的鼻子眼睛都下模糊了。去年冬天
也没下过这么大的雪啊，会不会又要闹地震什么的了？可别介，老天
爷千万稳着点，天上地下都以安定团结为好。

雪悠悠地尚未下完，气温就骤降。零下十六度。在华北，这就冷
得够瞧了。

正月十八，东大开学后的第三天。阿江同室的小韩的新婚妻子，
如狼似虎地从北京赶来。阿江当然知趣地赶紧给人家腾地方。

按说，腾地方的事，阿江早该习惯了。十五年间，阿江的"同室
客"，来来走走，已经换了四拨年轻人。他给这四位年轻人腾过无数
次的地方。他那间宿舍，就好比是一只蜂窝煤炉子的炉膛，只要上头
加一块煤，阿江就成了尽底下的那块烧透了的乏煤，得赶紧清除掉。

但这一夜却有点异样。单身宿舍里竟没有一张空位。打听半天，
勤杂工才告诉他，说一楼的杂物间里存有一只板床。阿江去看了，床
倒是可以用，床上扔着一堆臭鞋烂袜子，收拾一下就行了。但那房间
从不住人，一进去就感到冷森森的冰凉。阿江犹豫了一下，终想到，
成人之美是善行善举，就决定做一夜挨冻的牺牲，便搬了行李，乖乖

地前去。

小韩的新婚妻子，是一位让你见了就难以忘记的漂亮姑娘。可她的不招人喜欢，大约就在于她太了解、太明白自己的漂亮。她跟阿江说话时，一派港台腔调，且连眼珠都不肯转过去，好像不是她挤走了阿江，倒是阿江侵占了原本属于她的地方。这让阿江好生不快。搬去杂物间后，呆呆地愣了半天神——只是无论如何，回想不起那姑娘的眼珠是什么颜色——"他奶奶的，招谁惹谁了？"阿江自言自语地骂了句娘。

虽然簸箕、墩布、笤帚、臭鞋烂袜，不断地散发着类似垃圾箱一样的气味儿，阿江倒并不发怵，鼻子上抹几回清凉油也就顶过去了。要命的是冷。唯一的办法，只有迅速地钻进被窝。偏偏阿江又是不脱得赤条条就无法睡觉的那种人，就横了心，咬紧牙关，不住地打着得得，以最快的速度脱衣躺下。

这一夜，我们的上海阿江，基本上没能够入睡。他想了些什么，怎么想的，我们就不去探讨了。反正曙色初露时分，阿江猛地将被子掀掉，白条鸡一般，哆哆嗦嗦地跳下床，快快溜溜地套了衣服，就从杂物间里窜出来。那间破门被他摔得啪啪的山响。

雪已然停了。从头到脚，从里到外，哪儿哪儿都窜凉气的阿江，缩着脖子往职工宿舍区疾走，咯咯吱吱地踩着硬硬的积雪，气鼓鼓地要去堵总务处长的被窝。

当然，他是故意要给处长添点腻味的，所以砸门声就格外的响。处长家已经起床——这使阿江微微地感到失望——处长夫人缩在防盗门里，一脸张皇，惊兔一般，如果阿江再有发作，她完全可能掉头就跑。而这一瞬间，阿江却忽地平静了。他从对方的惊惧中，想到了自己脸色的恐怖。而恐怖是丑陋的。他咽口唾沫，极力地平静地说："我要见处长。"

灵魂快吓出窍了的处长夫人，这才判定来人不是歹徒，长喘了一口气，为他开了防盗门。

处长正在洗手间里漱口。一嘴白沫，螃蟹似的侧脸望着冒失的来客。他认得阿江。甩了甩手中的牙刷，含含糊糊地问：

"啥急事儿？大早起的。"

"我受不了啦！"阿江堵住洗手间的门说。

处长一时反应不过来。愣愣地，不知阿江的用意为何。

"我要结婚！"阿江猛地提高了嗓门。

这前后两句话之间，隐含了一种味道特殊的逻辑，效果就奇妙。于是处长就满嘴白沫地呵呵笑起来。

"熬到这岁数，倒受不了了？"

阿江听出处长在戏耍他，脸色陡地青白，咆哮道：

"仨月以内，我给你结婚！"

"给我？"

"就是给你。不给你结婚，你肯给房？"

阿江吼过了，扭头就走。好像他一早跑来就是专程报告要结婚的消息似的。处长见夫人捂着心口的痛苦模样，也觉得遭了这不明不白的无名火，实在窝囊，就冲到阳台上去，对着阿江的背影喊：

"你赶明儿就结婚才好呢！要是没房，就把我这套腾给你，行不行？"

高音喇叭一般，半个院子都听见了。

阿江走得很气。风刺着他南方人的面皮，冻红了他尖尖的鼻子。他想到那黏黏糊糊的小两口，兴许正在有暖气的房间里热恋被窝的时候，心里很是伤感的。

现在应当回哪里呢？一种孤独的流浪汉的感觉在向他袭击。是啊，仅此一端，他阿江也必须赶紧去寻一个老婆！

他习惯地走上楼去。走到宿舍门口，又犯犹疑。刚想掉头，却见小韩抱着饭盒从屋里出来，嘻嘻地跟他打了个糊里糊涂的招呼，就往楼下跑去。

阿江走进宿舍。房间里只有小韩的妻子。睡了一夜，这身材窈窕的女人，脸上竟如花朵般娇艳。昨日的冷傲，居然也因娇艳的醒来而全然消退。

"不好意思，"她港味十足地说，"给您添麻烦了。"

阿江半生都是只顺毛驴。半句硬话就犯犊，一句软话就心活。那女人只道了一句歉，阿江浑身都舒坦了。委屈、厌烦、愤怒，一时间都不知飘向何国何乡。

他闻到了房间里充满了女人特有的气息。他猜不出她用的是哪一种香水，只觉得心里好一阵温馨。

这年轻漂亮的女人，正对镜梳妆。长发如瀑，肌肤似玉，胸前的乳，随着手臂的动作，隐在玫瑰色的毛衣里，突突地跳荡，宛如两只可爱的小鹿。阿江感到一阵晕眩，晕晕乎乎之中，脑际竟闪过对于小韩夫妇昨夜温存的种种想象。

阿江的脸，不觉红了。一股无可名状的悲哀也同时袭来。正是在令他想想便脸红了的那个时刻里，他，一个已经五十三岁的、足可做他们父亲的阿江，正困守在冰凉的杂物间的硬板床上做"团长"。

结婚！结婚！别无选择！阿江想。

愿意做阿江老婆的人不少，但多是上了些岁数的。
而阿江的心理却很年轻，所以问题也就变得复杂。

如果结婚仅只是为了完成一件任务，以阿江的条件，还比较简单。问题是，当他断然决定，并且宣布"仨月以内结婚"的时候，他应用的是世俗的和讲求实际的尺度；而一旦他真的面对了婚配的抉择时，他使用的却是藏在心间几十年了的那杆老秤。

归根到底，阿江并不十分了解他自己。

他决计要以最快的速度结婚。他托了报社的一位朋友，在晚报的中缝登了一则别致的征婚启事。应征者的反应比他预计要迅捷和强烈得多。信件雪片似的飞来。传达室的秃顶老头诡秘地乱叫唤：快找头头反映反映吧，中文系的那个阿江出什么事啦吧？给他单开一个邮局吧，这么多信，我一个人伺候不过来噢！

阿江听了，不言语。他知道，别人不会不古怪地盯着他。

但他心里洋溢着酸唧唧又甜丝丝的滋味儿。五十三岁了，爱慕者还如此之众，这也许就是诗人的魅力吧？

阿黄已被渐渐淡忘。在决定登征婚启事的前前后后，他常常想起的是一位电视台的女记者。就是在阿江遭了毒打的前一年夏天，他到某海滨城市参加诗会，一位女记者整整跟踪了他半个夏天。他没有能去爱她，但他因为自己能让一位小她二十四岁的漂亮女人倾心，内心也是甘美如饴的。

这是位新潮女性。谈萨特，跳霹雳，吃汉堡包，穿比基尼。喝起啤酒来，莫说阿江，诗会上的各路诗人，个个都输得一败涂地。

可惜，其时阿江心里正苦恋着他的阿黄。否则，他也许会把爱献给那位现代派的女记者。

机会失去，就永不再来。在那众多的应征者中间，还会有一位这样的女记者吗？

应征的信件虽多，令阿江中意者却寡。几天过去，阿江便大为沮丧。那些人中，妙龄者极少，有大儿大女乃至做了祖母的人倒是很多。反复刺激，终使我们的上海阿江意识到自己的身价。

他曾翻拣到一个叫余小玲的女孩的来信。他的心怦然一动，转瞬间也就复归于平静。

余小玲的信中附有照片。照片上的女孩有一双水汪汪的大眼睛。稚气未退，抿住的嘴角上，跳荡些纯洁的微笑。

老师，您还记得北戴河的诗歌之夏吗？女孩在信中说，我在那儿听了您的讲课，从那时起，您就永远地印在了我心中。您是诗人，您的诗人的气质曾经勾走了我们房间每一个女孩的魂灵。忘不掉在沙滩徜徉的黄昏吧？您的一只鞋陷进了泥沙中，您若无其事，只穿一只鞋，继续向前走。可我们六个人都跑过去，为了拣那只丢了的鞋。鞋拣上来了，而您却把另一只鞋远远地扔进大海中。老师，您知道吗？您的潇洒，在那瞬间，竟化成了我心中的神圣。

阿江苦涩地笑了。依稀记得往事，女孩是个身材匀称、面色红润的小姑娘。而她如今也只有十八岁。十八岁啊。十八岁，行吗？

她的真情，让阿江感动得泪下。她是怎么从未署名的征婚启事中，猜得这位征婚者就是阿江？

十八岁，太年轻了。这是个刚刚离开童话，眼睛里还满是童话的年龄啊。

阿江爱抚地瞧着她的照片。他无奈地叹息了。

虽然征婚启事中声明"拒访"，但来访还是拒不胜拒的。他的宿舍里就陆续出现了许多面孔陌生却一律精心修饰的女性。这些人多是知道阿江的情况，或是听过阿江讲课，与诗多少有些关联的女人。大概她们都有排队购买商品的经验，以为不趁早上门，好货就会被别人抢走，所以不待阿江回信，便径自闯上门来。

阿江百倍地警惕着。他以为每一个这样的女人，都可能是他的可怕的陷阱。

头一位来访者是位胖胖的、梳着圆篆儿的中年女人。她拿来一个大书包，里边满是她写过的诗稿。她坐下来，把书包平摆在膝盖上，就说：

"我是您的崇拜者，我听过您的讲座。"

"在市图书馆的那次吗？"

"不，在文化宫。"

"对，有过那么一回。"

"您朗诵过戴望舒的《雨巷》，使我陶醉了。"

阿江记得。在所有的讲座中，他几乎都朗诵过《雨巷》。当年，因为《雨巷》，他结识了阿黄。阿黄就是他心中的丁香一样的姑娘。当阿黄填满他的心房，以及后来阿黄仅仅成了他记忆中偶像的时候，《雨巷》则永恒地寄寓了他的情怀、他的痛苦和他的梦想。

"你也喜欢诗吗?"

"喜欢。"中年女人说，"我爱诗，也写诗。我写了不下三千首诗，但从不发表。我的诗是给自己看的。和您一样，我也是个艺术至上主义者。我特别崇拜您，是因为您对诗的理解、痴迷，证明着艺术中还有圣洁。您在讲座中抨击商品经济对诗的侵入，真是鞭辟入里。您骂那些发财的个体户们是虱子，是臭虫，是吸血鬼，我为您鼓掌拍肿了手。"

有人鼓掌，当然是令人愉快的。但"艺术至上主义者"，却也让阿江心中翻起了一阵苦涩的波澜。当年他被反复批判的罪名之一，不就是"宣扬资产阶级的艺术至上"吗？几近忘却的这个"主义"，今天被一位女士以自豪的口气当面来炫耀，阿江确是感到了几分新鲜和亲切。

但阿江难以接受这位女士为终身伴侣。他不喜欢她脸上的太多的肉，以及看上去比菜刀还要横宽的那双脚。而且，他想，一位四十七岁了的老处女，谁知道朝夕相处时，她会暴露出怎样的坏脾气。

又来过一位退休的当了奶奶的中学教师。这奶奶是慈祥的。她慢条斯理地告诉阿江：她擅长烹饪，她做出来的八宝饭比真正的上海人做的还要地道；她说她能为他料理家务，乐意伺候得他就像过去地主资本家过得那样舒服。她是一位与子女不睦的母亲，为了寻找一片净土，只要阿江同意，她是什么条件都在所不惜的。

阿江要的是老婆，不是保姆。所以老奶奶讲了半天，其实都是南辕而北辙的。

阿江费尽了口舌才把她打发走。走到门口，奶奶还说："我能写一笔好字，如果能成一家人，我能替你抄写你的诗稿。"

阿江只希望她快走，说："谢谢您啦，我的诗稿，从来不用别人抄。"那老奶奶又想起什么来，刚说到"我还能……"阿江便急忙止住她。他的耐心已到了临界状态。他掩上门，自己对自己说："行啦，行啦，再见吧，大娘。"

此类的来访，来一个，阿江的情绪低落一阵，直到他彻底地失望。生命、生活，仿佛都在拿我们阿江开玩笑。一方面让他想着电视台的年轻的小记者，一方面却又让他一一地去会见那些他不愿见的、上了年纪的女人们。

他闪电般地选定了黄小曼。黄小曼却声称：
她要嫁的人，职位不能低于副教授。

高峰阶段一过，来信就稀稀零零。一天两封，两天一封，终至几天不见一封。阿江的情绪也随之从沮丧坠入绝望。

但中国有句古诗，叫"山重水复疑无路，柳暗花明又一村"，是告诉人们绝处可以逢生的。大约这也可以视做古训的吧，启迪芸芸众生，永存着生存的希望。

希望果然就来了。

像淘米淘出块金子似的，灿灿然，阿江的眼睛顿时晶亮。他接到一位名叫黄小曼的姑娘的姗姗来迟的应征信，精神立刻大为振奋。与遥远的阿黄同姓，已让他心荡神驰，又是一个浪漫女士名字，更令他心驰神往。那一瞬间，阿江倏地想起诗人徐志摩遗下的未亡人，当年传说颇多的陆小曼。他觉得诗意盎然。

黄小曼的信中也附有照片。一张她本人着红色泳装半坐半卧金色沙滩的全身照，背景是蓝天如洗，大海浩瀚，竟把阿江的情致煽动得如醉如痴。她有一张圆圆的娃娃脸，健美修长的腿，完全是一副做时装模特儿的材料。

她只有三十六岁。

这些，已足够了。阿江无心去读她关于自己的种种介绍，迫不及待地当日便写信去约她相见。焦躁不安地等了三天，第三天傍晚，阿江没吃晚饭就早早地到了约会地点。

天气寒冷，公园里几无游人。阿江在公园里的一个小园门口翘首以盼。那个小园是日本某市专为本市建造的日本式的小小庭园，阿江的印象中是很幽雅的。

他踱着，心里一阵阵地感到不安。黄小曼能够如约而至吗？似她这样一位标致的姑娘怎么会倾心于我呢？会不会是她故意戏弄我呢？如若那样，阿江可就惨了。

阿江极少这样犹疑。如果不是那一个个登门拜访者使他扫兴已极的话，也许此时他会更多一点自信。

冬日余晖的将尽时刻，积雪的小径上终于出现一位身材高挑的姑娘。阿江的心，立刻咚咚地乱跳起来。定睛细看，那姑娘穿一双高靿黑羊皮靴，着一条紧绷绷的牛仔裤。红色羽绒服，白色圆皮帽，红装素裹，风姿绰约得足可以让我们阿江忘掉当年的那位女记者。

她，姗姗地，迈猫步，一步步，走近来。离阿江丈余许，站定了，阿江的心蹦得快到了嗓子眼，连他自己都纳闷：我这是怎么了？"你是阿黄？"惶悚中，阿江直通通地问。

姑娘微微浅笑，叫一声江老师，就走近道："干吗叫我阿黄？单位里都叫我小黄。"

"唔，一样的。我们上海人——"阿江觉得嗓子眼有些堵，话没说完，半截就撂下了。

他和她，一起走进了小园。

夜色已经降临。日本式的路灯，莹莹地闪着幽光，他和她默默地走了一阵，说了些无关痛痒的话以后，精神才渐渐松弛。她说："来的时候，我好紧张哎。"

他没说自己的紧张，却淡淡地搭话："有什么可紧张的？"

"您是诗人啊。"

"诗人和常人不一样？"

"诗人档次高。"她嘿嘿地笑了。

阿江也笑。因脸冻得发僵，那笑也很僵。他说："档次是什么？我不懂，可诗人也是人。人有的，我都有，人需要的，我都需要。"

她就顺了眼，靠近他，把自己的手揣进阿江的大衣口袋，又伸进阿江的手掌里。电流一样的感觉，立刻暖遍他全身。当年，他和阿黄也曾这样握着手，在黄浦江畔漫游。那是三十五年前的一个梅雨天，阿黄的清秀的脸上，总是蒙着一层招他喜爱的淡淡的幽怨。

　　"我也喜欢诗呢。"黄小曼说。

　　"很好。"他闻到黄小曼身上散出的异香，很陶醉地说，"诗能陶冶人的性情。女人尤当爱诗。"他一口气讲了许多女人和诗的话，炫耀似的，又背诵了一首挺不行时的诗，诗名叫《独身女人》。

　　"这也算诗吗？"她说，"那女人够野的。"

　　"那是真情，不是野，"他握紧她柔软温热的手，问她，"你喜欢的是哪样的诗？"

　　她不答，扭扭捏捏，腼腼腆腆，只吃吃地笑。

　　阿江注视着她。当她这样空空荡荡笑着的时候，他觉得她身上看上去很艺术的气质，就悄悄消失了。

　　"你记得哪些诗呢？"

　　黄小曼还是吃吃地笑了一气。然后明眸一闪，背道："床前明月光，疑是地上霜。"

　　"唔，"阿江说，"这是名诗。"这么说着的时候，心里却颇有些失意。他原以为她能背出些让他大吃一惊的诗句来。

　　但他的夸奖，还是鼓舞了黄小曼。当他再问"还记得什么诗"的时候，她就铿铿锵锵，有板有眼地念道："中华儿女多奇志，不爱红装爱武装。"

　　"当然，这也是名诗。"阿江诗意笑笑，向她点头致意。但他没有再问下去。他估计她关于诗的修养，大体上也就这样了。

　　和如此水平的姑娘谈诗，是令人尴尬的。但他的心情依旧很好。她很美，美得阿江无从挑剔，他要选择的是老婆。虽然老婆不一定是保姆，但老婆也不一定非懂得诗不可。和所有的应征、来访者相比，黄小曼比多数人更具青春和魅力。和她在一起，阿江觉得自己也找回了青春。而青春永远是美好的。

他们踏着雪走到一个铺满木板的日式的凉亭里。亭下那一边是一片披盖了厚雪的结了冰的小湖。

"夏天，那里可以划船。"她拉着阿江的手，指着披雪的小湖说。

阿江没留意她的兴致，却文不对题地问她道："你真的有三十六岁了？"

"那还能做假？"黄小曼怔了一下，反问他，"你是说我比三十六大呢还是比三十六小？"

"你像我们东大的学生。"

"学生又怎么样？"

这一瞬间，在黄小曼的圆圆的娃娃脸甜甜地面对着他的这一瞬间，阿江冲动难以抑制，周身的血都在血管里奔突。他听到了自己的微微颤抖着的声音：

"我相信命运，也相信直觉。从我接到你的信，从我见到你的那一刻，我就知道我遇见一个我所期待着的人。小黄，如果我现在告诉你，说我非常喜欢你，你将会怎么样？"

他说完后，干干地注视着她。他自己都知道，他的话说得有几分笨拙。

黄小曼愣愣地望着他，然后，闭了眼睛，又猛然扑到他身上。她偎在他怀中说："我爱你。"

渴望女人如同干柴烈火的阿江，在这意想不到的快捷中，最迅速地做出反应。他把她揽进怀抱里，在她的额、鼻、腮、唇上狂乱地亲吻，手也忙乱地动作起来。

夜色极浓，黑夜是情侣们的屏障。

对于女人，阿红的经验仅是若干年前，阿黄给他的那一夜。那一夜，很遥远。阿江无数次回想它的时候，它已变得相当模糊，以至后来他无论如何也难以再有明晰的印象。在寒冷的满地是雪的晚上与黄小曼初会的记忆，却是十分新鲜的。躺倒宿舍床上，仔细回味这突如其来的体验时，他先前的朦胧了的记忆竟神奇般地醒来，体内的冬眠已久的情爱的冲动也统统萌动。他在床上辗转反侧，一直到次日的黎明。

他饥渴一般地要求再次相见，就打电话去约。于是第二天晚上，他和她便再次相聚在那个日式的小园中。

"你若同意嫁我，"阿江终于说，"我希望我们能够尽快结合。"

"我们算不算一见钟情？"

"一见钟情？很好。"阿江说，"世上一切伟大的爱，多是一见钟情的。相信我的感觉吧。"

"我也希望快点结婚。"

"五一节的时候怎么样？我们去黄山旅行。"

"是旅游，"黄小曼为他纠正，"我特爱旅游。"

他以为她同意了。他把她紧紧地抱住亲吻。

黄小曼挣脱出来，问：

"你告诉我，副教授大还是诗人大？"

问题的文化"档次"不高，阿江差一点发笑。

"没法比，这是两码事。"

"大学老师不是分级吗？"

"对，教授、副教授、讲师、助教，分四级。"

"你这个诗人算哪一级呢？"

"诗人不是级。我在东大是讲师。"

"诗人和讲师加到一块儿，能不能赶上个副教授？"

怎么能向她说清楚呢？能够对她说：诗人不是评的，不是定的，不是哪个人封的，那么她会问：那是怎么来的？能够告诉她：诗人不是职称，与职务无关，与工资无关，与待遇无关。那么她会说：那要这玩意儿干啥使？服装公司的女售货员也许对服装款式、流行颜色、质地价格，一清如水，但对文化圈里的事情，只靠三言两语，是难以说明白的。阿江摇摇头道：

"它们是加不到一块儿去的，所以也没法和副教授比。"

"那你能当副教授吗？"

阿江坦然地笑了，他笑得充满自信。系里前年评定的一位同事，就是写了研究阿江诗作的论文而晋升为副教授的。他胸有成竹地对她说：

"只要我想定，就能定。"

"那快定好不好？"

直到他们分手，阿江也没想出黄小曼对副教授大感兴趣的缘由。他再一次向她提出"五一"结婚的提议，没想到黄小曼竟摇了头。

"我心里窝着火呢，"她挽着他的臂弯，很亲近地说，"我非出这口气不可。"

阿江吓了一跳，不知道黄小曼的火气是冲哪个的。

"不瞒你说，在你前头，我交过一个朋友，他是西大化学系的副教授。开始我们挺好的，跳舞，游泳，挺对脾气的。可后来，他搞出来一项专利，赚了好多钱，就开始甩我了。他说我文化档次太低，缺少共同语言，又跟别人好了。你想我能不气？我发誓要结婚就得结个比他更强的，等级起码不能低于副教授。"

阿江觉得脑门上凉森森的好一阵，终于嗫嚅着说："我只是个讲师啊。"

"抓紧定啊。"她拽搭着他的大衣袖口说，"定了我就跟你结婚。"又在他面颊上深深地吻过，且道："我等你就是了，干吗直眉瞪眼，怪吓人的？"

赵副校长声明他愿意广交朋友。
但若有朋友去交他，他却就不干了。

在漆黑的婚姻的隧道中，黄小曼的出现，犹如一个小小的光点。光亮一闪，阿江便毫不迟疑地扑了过去。

第三次相约，黄小曼说公园里太冷，把阿江带回自己家里。她的寡母对我们阿江的印象奇佳，殷勤一番之后，就借故外出串门，识趣地走开。把一个温暖的单元，留给了一对相见恨晚的情侣。在那个短暂的晚上，阿江笨手笨脚地在黄小曼美丽的胴体上，复习了当年阿黄留给他的人生体验。好事做罢时候，黄小曼慵懒地躺在床上，叮嘱他："副教授的事儿，抓紧时间跟他们要。"阿江系着腰带，满口应着："我回去，马上办。"

阿江觉得自己正走在一条多米诺骨牌的链条上，他只能不断地向前走着，不论前边的路有多远。

五十三岁的人生，不算短。但人生留给他的经验，却又太少太浅。在人世间诸多奥妙面前，他的纯真一如他的童年。职称之类的事，他从不过问。许多年前有一天，系里通知他定为讲师了，他就成了讲师。其后的职称评定中，他既未申报，系里也没再通知他，他也过得安然泰然。他满足于他授课的叫座。学生一鼓掌，他就兴奋，就体味到生命的价值，就醉然陶然。此外，还有诗，他整日好像活在他的诗作中。

但是，现在棘手的问题来了。就像在百米跑道上潇洒自如地跑了一阵，临近终点时，突然发现面前横一道栏杆。他能飞跃过去吗？副教授？

"咱东大，哪个头头管职称评定啊？"从黄小曼家回来后，他就问小韩。

"大概是赵副校长主管吧。"小韩已经睡得迷迷糊糊，不经意地回答他。

第二天，阿江便去见赵副校长。但校长办公室拦驾，说："赵校长没空，有事由办公室转达。"阿江老大不高兴，他说："我找的是赵校长，不是办公室。"人家说："那就没辙了，今天算预约，你先回去听信吧。"阿江很火，走的时候嘟噜着脸。

等了两天，不见校长办公室回音，阿江又急急地前去探问。人家说赵校长还是没空。阿江就火冒三丈，大叫："他的空儿咋那么重要？我的空儿咋那么不值钱？"人家说："那没办法，找校长的人太多，校长太少，咋忙得过来？"阿江说："少来这套。全是扯臊！"就咆哮着从办公楼回来。

躁闷了半日，阿江想，何不直接去闯闯赵校长的家门呢？他影影绰绰地记得，学校党委发过文件，说是学校党政领导要深入基层，广交朋友，并且分工到系，每个领导干部要交五个以上的知心朋友，听说赵副校长就到中文系声明过，只是那天阿江外边有会，不在系里，他没亲耳听到。但是这广交朋友的精神肯定不会错，那么，我这个"朋友"送到你门上，你还能不交吗？不省得你们再抽空深入下来交吗？他打听了赵副校长的住址，当天晚上就找了去。

一幢意大利式的白色小楼，拱形窗上射出柔和的灯光。阿江骑车骑热了，站在小楼的花墙外边擦擦额头上的细汗。敲敲楼下的一扇门，出来一个男人问找谁，阿江答后，那人用手指指楼上，阿江就上楼。

楼上有五个门。阿江敲了敲紧挨楼梯口的一扇，敲了一气没应。凑近去听听，却闻到一股卫生间的气味，知道敲得不对。忽见那五个门一大四小，便又去敲那宽大些的门。敲了一气，仍没人应，才发现门框边是装有电铃的，便又去按电铃。按过电铃，里边就传出一个老女人的声音来。

"谁啊？"

"我，东大的老师，找赵校长的。"

门开了。探出一个鼓眼睛的老太婆的脑袋来，

你叫什么名字？

找赵校长什么事情？

你怎么知道他住在这里？

是谁让你来这儿找他的？

为什么不到办公室去找他？

113

老太婆说话像喝粥，唏唏溜溜的。民警一般，盘查完毕，老太婆瘪嘴唇上下一碰，说一声"不在"，便把门砰的一声关上。

这一刹那间，阿江所有的尊严，都随那砰的一声响，爆裂得无影无踪。被冷冰冰关在门外的感觉，就如同把他剥得赤条条，给扔到乾坤朗朗的大街上。阿江想吼，想砸门，想骂街，想放一把火，把整个的小楼都烧掉。

阿江愤怒已极。他把全部的火气都撒在电铃上。报匪警一样，他把电铃足足按了三分钟。

门再度敞开，赵副校长走出来。一位温文尔雅，戴金丝眼镜的清瘦老头。

"你是东大的教师吗？"

"是的，中文系的。"

"你懂不懂什么叫骚扰？"

"不懂！根本不懂！"阿江不回他正文，他只想同这位温文尔雅的老头大吵一通。

"应当懂嘛，堂堂的大学教师。"

"可你堂堂的大学校长，明明在家，却说不在家。"

"我在家里不办公。你有事到办公室去谈。"

"我去过了，说你没空。"

"没空就等有空嘛，我总不能永远没空。"

门稳稳地关上。如同赵副校长其人，温文尔雅，不动声色的。

阿江气鼓鼓地从小楼上走下。夜色里，路灯下卖烤红薯的招呼他：

"大爷，来两块烤红薯吧。"

他买了四块，通通摔到小楼二楼的白色墙壁上。

回到宿舍，阿江还没消气。小韩批评他不该这样闹，"这么一来，你伤了赵校长，老头子一记了仇，你的副教授还定不定？"

阿江说："豁出去不定了，我咽不下这口气。"

114

小韩说："你要真是看破了，不想定了，那当然没说的了。可你冷静以后，还是想定，那就得忍气吞声。"

阿江想想，倒也有理。比他小二十岁的小韩，虑事确比他精明。小韩又说："不行就先找找系主任吧，都是本系的人，话能说得透亮。"阿江又想想，觉得也对，气也渐消，就放倒躺下。

中文系副教授名额已满，阿江想要晋升，
就得先行准备好耗子药。

次日一早，阿江便去系主任办公室等江老。

江老谦和。见阿江来访，颤巍巍地忙活着给他沏茶斟水，很关切的样子。

阿江说："江老，我的职称该考虑考虑了吧?"

江老说："当然，你都五十大几的年纪了嘛。"

阿江听这口气，如沐春风。

"啥时候能定?"

江老说："理论上说一年一定，实际上从来没定准，一年、两年、三年、四年，都有可能。"

"我的天!"阿江暗叫道，"我可等不了。"

江老又说："这事情，系里说了不算，东大也说了不算，市里不说话，哪儿也是干瞪眼。"

"今年不是有一批吗?"阿江无望，便贸然诈道。

"年底吧，听说年底要评一回。"江老吹着茶杯里的茶叶说。

阿江死里逃生一般，不容置疑地对江老说："那就一定得定我。"

江老端着茶杯坐到阿江坐的长沙发上，很亲近地对他说："实不相瞒，我也正在发愁呢。你该知道，高级职称的审批是有指标的。中文系的指标，上回评定业已用完，现在已经满额满员了。除非有人调走，或者退休（他没说死亡），否则中级晋升高级，事实上已无可

能。"

阿江叫起来:"这是不是说,我得准备点耗子药了。不毒死一个俩的,我这辈子算完了?"

"别急嘛,"江老按住他的手说,"到年底,我系高职的人员中,够退休年龄的有三位。两位博士生导师不退,另一位就该退了。我们打算做他的工作。"

"好,"阿江再次见到一丝光明,"只要那位老师退了,江老,您得保证,一定给我定上。"

"我可不敢保证,"江老长叹一声,"你这阿江是怎么啦?多少年不问职称,多少年看不上教授副教授,这会儿是怎么啦?"

"我有急用。"

"急用?什么急用?"江老糊涂了。不能吃,不能卖,定了副教授即使工资涨个十块二十块的,阿江也决不会指望这个。舍此还有什么急用?他继续给阿江泼冷水道:

"腾出一个指标来,阿江,怕也轮不到你,下边还有六位讲师盯着呢。这些人的条件,个个不比你低,他们手底下都有几本专著呢。"

"我有四本。"阿江毫不退让。

"你那四本是诗啊,"江老摆着头,"诗是不作数的。"

"什么?"阿江神经兮兮地像没听清楚,他头一回听说诗不作数,一时竟犯了糊涂。

"评职称要看论著!"江老又按按他的手说。

阿江坐不住了。如果江老说的这一条是事实,那么他阿江彻底的完了。他只有诗,从无论著。而且他向来藐视一些被称为专著的著作,他以为那其中许多都是你抄我我抄你的假货色。

"诗为什么不作数?"阿江抱着肩,笔立在江老的对面,论战般地嚷道,"诗不作数,为什么诗评、诗论倒可以作数?这就是说,创造文学的不作数,吃别人创造的倒可以作数,这算什么馊政策?"

"没法子的事情。"江老拍拍沙发,示意他坐下,"全国都一样,东大中文系岂能另立新规矩？只能照办就是了。"

"不合理！不合理！"阿江拼命地摇着头，一派宁死不屈的神气。但江老已经看出，他实在已被逼进旮旯里，色厉内荏，徒然地虚张声势而已。

江老的本事就在于：他既能将你推向绝路，却同时又绝不让你感到绝望。他可以拒绝你所有的要求，同时又让你感到他老先生时刻都准备为你帮忙。在阿江被挤到角落里，只剩下哀号的时候，江老接过阿江的话头说："我也觉得不合理呢。写诗的人可以做好学问，闻一多先生就是范例。可做学问者却未必能够写诗，诗是天才的产物，这一点，我和你一样明白。可我能有什么灵丹妙药？回天乏术嘛，爱莫能助嘛，上边不会听中文系系主任的。"

阿江并没有听他这席有理又动情的言辞。他的灵感来了。他很激动地拉住江老的手问道：

"江老，如果年底以前，我有专著出版呢？"

江老以为他的那通言辞讲完，这台戏可以收场了。他没料到阿江会另辟蹊径，提出这样一个新问题。

"很好，很好。"江老毕竟经验老到，绝不失态地表达了他的满意，"我就是期盼你能有专著问世呢。"

"好，"阿江瞪圆了眼睛，目光熠熠地盯住江老道，"看在我们同姓一个江，几百年前是一家人的面上，江老，只要年底以前，我有专著出版，您可得保证，那一个副教授的名额，归我啦。"

江老平静得如一炷香，谦和而又深情地告诉他："我不敢保证，我也无权保证。可我敢说，你只要有专著出版，加上你先前的四本诗集，我以为，评职过程中，你就具备了优势。"

"有您这话就行了。"阿江把茶几上的茶水一饮而尽，"到时候，您主持正义，我阿江终生感激。"

"没说的，"江老说，"作为系主任，我会尽力。你评上了，我会非常高兴的。"

"要发财，印钞票比啥不便当？
出版社不如不出书，改印钞票不更好？"

江老的战法，类乎演练太极拳。阿江接连两次扑空又陷入绝境时刻，忽然奇想突发，暗忖何不把自己平日的讲稿，择其一二，拿去做专著出版呢？于是突兀而起，抓准战机，直逼得江老无奈地表示首肯，阿江就有些得胜之感了。

然而，出书果真那般容易吗？阿江又茫茫然。

他记得，先前出书，都是出版社派人来找他。"阿江老师，您的诗影响很大，该编一本诗集了吧？"阿江就把自己的诗作目录交给编辑，挥挥手道："你们看着去编选吧。"事情也就完结了。然后，有样书邮来，有从优的稿费汇来。欣欣然，洋洋然，阿江就去请朋友吃饭。

再二、再三，便又有出版社的人来。道是"您该出一本自选集了吧？"阿江想对，就自己动手挑选，然后交出版社的人拿去出版。大路朝天，一帆风顺，三年间阿江连续出了四本诗集。至今回想起来，还悠然陶然得很哩！

那个美好的时光，何时中断了？阿江想不清楚。这些年，虽然他年年都有许多诗作发表，却不见再有出版社的人前来找他。可他能亲自去求出版社出版书籍吗？那他这个诗人不跟市场上到处贱价推销的处理品差不多了吗？他不愿去推销自己，六年间他没出书。

现在，当他选择并整理出一份题为《诗歌创作论》的讲稿，准备送到本市一家出版社的时候，他为难了。话该怎么讲？口该怎么张？他来到出版社。

这是一家名气很大的出版社。阿江想不到它会是拥挤在一幢破旧的砖楼里。阴暗的楼道，狭窄的楼梯，曲里拐弯，如同迷宫。他几乎是摸摸索索地爬到二楼上，眼睛才能模模糊糊勉强地分辨出南北西东来。

迎着楼梯口的一间屋子敞着门。此起彼伏的欢笑声和翻卷着的烟气一起就从那门里咕嘟咕嘟冒出来。他走进去，矜持地站定在紧挨房门的一张办公桌旁。

和各家单位的情况一样，七八个编辑正在快意地亵渎着他们的头头。

"批评咱们刊物赔钱？他来办。"一位坐在办公桌上的小伙子喷着烟雾说，"不赔才见鬼呢，瞧咱这刊物的封面，那老太太的脸，就跟故宫似的，谁买？内容再好有嘛用？"

"对，我看首先就得换封面。"

"让咱司社长脱光了，换上比基尼，上封面。你们信不信，刊物订数马上就上十万！"

男男女女就都笑得前仰后合，泪花飞溅。

"就老司那模样？"一位女编辑揉着泪眼道，"胖大和尚，糟老头子，穿上比基尼？"她自己已先行笑倒了。

"出奇才能制胜，"坐桌子的小伙子继续说，"不信试试，准挣钱。"

房间里便再度爆发出惬意的欢笑声。

阿江觉得无趣，想退出来。一个眼尖的编辑看见了，喊他：

"同志，你有嘛事儿？"

"我想出本书，找谁联系？"

"啥书？"刚才笑倒过的女编辑问，"是通俗的吗？"

"不是。"

"那你到隔壁房间去问问。"

阿江就出来。身后又有一片天摇地动般的大笑声，不知又有什么新节目。

隔壁房间坐着两位老大姐，都戴着老花眼镜看稿子。阿江问："同志，出书找哪位同志联系啊？"一位老大姐摘了花镜，笑嘻嘻地请阿江落座，又斟了茶，继续笑嘻嘻地问："稿子得了？"阿江说："稿子得了。"

"真快，"老大姐说，"你们白天鹅公司真行，说写还就真写成了。你们崔经理是个人物，观念新，眼光远，也会计算，花两万块钱出本书，比登几个广告更合算。"

"不。"阿江知道她闹错了，赶紧声明。"我是东大的，不是白天鹅。"

老大姐仔细盯着阿江好一阵瞅，自己就呵呵地笑起来。

"你是想出啥书呢？报告文学？"

"关于诗的。"

"那得到诗歌编辑室去。"老大姐重新戴上老花眼镜，用手中的笔指指旁边的房间道，"隔壁的隔壁，你自己去问吧。"

阿江就走进"隔壁的隔壁"。可"隔壁的隔壁"空无一人，他只好坐下来等。等了约一刻钟，闯进来一个小伙子，正是刚才提议给司社长穿比基尼上封面的那一位。小伙子似有所悟地看了一下阿江，忽然大声道："哎呀，是阿江老师吧，我刚才咋没认出您来呢。"

阿江细看，渐想起这也曾是个写诗的人。这两年诗不见了，头发却长了许多。小伙子浓浓的一头黑发，女孩子似的齐肩披着，穿一件牛仔背心，很有些导演模样。相形之下，阿江觉得自己实在有点太古典了。

"您要出诗集吗？自费出版还是拉了赞助？"

"不是诗集，"阿江说，"诗歌理论方面的。"

小伙子道："您是咋搞的？咋专搞销不出去的东西呢？诗集就够出的，理论更没人要。我们理论编辑室还剩一个人，一年只出三种书。"

阿江感到从后心窜起一股冷气，前心都快凉透了。

"理论编辑室在地下室。没准您运气好，去试试吧。用不用我给您打个电话去？"

"不用了。"阿江说。他以为小伙子会陪他下去。因为他终于想起，几年以前，小伙子曾经到东大找他看稿子，很殷勤的。每回走前，总要对阿江说："老师有嘛事儿，尽管说。大事办不了，鞍前马后，我能替您跑跑。"只是几年过去，小伙子"跑"成编辑，诗人价码大跌，现在轮到小伙子说："您咋专搞些销不出去的东西呢？"

阿江惑然又愤然地到了地下室。发霉的气味混合着燃香的气味，使理论编辑室里充满一种庙宇才会有的玄秘之气。

"同志，您是这里的编辑吗？"阿江看见室内只有一位灰白头发戴深度近视眼镜的老编辑，便主动地问，"我有一份《诗歌创作论》的书稿，想联系在贵社出版。"老编辑点上一支烟，接过阿江的手稿问："带钱吗？"

"什么叫带钱？"

"就是有没有出书的费用。"

"出书要什么费用？你们看好了的稿子，出版不就是了吗？"

老编辑翻弄了一下书稿，忽然向阿江伸过手来说："啊，你是诗人阿江，怠慢了，怠慢了。"阿江握着他的瘦筋筋的手，从对方的些微的恭敬中得到很大的安慰，肚子里的闷气和火气，又压了回去。

"是这样，"老编辑说，"出版社早就改为自负盈亏了，总得自家挣钱养自家，否则怎么活下去？所以赚钱的书好出，赔钱的书难出。您会明白，理论书没有销路，光赔不赚，社里规定，一年只能编三种。对理论书，社里的原则是不赔就行，但不赔就够难的了，一本二十万字的书，编务加成本，印两千册，一万六千块钱下得来吗？"

阿江说："要发财，印钞票比啥不便当？出版社不如不出书，改印钞票不更好？"

老编辑听出了他话中的揶揄，却不跟阿江争辩。他阅历丰富，知道该怎么应对。

"真的，"老编辑说，"我们也曾想到印钞票，可国家不干哪。国家要不干涉，我们一方面印钞票赚大钱，一方面专给诗人作家出好书，书印得漂漂亮亮的。精装、豪华、系列，稿费优厚，千字一百，乃至一千。"他自己嘿嘿一笑，再把话头往回一收，"没辙啊，国家不干。"

阿江就没词儿了。

尴尬时刻，老编辑摸出计算器说："我给您算算吧。"就左按右按，然后说，"您这本书，照印两千册计算最低少不了一万六。编务费我不收您的了，我也就这么点权力，抛除您四千。无论如何，您得掏一万二千块钱。书稿不用看，您是著名诗人、大学老师，质量不会有问题，只要钱找了来，一年以内，我保证让您见书。"

"半年行不行？"

老编辑又思忖片刻，说："力争半年。"

"可一万二千块钱上哪儿讨换？"

老编辑想了想又说："再不这样吧，我给您出个点子，您上三楼见见司社长去。他要高兴，兴许赦免了您，您也就甭坐瘪子了。"

阿江挺感激老编辑的热情，连连谢了。老编辑又陪他爬上三楼，见司社长。司社长系一胖大老头。秃顶，凸眼，大脸盘，肚囊子也奇大。魁魁然，彪彪然，给阿江以压迫感。他想到这样的身坯，若是真套上比基尼，招摇地登上封面，那情景倒也真是滑稽有趣。可惜，他此时心事重重，笑不出。

老编辑向司社长介绍阿江，"著名诗人""东大教授"，说："他有一部关于诗的理论稿，水平很高。为了支持学术，我已同意免收他编务费四千，剩下还需一万二，他觉得仍然有困难，您看……"

阿江接了话茬说，"稿费我不要了，印书用款也别向我要了，如何？"

司社长哭咧咧地说："我们上午刚开了会，公布了亏损情况，光刊物我们一年赔十六万。出版社得生存下去啊。办不下去，你们不是更没地方出书了吗？现在我们社利润已落实到人，平均每个编辑每年得交社两万。"他的声音嗡嗡山响，阿江想他若改行唱歌，肯定是个出色的男低音。"所以，收你一万二已经不赚一分钱了，还得白白奉献上编务劳动呢。"

老编辑一旁又出主意："您手下还有没有别的赚钱的书稿？要有，一块出，一本赔，一本赚，两抵了，也行。"

阿江说："书稿有，恐怕都难赚钱呢。"

司社长正等着出去，希望尽快结束这笔交易，就咬咬牙道："这样吧，我再让你三千。你出点血，我也出点血，行不行？就算交你一个朋友吧。"

阿江心想九千也没地方找啊，刚想再争一争，老编辑就拉拉他胳膊，"阿江老师，快谢谢司社长吧。这么多年，您是头一个得到这样优待的。"

"交个朋友。"司社长大肚儿腆腆的，向阿江伸出宽厚有力的大手来。

若干年前，他的诗作输给了政治，现在，他的诗论又败给了经济。

阿江说："我就是臭虫，我就是虱子。行了吧？"

黄小曼打电话来，说她晚上准备到阿江的宿舍来见面。阿江坚定不移地一口回绝了。他的房间太拥挤，太零乱——他不愿让她太失望。一个男人的房间可能是整洁的，两个男人的房间从来就没法看。何况，小韩的新婚妻子又来了。"这样吧，"阿江在电话中说，"晚上我请你，咱们去雪园餐厅。"黄小曼高兴地"嗳"了一声，电话就撂了。

"雪园"是情侣的场所。光线幽暗，情调浪漫。一对对情侣，似乎不是靠交谈，而专凭心灵体验来享受时光。餐厅里安静得如同教堂里的圣殿。阿江要了两份水果三德，又要了两杯热奶，俩人用长长的吸管，慢慢地吮着。

阿江情绪低落。吸热奶的时候，眼睛总是走神。出版社索要的九千块钱还没有着落。他先后给几个朋友打电话求援，可这些朋友都是爱财无路，爱酒无量，爱色无胆的知识分子，除去表示了"爱莫能助"之外，阿江一无所获。现在，钱成了阿江的生死簿。钱找了来，一通百通，钱找不来，一结百结。

黄小曼的情致倒蛮高。在舞池里响起音乐，两位菲律宾歌星跳出来演唱的时候，她的脚也开始在桌下悄然地骚动。

"瞧啊，"黄小曼说，"发嘛愣啊你？"

阿江梦醒一般，顺着她的手势往舞池那边看去。两位来自热带的歌星正在起劲地扭摆着他们的屁股，演唱着一首听起来很挑逗的歌，有几位情侣也下了舞池，节奏剧烈的乐曲随之大作。

"我们也去。"黄小曼脱了外衣，来拉阿江的手。阿江苦笑摇头："真抱歉，我不会跳这样的舞。"

黄小曼噘嘴坐下，娇嗔道："诗人不会跳舞？我不信。"阿江说："真的。将来你教我。""不，就现在。要不，就是你不喜欢我。"

这时，一位穿西装背心的高大男子，举着一杯咖啡走过来。他站到阿江的身旁，叫一声"阿江兄"，就举了咖啡杯说，"来，为我们重逢干杯！"阿江抬头一看，也惊叫道："哎哟，是华子啊，我们多年不见了，你是从哪儿钻出来的？"

名叫华子的汉子便坐在了他身旁，搂着他肩头说："去南方玩了两年，去年回来的。你怎么样？在哪发财？"一边说着，一边眼睛便在黄小曼身上上上下下地打量。

"这位小姐是？"

阿江说："黄小曼，我的朋友。"

"你好福气呀，"华子赞叹道，"黄小姐好漂亮哟。"

黄小曼脸色立时绯红，冲华子粲然一笑。华子招呼服务员道："小姐，给上几听啤酒。"又对阿江说，"这么坐着多没意思，何不下去跳舞热闹热闹？"阿江摇头说不会，华子就说："那就对不起了，黄小姐我可要抢走了。"黄小曼原本已蠢蠢欲动，见华子相邀，爽爽地一跃，就挽了他的臂弯，随华子翩翩地走进舞池。

目送着华子和黄小曼双双走掉，包厢座里只剩阿江一个人的时候，他心里好一阵失落和无聊。服务小姐送来几听啤酒和一个拼盘，他一个人却全无心绪去品尝平时很是贪恋的青岛啤酒。年轻时候，他和阿黄跳过那种节奏很慢的、可以仔细品味的交谊舞。然而，同阿黄一样那也属于遥远的记忆。为了阿黄，在他改正以后，重有跳舞机会的时候，他统统放过了。他曾暗中发誓，除却阿黄，他将不再同任何人跳舞。当然，自订的戒律，现在自己也可以撤销，而新兴起的各种新潮的舞，他是一种也不会的。当黄小曼拉着他的手，请求他一起下舞池时，他很有些狼狈。那瞬间里，阿江确是感到了自己心态的老旧。

那个华子跳得真是潇洒。疯狂中透着主导的神气，大亨一样支配着他的舞伴。而黄小曼，简直就是一只云雀，尽情地围绕着华子欢跳。她身材优美，轻薄的白色羊绒衫下，有一双发育得极好的乳房，身体的曲线，在她如痴如醉的扭动中，得到了最充分、最鲜明的显露。

一曲终了，华子和黄小曼气喘吁吁地回来。黄小曼意犹未尽，再三地请华子坐下，共饮啤酒，华子却婉拒了。

"对不起，今儿晚上失陪了。改日我再专请你们好不好？"又招呼过服务小姐来，吩咐道："这二位都是我的朋友，用费全在我账上结。"小姐说是了，便送过大衣来，阿江站起来阻拦，坚持自己掏钱，华子说："这点儿算嘛呢？你要计较就不够朋友了。"又拍出一张香味四溢的名片，说："欢迎二位赏光到敝舍玩玩，我随时恭候。地点和电话都在上边了。"

华子走后，黄小曼不断地翻弄着那张正面是汉字背面是英文的名片，忽然惊叫道：

"哎哟，他家里趁四部电话！"

阿江凑过去看看，果然家庭电话一栏里，印着四行电话号码。

"是个大经理哎！"黄小曼继续惊叹。

阿江弹弹桌子，招呼服务小姐来说："麻烦你，给结一下账。"

小姐说："黄经理不是结过了吗？"阿江正色道："我说过了，我的账，自己结。"

服务小姐很快送来账单。用款一共是一百四十六元五角。阿江掏出票夹，幸运的是不该他丢脸，他的当月工资尚余一百五十元，他全部给了服务小姐，且轩昂地说："零头甭找了。"就和黄小曼一起走出来。

华子曾是他的诗友。但后来华子写诗写腻了，自动地退出诗坛，凑了些钱在家门口租了个服装摊点，如今大概是鸟枪换炮，今非昔比吧？看华子颐指气使，富有兼炫耀的气势，阿江很有些反感，但潜在的自惭形秽也同时悄悄地生出来。他注意到了那种有钱人的可怕的神气活现。

那些微笑长在脸上的服务小姐，连同他的情侣黄小曼，见到华子时的崇拜巴结的眼神，也很令阿江神伤，多年以前，这样的来自年轻异性的目光，仿佛是专属于诗人阿江的。他之所以固执地坚持自己付款，就是不甘屈服地要同那个神气活现的人，在气度上较量。但进入这个领域，即使倾其所能，阿江又能算老几呢？

次日上午，黄小曼打来电话。她提议他们一起去拜访华子一次。她既惊又喜既妒又羡地告诉阿江，她的同事都知道这位华经理。说他在银行里存款起码有一千万。"有这么一位朋友不容易，应当走动走动。兴许将来有用得着人家的地方。"阿江老大不高兴。他感到他的形体上颇具女性魅力的情侣，世俗的性格是绝对没有魅力的。他对她说："不去，绝对不去。我可以明确地告诉你，我讨厌他。"他听到黄小曼那一边，电话啪的一声撂下了。

但是一星期以后，阿江自己却先行否定了他自己，主动地想要去拜访华子了。那是因为他在上海一家电器厂任党委书记的侄子，回信禀告他：工厂业已承包，书记无权批准资助。阿江到处找钱的最后一线希望，也破灭了。而时间又不能无尽无休地往后拖。英雄气短，阿江想到了他的有钱的朋友。

他给华子打了个电话。华子很高兴，问：

"你是一个人来，还是和黄小姐同来？"

"这有什么区别吗？"

"当然有。如果同来，我请你们去王朝。四星级，可以了吧？如果阁下一个人来，那么我们就在舍间随便一聚。你不会在意吧？"

"我有事找你。"阿江说，"不用招待。"

华子说："好，那么我就在家里恭候。"

华子住的地方，距东大很远。阿江乘坐公共汽车又换地铁，再换另一路公共汽车，足足挤了近一个小时，才找到了华子的住处。这是一幢顶端涂成蓝、红、黄三色的高层公寓楼，巍峨约巨人一般矗立在一片大水的边缘上。

为了讨要一笔款子来拜访一位并不友好的朋友，不能算是愉快的事情。阿江在十九层楼上华子的寓所门前，按响电铃的时候，内心里还充满了犹豫。但华子是友善的，有着青苍苍胡楂的大脸上，一派宽厚而真诚的笑意。

阿江万没想到华子的三居室的单元，竟然整个是个大书房。琳琅满目的图书，壁纸一般布满各个房间的墙壁。他惊奇地问他，"你一直在读书？"正在从冰箱里往外取饮料的华子，头也没回地答："我爱书，但没时间读。只有很累的时候，我才躲到这里来读几天书。"

阿江很羡慕，比起东大中文系经费拮据的资料室，华子的书房简直像一位富贵公子了。

"你喜欢喝什么？"华子问。

"青岛啤酒。"

"有慕尼黑的啤酒，你尝尝不？"

"我想一定是不错的。"

他们就喝起慕尼黑的啤酒来。

"成家了吗？"阿江问。

"还是单身。"华子说。

"那你一个人，四套房子怎么住？"

"你是诗人，你该想象得出来，我是怎么住。"

阿江想象不出。华子的话太暧昧。

"还写诗吗？"

"写。一年出一本诗集。"

华子说完，就去书柜里取出六本自己的诗集摆到阿江面前，道："两万块钱出一本，很便宜。"

阿江就呆了。华子的诗集，精装压膜，开本气派。往书架上一戳，能让我们的阿江羡慕死。华子说："过去不懂，傻乎乎地光知道写诗。后来才明白，诗是有钱人的玩物，有了钱才能玩诗。我现在就这样，每年往出版社扔两万，玩出一本来，等于给自己留一个记号，图个乐呵而已。诗是美好的，但指望它吃饭是不行的。"

阿江难以接受如此高论。但他不是来辩论的，因此他难得地保持了沉默。

"华子，"阿江思忖再三，终于鼓足了勇气说，"实不相瞒，我来找你，是求你帮一点小忙。"

"我猜到了。"华子说，"以你诗人的圣洁，不会看得起我这俗物。你若不求助于我，永远不会光临寒舍的。"

阿江不理睬他话中的揶揄，直奔主题道："华子，我要出一本书，出版社要我九千块，你能否借我？"

华子眨眨眼，忽然间呵呵大笑，笑得生动极了。

"借你？干吗要借你？我送你行不行？"他站起高大的身躯，大手在阿江肩头上重重地一击，"不就是九千块钱吗？莫说你是我的朋友，不是朋友，萍水相逢，花几千块钱逢场作戏，吃顿饭去，也是理当的嘛！"就去写字台的抽屉里翻了一气，取出一沓钞票，扔到了桌子上。"九千，你拿去，不够可以再打电话来，我派人给你送去。"

这一刹那间，阿江的一直是皱皱巴巴的心，被华子的侠肝义胆感动得暖融融以至迅速地酥化了。他们先前的不睦，他们见地的不同，以及华子身上所有他不喜欢的东西，都被这电光石火样的光彩，彻底地熔化或焚烧掉了。当他伸出手去，触摸到那一沓新崭崭的钞票时，阿江的眼睛里注满着泪水。如不是他自制力甚强的话，那泪水可能早就滚落了出来。

"慢！"华子说道。一边伸出自己的大手，按在了阿江的手指细长的手背上。

"我有句话，窝在心里好几年。钱你可以拿走，话也得说个明白。"

两只手按在一起，在桌面上僵持着。

"六年以前，我弃诗从商，去南方搞服装的时候，你骂我背叛了诗，背叛了艺术，背叛了道德，这对不对？"

阿江想到朋友刚才的仗义，自愧地摇头道："是我不对。"

华子继续说："后来你在文化宫讲课，你借题发挥，大骂个体户不创造任何财富，是专掏老百姓口袋的吸血鬼，是臭虫，是虱子。你明骂个体户，暗里指的就是我。现在你要出书，却来向我要钱，那么你说明白了，咱俩相比，到底你是臭虫虱子还是我是臭虫虱子？"

受了电烙一般，阿江的手猛地抽回来。有钱的朋友正在让他蒙受胯下之辱。他的诗人的良知受到了最后的挑战。他瞟一眼对面的那个人，青苍苍的胡楂，一双咄咄逼人的豹子眼，野兽一般地向他张着血盆大口。他被激怒了。刚刚生出的感激之情霎时间又统统化成仇恨。阿江涨红着脸，额头上的血管，蚯蚓般地剧烈地蠕动着。

但是，他又瞥见了那只大手下边按着的那一沓钞票。有了它，就有了书；有了书就有了副教授；有了副教授就会有一个年轻标致的老婆。然后就可能像一个长大了的孩子一样，具备了分配房子的资格……他膨胀起来的火气，又在一连串的切切实实的问题的击打下，悄悄地消散了。

他叹了一口气，仿佛自言自语地说：

"我是臭虫，我是虱子，行了吧？"

于是对面的男子，手指一弹，一沓钞票，沿着桌面缓缓地滑过来。然后啪的一声，落在了阿江的膝盖上。

华子抄起电话，快意地吩咐道：

"李师傅吗？把车开过来，给我送一个朋友。"

阿江记不清自己是怎么从华子的住处回学校的。只知道在电梯里，在一辆黑色的奔驰牌轿车里，他一直是头晕脑涨，四肢瘫软的。他迷迷糊糊，好像经历了一次严重脑震荡。

阿江说："这事儿还没完呢。"

但不知他下一步要怎么办。

昏昏地睡了一夜，次日醒来之后，阿江想起了前日受辱的始末。但此时，他已变得相当超脱。想到若和那二十年右派的遭遇相比，承认自己是臭虫虱子，又算什么奇耻大辱？就赶紧起床，吃饭，骑上自行车，把那九千块钱的钞票，赶紧送到出版社。

热情的老编辑对他说："您请放心吧，半年之内，我准让您见书。"

这当然是最好的好消息。因此，从出版社回来的时候，阿江诗人又已经很像诗人阿江了。

好消息不能独享。阿江当然希望能以最快的速度告诉他的情侣黄小曼姑娘。遗憾的是黄小曼却不知去向。

打电话至服装公司去问，人家说，她请了半个月假，具体干什么不清楚。又到黄小曼家里打听，小曼的寡母说，可能是去了她外婆家。她的外婆家在山东。

恰好半个月以后阿江要去西安开会，会期也是半个月。阿江走得很不情愿，因为他知道，这样一来，好消息传到黄小曼耳中，起码就要一个月了。

那日春风和煦。阿江背了背包到了火车站，在即将进站的当口，恰好有一男一女从左边的出站口出来。远远望去，那男子高大魁梧，青苍胡茬，戴一顶蓝呢礼帽，神采奕奕，高视阔步；那姑娘，高挑身材，圆脸丰腴，穿一条格呢长裙，姗姗地，走猫步。两人亲热地挽挎着，钻进了一辆黑色的奔驰牌轿车里。

阿江凝神观望，初则狐疑，继之大怒。他当即退了车票，愤然不去西安。

他给华子打了电话，他讥刺道：

"你们玩得愉快吗？我知道她很爱旅游。"

电话那边说："谢谢，玩得相当愉快。"

阿江咽口唾沫，问：

"姓华的，你该知道我和黄小曼的关系吧？"

华子说："当然是知道的，可是你们那段关系已经结束了。黄小姐就在我这里，你要不要问问她？"

阿江说："你真无耻！"

华子说："你不要生气嘛。其实，黄小姐离开你没有什么不好的。你连间房子都没有，往哪去住老婆？何况，黄小姐这样的姑娘，你挣的那点钱，养活得起？"

阿江的肺都快气炸了。他气恼已极地把话筒砰的一声摔到桌子上。话筒弹了两弹，又落在水泥地面上，打着转。一男一女的混合着的嬉笑声，就从地面上旋转着清晰地传出来。

他抢上去，抄起被他摔裂了的话筒，对着话筒大声地喊道："先别得意，蠢货，这事儿还没完呢！"

1993

又见丁士亮

下午五点刚过，太阳还白花花的，"家长"就叫我下楼买菜。近来她经常夸奖我，夸得我干起活来特主动。

时间还早，市场上还不是人头攒动的时候。我并不急于买菜，一出家门就把"家长"布置的任务忘了个干净。漫无目标地转悠了两圈，冷丁发现市场出口紧挨着我住的那幢楼的马路边上，停着一辆卖柿子的自行车。我知道"家长"是爱吃柿子的，如果买菜的任务没完成好，买几个柿子回去，似乎也可以堵堵她的嘴。车主正靠着车子上挎着的扁筐蹲坐着。他肯定是个不谙商道的农民，在一个冷僻的地点又不昏天黑地吆喝，这算做的哪门子买卖？他默坐那里，反披一件黑色山羊皮袄，宛如一只正在打盹的黑熊。我走过去，摸着扁筐里的肥硕的熟透的柿子问："柿子是哪儿的？"

"树上结的。"

"我问的是这柿子是打哪来的？"

"乡下。"他说。

这几乎等于什么也没说。我就转而问："这柿子涩不涩啊？"过了半天才听他瓮声瓮气地用乡音答："大柿子就是甜啊。"再打听柿子的价钱，他竟连头都没抬地说："您自己尝吧，尝好了，看着给。"这是怎么个意思呢？都是什么年月了，还有这么好说话的买卖人？

"尝一个吧。"他又说了一遍，却仍不站起，一任我把车上的柿子挑来捡去。我说：

"你这师傅真有意思，也不怕我把你的好柿子全拣走？"

"唉，哪能呢，"他说："城里都是文明人。也不值几个钱，自己树上结的，你要稀罕，挑几个吃去吧。"

我暗自想，以他这样态度做买卖，不赔死才怪呢。低头去细看他那一双席篾眼，两片如同时髦女郎脚上的"怪怪鞋"一样的厚嘴唇，脑子里一亮，猛然想到这不会是丁士亮吧？他也皱着眉看我，好像一时难得想起的样子。

我问："你是不是叫丁士亮啊？"

他竟呆呆地反问我："您怎么知道？"

我便说："我是你的老师啊，三十多年前当过你的班主任嘛。"他呜呜了一气，猛地把左手举到眉棱上给我敬礼，又举着手向我鞠了一个九十度的大躬，我的眼圈一时就热了。

三十二年前，我正在乡下教书。还没接手丁士亮那个班，我就知道了他的名字。传说中的他，是个类乎美国电影里阿甘一样的人物，中国人管这路人叫"缺心眼"，或者叫"二百五"，大概是有点弱智一类的人。老师对于学生的印象，往往着重在两头，特别优秀和特别糟糕的都容易记住。丁士亮大概属于后者，而且好像还不是一般的糟糕。有一回地理老师提问世界有几大洲几大洋，丁士亮费了半天劲，吭哧出个"面儿粥、米粥、棒渣粥"和"山羊、绵羊、排子羊"来。"排子羊"是个什么东西，我至今也不清楚，但那时候全校师生几乎没人不知道这故事。放学路上，学生们动不动就会有人怪声怪调地冒出一嗓，"面儿粥、米粥、棒渣粥——"、"山羊、绵羊、排子羊——

"，怪调悠扬，招得同行的学生地动山摇般的大笑。我几乎不敢相信这会是真的，在任何地方任何单位都会有拿别人找乐的人，而凡有此类举动，他们又一定能闹出点与众不同的把戏来。然而很快我就半信半疑了，因为接了他们班的班主任以后，我亲眼见过了这位丁士亮，他那副木墩子似的模样，实在使我无法排除他会答出"粥"啊"羊"啊的可能。这是个浑身上下哪儿哪儿都圆滚滚的男孩，紫红脸膛，跟陕甘一带的老农民一样。他头一回见到我，就来了个举手兼鞠躬礼，左手齐眉举着，弯腰达九十度以上，那时候不像现在，学生见了老师还兴鞠躬，但鞠得他这么认真、他这么怪异的实在也并不多见。我告诉他，或者敬礼，或者鞠躬，有一项就行，不用两者兼有；又道，倘若敬礼，则应当用右手，而不可用左手。他唯唯说是，可下回见了还一切照旧，有时似乎是想起了我的纠正，左手刚刚举起，又忙不迭地改换右手，慌慌乱乱地更招人笑，但那躬却仍然鞠得十分认真。

在语文课上，我曾经提问过他几次，效果不好。准确点说，不是不好，因为谁也不知道他会说出什么邪门的答案来，惹得满教室一时半会儿无法安宁。但不提问他也还是不行，他坐在座位上自己也嘟囔；有时讲到可笑的地方，大伙一齐大笑，只有他一个人绷着脸不乐；而当大家的笑声过去，不定什么时候，他却又能一个人独自大笑——他的笑又总是那种极投入、极畅意、极响亮、真正发自内心并且摇头晃脑甚至手舞足蹈的，于是也便招得其他学生再度长久地笑得前仰后合。他反应迟钝，思考总是比别的学生慢，这种发笑的"时间差"，常常使得老师无法控制讲课的时间。

在一次家庭访问中，我曾见到过丁士亮的父亲，在那瞬间，我真是感到了人类遗传基因力量的强大。他们父子的酷似，即使用了"克隆"技术也不过就是如此。他幼年失母，家境贫苦。笨嘴拙舌的父亲，除去递给我一支塞满了烟叶的旱烟袋以外，几乎什么话都不曾说，我问过他一些话，他统统不予回答。他一直冲着我傻笑，嘴里发出"呜呜呜""呜呜呜"的响声，以至很久很久我都怀疑他可能是个哑巴。和其父相比，丁士亮当然要爽亮得多，这也许是他终于进过学校的结果吧？他是由生产队推荐进入中学的，四清运动以后那个县实行了考试与推荐相结合的招生方式，丁士亮的得益，在于他有一个三代贫农的好背景。

我敢保证，在那个特殊的政治背景下，老师中绝对没人敢歧视一个贫下中农子弟，尽管丁士亮的功课几乎门门都难及格。但学生们却不管这些，他们不断地生着法儿地寻他的开心。那年深冬，有天晚上我去检查男生宿舍，还没走近，老远就听见屋子里传出山呼海啸般的声浪。我猜想这一定又和丁士亮有关，就紧走几步，赶到学生宿舍门前。我隔着玻璃往屋里观看，见所有的学生都围着靠窗的通铺欢呼雀跃，阔大的通铺上，脱得一丝不挂的丁士亮，正匍匐在床，作青蛙跳。我惊奇他一身白肉，和脸的颜色形成巨大的反差，四肢的骨节，全都女人似的圆润，而且还有一只弥勒佛似的圆肚子。他青蛙似的在铺上认真地跳，随着同学们起哄的节奏，接连地从通铺的这头跳到了那一头。于是整个宿舍里就洋溢起狂欢节一样的欢乐。我冲进屋去，把那些兴致正浓的学生驱赶到各自的床位上，冲着丁士亮说："你这不是发傻吗？这么冷的天，你光溜溜地瞎蹦，也不怕冻着。"

丁士亮也不好意思起来，捂着下体笑眯眯地对我说："他们说我蹦得好看。"

我说："胡说，一点都不好看，丑死了，快进被窝去。"

他就一条泥鳅似的爬回自己的铺位，掀了被子，拉了灯躺下，被我强压着静下来的屋子里，又传出学生们的忍俊不禁的窃笑声。

关于这件事，我在班会上把男生们狠狠地训了一顿。我从阶级感情上立论，说拿一个贫下中农子弟开涮，就跟过去的地主老财欺负穷人的性质一样。我的讲话义正词严，拿当时时髦的话说，叫作"上纲"上得很高，可学生中绝大多数都是贫下中农出身，谁也不怎么害怕，即使表面略微收敛一点，可一回到了宿舍，他们该怎么折腾还是怎么折腾。

转年春天，也就是"文革"开始前那年的春天，丁士亮出事了。说是出事，好像有些严重，但在那时，我以为也确实可以算是一件"事儿"了。事情是从学生中传出来的，说是看电影的时候，他跑到银幕后边去转了一圈。我们那时一月放一回露天电影，学生们都搬着教室里的凳子，在大操场上围坐成一圈。那天好像是放一部外国电影。好像里边有一个女人洗澡的背影，还好像说那女人的背影出现了不是一次，据说在那女人的背影第二次出现的时候，丁士亮悄悄跑到银幕后边去转了一趟，回来后别人问他到后头去看见了什么，他嘿嘿笑说："什么也没有，跟前头一样，也是个后脊梁。"于是他周围的学生们就笑得乱了套。我不知道是真有此事，还是有人故意编造出来拿他找乐，但我想这对他——无论如何都很有些不利。说实话，我真不希望这是真事儿，而且在我看来即使真的发生过这件事，给他一次公开辩驳的机会，也完全可以匡正视听。所以在一次课间休息时候，我故意当众问他："丁士亮，那天看电影，你上后边看什么去啦？"我多么希望他能摇一摇头说："都是他们糟改我的啊。"可不曾想，这个傻孩子竟然笑得瘫痪了似的告诉我："嘿嘿，两边都是一样的光脊梁……"于是在教室门前的笑声中，等于把一件传说中的故事砸了实。这很不好，我实际是帮了他一个倒忙。

　　我的担心很快就变成了现实。在离"文革"越来越近的日子里，校内已经有了关于丁士亮"堕落"了的议论。那当然是修正主义教育路线的罪过，因为一个老实、本分、憨厚、纯朴的贫下中农子弟，在学校待了很短一段时间，就变得对洗澡中的女人有兴趣，这不是腐朽的资产阶级思想腐蚀的结果吗？只是他本人一无所知，照旧上课下课，有时间还背了粪筐四下里拾粪去，脸上一如既往地挂着不明底里的憨笑。

　　事实上我对他的担心远远不够，我怎么也想不到，"文革"一来，人们反复批判的腐蚀丁士亮的"资产阶级"，竟就是我本人。我当然还有别的罪名，但腐蚀得一个老实孩子对女人产生兴趣，却特别

136

招恨，因此这件事在大会小会上都成了极典型的案例。我记得批斗我的那天，会场上气氛格外浓烈。一提到这件腐蚀青年的事，打倒我的口号声就同时响起。我注意到那天丁士亮也在会场，他的脸色灰中带紫，眉头紧皱，一副大惑不解的模样，他目不转睛地盯着我，不时地也随着口号声举手。只一个小时，就把我批得大汗淋漓、屁滚尿流。在最后的一阵激烈的口号声中，上来了两个学生，拧着我的胳膊把我押下台，这时候，我猛然听到丁士亮在队伍里大嚷："不是那么回事儿……"然后就有人把他拉住按倒，接着又从地面上传来他撕裂一般的喊声："不是那么回事……"兴许是批斗到了最后关头，这个反应迟钝的孩子，才终于明白，我的倒霉实际是受了他的牵连。而他的呼喊肯定是无效的；在那样的时候，不找他的麻烦就算很对得起他了。

夏天、秋天刷刷地飞了过去，到树叶落尽时候，在校内折腾够了的"革命教师"和红卫兵便陆续山南海北四处串联去了。由于看管人员减少，对"黑帮"们的管理也稍稍放松。那一日我正在校门外刮扯砖墙上的破烂的大字报，远远地便见一个背着大被窝卷的孩子，佝偻着向我走来。

"老师，"他一边敬礼一边又深深鞠躬，"不是那么回事啊……"他的脸已经变成古铜颜色，厚嘴唇上暴起了一层白皮。我感动万分地向他点头说："士亮，你甭说了，不怨你，我都明白。"没想到，这位老实巴交的学生，竟然就地给我跪了下来，一边还是连连地说："根本就不是那么回事。"我终于知道，学校在停课以后，他就回到家里，两三个月的时间，他一直在乡下帮他的父亲秋收。他没到外地串联，也不曾参加学生们的各种活动，这次到学校来是为了取回他的行李，他决计回家种地去了。

三十多年，音讯杳无，人世沧桑，我也辗转了好几个地方。虽不是时时地想着他，但我敢说从来也不曾把他忘掉。当我在路边省悟到眼前这位卖柿子的老乡就是我当年的学生，并且还鬼使神差地把柿子卖到我住的楼下，我心中的惊喜真是无法言喻的。我说："士亮，你知道你到了什么地方吗?"我指着我所居住的楼房告诉他,"二楼临街的那间窗户就是我家,我们一别三十年,这次相遇说什么你也得到我家去吃顿饭啊。"他把头摇得拨浪鼓一般,嘴里发出呜呜的声音——这声音和他父亲当年的声响一模一样。

"那怎么行?"他说,"我亏着心呢。"

我拉住他的胳膊说:"不能这么说,现在你把车推到我家门口,咱们上去坐一坐总成吧。"

"不、不,那不行,"他拧着劲地往后推我,一把就把我推了一个大趔趄。

他是个"一条筋"的人,他说不去,我估计十之八九是不会去的了。我问起他日子过得咋样,他呜呜两声说好,问咋个好法,他又告诉我一句:"有房。"我想他可能刚刚盖起了新房,高兴劲还没有完全过去。又问他还有什么好事,他就嘿嘿地先笑,说是"娶了媳妇"我猜不透是他娶了媳妇还是他儿子娶了媳妇,按他年龄,应该是儿子娶媳妇了。但总是一件喜事吧,我也并不再问,再次坚持请他到家里小坐,他便又敬礼鞠躬起来。没有办法,我便让他称了五斤柿子,他又死活不肯收下我的钱。

回到家中向"家长"禀报事情的始末,家长也跟着慨叹了半天,还趴到窗口去细看了他卖柿子的模样说:"都到家门口了,怎么也得请进来坐坐的。"然后吩咐我,"我这就去做饭,给他留个卖柿子的功夫,等饭熟了,你再下去请一回。"我对"家长"向来是有命必从的,所以六点半饭熟以后,我就赶紧开门往外走,却不料防盗门被两大筐柿子堵住了。我愣怔了一下,明白丁士亮已经来过了我的门口,却不知是什么缘故使得他终不进我的家门。连忙追下楼去,往四下里张望,华灯初上的街市上,哪里还找得着他的身影?心中一时涌起了许多惆怅。

1996

漩　涡

靳先生老了。系里人都这么说。

靳先生的老，不光是一大把年纪了，更多的可能表现在心态上。人心一老，这人就真老了，靳先生大概就着了这句话。

其实就身体的情况看，靳先生还不算太老。骑自行车上班没问题，天天回家爬六楼也没问题。但他身边的人看出来了，这老头子的嘴不闲着，而且发的大都是些牢骚。树老根多，人老话多，不又是一证吗？

从几年前开始，靳先生就拒绝考试时候给学生监考。理由是助教的事，干吗让教授来干？我上大学的时候，教授光管上课，改作业、出卷子、监考、看卷子，都是助教的事儿，要不助教怎么能带得出来？可现在系里哪还有几个助教呢，打学校一毕业，就都能上讲台，二十郎当岁，往讲桌前边一坐，抱着一杯茶，叼上一支烟，喷云吐雾，东西南北煽乎上小半天，谁比谁差多少？谁还用你老头子带？靳先生摇头，乱套了，乱套了，简直一点章法都没有了。

话往回说，教授就真那么让人尊敬吗？十五年前，靳先生当教授时，系里只有两位教授，十五年过去，现在系里的教授已达三十多人。用靳先生的话说，如今的教授就跟个屁似的，嘣嘣两声，就能崩出几个来。这样的教授还有啥意思？可领导高兴，往上报材料我们教授有多少多少、副教授有多少多少，这就是政绩啊，就是事业的发展啊。靳先生伤心，特别他看见那些教授们，头上戴着小帽，怀里夹着小包，周末赶车去给人当家教，或者给什么什么班上课的惨象，他真是感到了莫名的悲哀。

在靳先生心中，大学越来越不可思议了。教务处和科研处联合下发文件，说是为了鼓励竞争，教授一档，必须每年在国家级刊物上发表论文两篇，两年完不成任务的，就不能再当教授。靳先生大发雷霆，道是孔圣人水平比我们的教授咋样？他要活着就麻烦了，一年写不出两篇论文呀；现代大学者黄侃怎么样？他要活着也是达不到学校文件要求的。述而不作，不一定就没有学问，有学问的人也许一生只写一本书，怎么能要求人家年年有论文？但是雷霆也好，盛怒也罢，文件还是照旧执行不误。权比理大，靳先生没有办法。

大学还是做学问地方吗？曾经有人公然说，如今办学，得把学校办成实体，得当成一桩买卖来办，不开买卖不挣钱，谁愿意在你这儿待着呢？这也许是一句实话，可学校有什么好卖的吗？靳先生琢磨了半天，可卖的也只有文凭一项。既然文凭可买可卖，还要学问做什么？认真想想，这些年文凭不早就开卖了吗？那些交了钱而不来读书的这班那班的学生们，不就是要买个文凭吗？你倒想严格一点要求，可一严格人家就不来了，不来你还上哪挣钱去？所以用系主任老向的话说，叫睁一只眼闭一只眼，两边糊弄两边方便就是啦。

这当然也是很让靳先生伤心的事。

靳先生奉命到 A 省 A 县讲课去。

一个偏远的小地方，竟然有一百几十号人在攻读硕士班，说不清是让人高兴还是不高兴。靳先生不解，一个县城里要那么多硕士做什么？能炒着吃还是能烩着吃？抵达县城的时候，上自书记、县长，中至教委主任、科局长，下到县委机关里的司机们，一起在水利局餐厅设宴为他接风。那些鱼啊、虾啊、肉啊、菜啊摆得跟小山似的，那些过来给靳先生敬酒的人们，一个个腆胸撅腚，身材都跟当年的地主老财一样。靳先生没迷糊，他心里明白，你们这样破费，不就是为了让我吃了人家的嘴短吗？我偏不短，我该咋着还咋着就是了。上过一次课以后，人员就骤减，虽然不断地有人请吃饭，靳先生还是很不快。到了结业考试那一天，人们却又呼啦啦地冒出来，除去书记县长们到省里开会，其余的差不多全来了。靳先生纳闷，没听课咋来参加考试呢？再看看考生，手中几乎都有复印的笔记，并且大声叫喊要求开卷考。靳先生无奈，就同意开卷，但还是止不住互相间你抄我我抄你的事，从一开始就没中断过。靳先生赶紧打电话给系里请示怎么办，向主任说，你睁一只眼闭一只眼算了。靳先生不悦，在电话里说，这眼我睁不了，也没法闭，如果可以这么考，那还不如明码实价地卖呢，一门课多少钱，两门课多少钱，省得费劲巴拉地大老远地跑出来上课。向主任笑道，靳先生，您得看清形势、与时俱进，您以为光咱这么办吗？您打听打听北京、上海的大学里，哪家不是这么办？一百几十个学生，七八十万的收入，您可千千万万别给我打了水漂啊。

　　靳先生硬着头皮监考完。他翻弄卷子时，忽然看到根本没来考试的书记县长的卷子了。这不是邪门了吗？他们明明没进考场啊，怎么考卷都交上来了呢？正纳闷间，教委主任凑近过来说，我的考卷还没答完，再延长一个小时吧。靳先生说行，我晚吃一个小时饭不碍事。教委主任笑道，您该吃饭吃饭去，我回家答，靳先生说那可不行，你是管教育的，你得明白那样做对于别的考生是不公平的。主任说，人大那边今天招待您，您就吃您的饭去，一个钟点以后我肯定把卷子交给您。靳先生还是说不行，可这时人大的张主任就亲自来拉他到县政府吃饭去，死拉活拽，愣是把老头子拽到县政府招待所去了。

　　人大张主任是刚卸任的县委书记。胖乎乎有着一副光溜溜下巴的主任说，咱这里穷是穷，可是办教育从不含糊，你们这个硕士班就是我在书记任上定下来的。一旁的秘书赶紧说，没错，没错，咱们老书记可重视教育了，咱们一中门口的大牌子就是老书记亲自给题字的，老书记还是我们书法协会的会长呢。张主任就冲秘书说，别提牌子的事啦，圣人门前别念《百家姓》，在教授面前谈书法，不怕教授笑话吗？靳先生忙说，哪里哪里，我的字更不行。不一会儿，菜就上齐了。张主任冲着靳先生举杯说，穷乡僻壤，没有什么好吃的，教授包涵了。靳先生一看，我的天，烤乳猪龙虾都上来了，还要什么好吃的？张主任笑眯眯地对靳先生说，今天我要敬您三杯酒啊，头一杯是恭敬酒，谁让您是教授呢，天、地、君、亲、师，您是排上号的人物，不敬您敬谁呢？靳先生无奈，赶紧将杯中的酒一口喝下。张主任说第二杯酒是团结酒，咱们虽是头一回见面，可一见如故嘛，今后要常来常往，友谊不断。靳先生只好又喝下第二杯。张主任接荏说，这第三杯就是求情酒了，我要为硕士班的所有学员向您求个情，他们过得都不易，拖家带口，都有工作，赶上个大礼拜还得上课来，你就看在我的面子上，高抬贵手、从宽发落吧。靳先生心想，图穷匕首现，这家伙总算把心底里的话掏出来了，就嗯嗯啊啊地说：尽力，尽力，我尽力就是啦。大伙就热烈地鼓掌。

饭吃得差不多的当口，教委主任赶了来，他迎面先给靳先生鞠了一躬，告罪道，我知道您一向对学生要求严格，可我这半年实在太忙，你就宽容我这一回吧。靳先生脸儿一沉说，你可是教委主任啊，要是你手下的学生老师，也像你这样，你会怎么办？张主任马上讲情说，这么着，我看咱们下不为例吧。靳先生想了想说。既然张主任说话了，你的卷子我收下，但若下回还不能准时交，我只能当零分处理了。当然，当然，教委主任举起一杯酒，敬道，教授就是教授，今天让我这后学学了好多东西呀。

回到宾馆看卷子，不看还好，一看就把靳先生的鼻子气歪了。从没上课也没参加考试的书记县长的卷子答得一模一样，连字都出自一个人之手。再看看教委主任的卷子，居然也是那个为书记县长答卷的人替答的。这不是在变戏法吗？靳先生琢磨着要不要跟向主任打个招呼，这样的卷子他是无法高抬贵手，也无法从宽发落的。正要拿起电话机，电话就响了，电话里有一位娇滴滴的小姐问，先生，您要不要按摩服务啊？靳先生说不要，小姐说，没关系的，我们领导说不用收费的，晚上一个人多寂寞呀。靳先生没好气地说，我也是快六十岁的人了。那小姐说，六十岁正是好玩的年纪啦，上回我陪过一位七十岁的老先生，陪过一回，第二天他又主动找我来了嘛。先生，我现在就过去啦。靳先生毛孔痉挛，生怕那小姐马上过来，连忙说，你不要过来，我的太太也在这里。那小姐咯咯一阵轻笑，说您太太也来了呀？需不需要男性服务啊？气得靳先生把电话机啪的一声摔到桌子上。躺在席梦思床上，靳先生翻来覆去地折饼子。他无法入睡，那位小姐的骚扰电话，让他忧心忡忡又怒火中烧："领导"的手段也太恶劣了，怎么就能想出这样龌龊的点子来？他看过的卷子里只有十分之一的及格率，高抬贵手从宽发落，也过不去五分之一，其余的无论如何都难以及格。至于书记、县长、教委主任的卷子，明明都是蒙人骗人的把戏。也算他们撞到了枪口上，靳先生是那种从不吃素的人。他不惧怕那些人的官位，他的同乡刘文典（安徽大学校长）当年敢于与蒋介石对骂（蒋骂刘是"老封建"，刘骂蒋是"新军阀"），他还会怵几个县里的地头蛇？让他犯犹疑的是向主任的那句话：七八十万的收入，您可千千万万别给我打了水漂啊。真的打了水漂，靳先生觉得对不住系里的同事们。他想给张主任打个电话，又记起张主任席间的表演，感到那分明是在做套让他往里钻。什么恭敬酒、团结酒、求情酒啊，真是庸俗之极，想起来恶心死了。

他决定当即从 A 县离开。午夜过后，他登上了一列北去的列车。次日八时，张主任乘坐奥迪 A6 前来送行，发现情况异常以后，当即把招待所的经理找了来，劈头盖脸地训斥道：怎么搞的，你把我的客人吓跑了？经理唯唯。一个头发向上长的小姐说，咋就会吓跑了？我连他的房门都没进去过，要是吓跑的，那胆子也太小了吧？

上得火车，靳先生依旧火气难消。路过 A 省省会，靳先生想起一个人来，就突然中途下了火车。

他想起的那个人，是他大学时代的老同学，现任 A 省人民政府的副省长。老同学姓黄，先前在靳先生工作的省里当过宣传部的部长。老同学毕竟是老同学，他对老同学的印象很深，十三年前，上头在批什么什么的时候，地方上有人也蠢蠢欲动。那时候他刚刚出版了一本书，名字叫《文学的自由和自由的文学》，当然就很引人注意。后来舆论就出来了，说那本书有问题，说靳先生是什么什么化在省内的代表人物，等等。心中无事，不怕鬼敲门。靳先生坐得住，他经历的事多，知道这是一种不好的惯性，一有风吹草动，总会闹哄哄一阵。有些人不懂学术，却精于权术，在政治上整人，向来懂得选择时机，也一定会搞得风声鹤唳，他似乎已经看到了周围的殷红了的目光。那年春天，省委宣传部黄部长路过靳先生工作的城市，在火车站给那个城市的市委机关机要室打了个电话，要求市委机要室把电话内容转达给靳先生。电话中说我本想下车到学校看你，现在看来时间不行，就等以后再说。你的书我看了，很好，对于改革开放以来的中国文学的分析，很中肯也很到位，谨向你表示真诚的祝贺。靳先生读罢转来的电话记录，虽然一时不解其中的奥秘，但好意还是深切地感受到了。后来事过境迁，他慢慢咀嚼，终悟出老同学的用心良苦。他的老同学从未到他的城市看他，而且以后也没有再来，电话里说的"本想"和"看望"，显然是说给别人听的，让人意识到部长与他之间的一种特殊的关系。而万一发生了什么事，有人追究起来，黄部长事实上也没有亲往，自然也不存在什么干系。至于对书的评价，谁知道指的是什么书？但又完全可以想见，急风疾雨中，人们关注的到底是怎样的一本书。保护了你，又让别人抓不到把柄。靳先生是彻底服了。中国式的官场的智慧啊。

靳先生下了火车，打个出租车就直奔省政府。省政府门前有一些退休的老工人在静坐，地上有他们联名写的状子，像是诉说养老金不能按期发放的事情。许多省府工作人员都在劝说，传达室里一时竟无人办公。靳先生等了很久，那些静坐的人也不肯离去，他就径直找了警卫，警卫说你先按照登记单上的要求登记，然后我再给你往办公厅打电话联系。靳先生一一地照办，巧得很，一个秘书回话说黄副省长今天正在办公，于是靳先生很快就听到了黄副省长的北方口音了。

谁？你是靳一光？我的天，你是从什么地方钻出来的？

别逗了，黄副省长，我是专程来看你的。

不对，不对，国内著名学者哪会想到一个官府小吏呢？你来得不巧也巧，巧的是我正在省，不巧的是下午我得去参加一个公司的剪彩仪式。

没关系，你忙你的。我只要二十分钟，见见面，足矣。

别，既来之，则安之嘛。

五分钟以后，黄副省长的秘书小齐来到省府门口，又过了两分钟一辆大红旗开过来。秘书小齐说，省长安排教授先到饭店休息，下午他剪彩完了就到饭店看望。靳先生说客随主便，一切都听从你们的安排吧。

靳先生被带进国际饭店三十九楼的一个巨大的套间里。靳先生不是没有见过世面的人，但是住在这样光亮阔大的房间里，他还是有点犯傻。三室两厅两卫的房子，光客厅就有一间教室那么大，一色的猩红地毯，落地的玻璃门窗，再看看卧室里的贵重陈设，卫生间里的高级设备，豪华得靳先生都不好意思了。他对小齐说，这样破费不好，得花多少钱哪？秘书小齐说说出来你也未必就信，一套房一天四百美元。不过也不算破费，因为省政府一分钱都不用掏，这是黄副省长的一个搞房地产的朋友专门提供给省长接待客人的。省长一时脱不开身，中午就由我陪您在这里的中餐厅用餐，下午您可以休息一会儿，估计省长三点左右就能过来了。

吃过午饭，秘书小齐走了。靳先生一个人在房间里转悠了一圈。

登高望远，从三十九层楼上望下去，这省城里的古塔、小河、镜湖、足球场以及鳞次栉比的高楼和蜿蜿蜒蜒的街道，都尽收眼底。靳先生暗自叹道，要不人人都想当官呢，官当到省长这一级，日子就过得难以想象的排场了。

他未曾休息，下午三点不到，黄副省长就来了。老同学相见，自然感喟良多，俩人拥抱好一阵，靳先生就打量着副省长问，我们大约三十年不见了吧？你这副省长干得怎么样？是王宝森还是孔繁森？黄副省长笑道，不是王宝森也不是孔繁森，我就是黄立森哪。靳先生说，我看你是够忙活的呀，一路之上，我看到的店家的牌匾都是你写的嘛。黄副省长说，见笑见笑，不得已而为之。靳先生就笑说，我倒想为，可人家不要啊。黄副省长说，是啊，人家求我字，不是因为我字好，而是看在我的职位上，一旦我退休了，或者犯了错误关起来，商家先收拾的就是我的字，对此，我心里明镜似的。靳先生叹道，你心里明白就好。

俩人坐在沙发上温情地对视着。靳先生看着眼前的头发花白，眼角下垂，肌肤却保养良好的副省长，忽然问自己，这就是当年同一宿舍住在自己上床的同学黄立森吗？那时候黄立森的外号叫"夜黄河"，谁不知道他有个尿床的毛病呢？黄副省长也在想，胖乎乎的业已谢顶了的大学者，就是当年睡在下铺的肮脏的小个子吗？那个小个子的脚臭是闻名遐迩的，只要他一脱鞋，整个宿舍都充满烧死人的气味。那股令人窒息的气味，想起来都让人感到恐怖。

于是，在一个瞬间里，两个人同时都笑出声来。说吧，老同学，副省长终于开口，你路过敝省，特意中途下车，不可能没有吩咐我做的事吧？

哪敢啊，靳先生说，若是私事，打死我我也不敢前来打扰，我知道你们当官的苦衷。实不相瞒，我这次是来贵省 A 县的硕士班讲课，有些情况我不得不向你反映。

你碰到什么不愉快的事儿了？

A 县是个贫困县，可是吃喝之风盛行，宾馆里三陪小姐猖獗，连我这快六十的人都不肯放过，我看该管一管吧。硕士班报名的人多，上课的人少，考试只能集体作弊。书记县长一天课不上，考试卷子由别人代答，教委主任是管教育的，可卷子也请人代做；这种人能当教委主任吗？我去了三天，深感问题严重，所以才特地找你来反映。

黄副省长眯着眼睛听靳先生讲，听了半天，没听出什么重大问题来。从他的位置上看下去，比这更大的事还多着呢。靳先生说完了。黄副省长就说，我不怀疑你反映的事实的真实性，也不怀疑你的知识分子的良心，请相信我，我会设法处理的。但是我还得对你说，眼见到的东西未必就是事实，比如你说 A 县是贫困县，这就不对了，它名誉上是贫困县，实际上却不贫困。在我们省，谁不愿意当贫困县？能够争取到贫困县，是书记县长有本事。靳先生大惑不解。黄副省长说，国家对贫困县有一套特殊的政策，可以免收你好多税，可以给你不少的扶贫款，在那里当官也最容易出政绩，你懂不懂？至于三陪小姐之类的事，说不上好，也说不上多么坏，所在多有，并不是 A 县一个地方的问题。考纪问题也有普遍性，我当然会注意的，不过处理起来也不容易。你不要以为我是省长，发下一句话去，问题就解决了。不是那么回事儿，你知道今天的干部队伍有多复杂，为了一个派出所所长，有人敢出十万块的运动费，他们不是傻子，上任以后总得想法再捞回来。所以你就别说干教育的怎么怎么样，这些人就是要当官捞钱的。而这样的人，到处都是，不处理则已，处理起来就是一大片。老同学，说句不礼貌的话，对于文学，你是专家，对于生活，你就差得不是一星半点了。

对于黄副省长的话，靳先生不能完全赞成，但现在不是辩论的时候。他们的性格不同，靳先生是一条筋地往前走，不像黄副省长还会来个左顾右盼。他对黄副省长说，依我看，现实的问题，有两件事必须解决，一是官本位，二是商炒作，这两者一联手，就一定有腐败。包括学校也如此，假如办学不是为了挣钱，就不会有 A 县的硕士班，而分县的人们肯于把钱花在读硕上，多半也是为了混个学历好升官。黄副省长摆手说，别，别，你可千万别这么绝对化，这样打击面就太大了。

A县的事，副省长说，交我处理就是了。靳先生说，好，你办事，我放心，你很忙，不多打扰，一会儿我就回去了。黄副省长说，那哪行，晚上我还要陪你吃饭呢。靳先生说要吃饭就换个地方，中午的饭吃得太没滋味了，晚上找个卖玉米饼子小米粥的地方吧。黄副省长眼珠子一仄怔，中午的饭没滋味？我的天，你的口味够高哟，你和小齐俩人一顿吃了一千元，还闹了个没滋味？靳先生傻眼了，张着嘴半天闭不拢。黄副省长说，一杯鲜榨草莓汁是五十元，你们喝了四杯二百元，一只龙虾二百元，你们每人一只四百元，外配了三个小菜、一碗汤，合计四百元，你算算一千元没多跟你要钱吧？靳先生说，要那么着，晚上就更得下决心吃贴饼子熬小鱼外带小米粥了。

回到学校，靳先生心情一直很复杂。在A省省城向老同学反映问题的事，他不便向任何人透露，但给A县的学生阅卷，他还是坚持给书记、县长、文教主任打了零分。于是系主任老向就来找他了。怎么回事儿？你打算把咱们的班搅黄了？书记、县长、文教主任都剃了光头，咱们在A县的班还办不办？靳先生说，我对不起诸位了，因为我首先得对得住自己的良心。老向说，靳先生，这么说，就更不对了，难道别人都不讲良心了？

但是向主任说服不了、也改变不了靳先生。一周以后，A县那边就发来一份传真，说是县委书记和县长受到了口头批评，教委主任被调动了工作，至于那个硕士班，经过整顿，只剩下十来个学生，办下去还是不办正在研究中。消息传出，中文系里一片哗然，人们说，这算啥事啊，把自家的好端端的一桩买卖搅黄了。也有人说今后再办这种班，坚决不能再把"死羊眼"一样的教师派出去。人们明里不说，心里暗恨着靳先生，在接下来的一年一度的"严师奖"的评选中，靳先生只得了可怜巴巴的四五票，落选是当然的。如同一切评奖一样，

"严师奖"也没有名副其实的意义了。靳先生伤感，却看得开。他想，别说不给奖励，就算关进监狱，我也绝对不改 A 县考卷的判分结果。

靳先生继续发着他的牢骚，生活也在不可思议中欢快地前行。学校里净是好事和喜事，合并院校啊，推选校长啊，扩大招生啊，申报博点啊，一串串的处长的任命啊，等等。靳先生听说，本校如今光处级干部就五百多人，光养活这些人就得花多少钱、费多大事？那是五百多个县太爷啊，乖乖！

牢骚挡不住生活前进的脚步。靳先生越来越感到自己是个彻头彻尾的没用的人。秋天的一天晚上，他看完了报，正在沉思，电话铃响了。他拿起电话，意外地听出是黄副省长的苍老的声音。那一瞬间，他心里很有几分激动。

老同学，你好吗？你交办我的事，我都办了。

知道了，我都知道了，谢谢。

有不妥的地方吗？

没有。起码我觉得很好。我们共同维护了教育的尊严。

现在我有一件私事，要和你商量，我的女儿今年大学毕业，她想找一所大学攻读硕士学位，我就想起了你。你知道，如今的世道诱惑太多，不把孩子交到可靠的人手里，我是不放心的。

我明白。靳先生说。你告诉她，请直接和我联系。

靳先生当夜就给向主任打电话。向主任听了以后，竟然极度兴奋，他在电话里就兴冲冲地喊，让她来啊。我们会全力以赴地协助她，您可以给副省长回个话，报告他，我们给他大开绿灯就是了。靳先生说，我们别把话说得那么满吧？不，向主任依然兴冲冲地说，您就往满处说，有问题找我。

靳先生没有照向主任的吩咐做。他必须留有余地，他不了解黄副省长的女儿，不敢保证这女孩儿一定就能考上。他给黄副省长寄去了专业介绍和招生简章、本校历年的招生考试试题，还有各科的复习重点等，又专门打电话给黄副省长，说系里欢迎他的女儿前来就读，并且会在力所能及的范围内给予照顾，并且至嘱他的老同学，要他转告他的女儿务必好好复习外语，因为那是教育部组织人命题和阅卷，学校没有什么权力的。

他期待着老同学的女儿的到来。他常常猜想着她的模样，也许就是娇小玲珑的吧？她的妈妈就是那种小巧得让人心疼的那一种。在他的同学中，黄立森是第一个谈恋爱的人，一帮二十出头人事懵懂的小伙子，从黄立森的恋爱中受到了诱惑和启发，后来也都成了跃跃欲试的男人。这当然都是昨天的事情了，今天靳先生的孙子，刚刚八岁就懂得"感情"。孙子在餐桌上告诉爷爷，我认为我们班上的姓王的小姑娘很适合我。正在往嘴里夹菜的爷爷嘴唇都吓麻了，马上板起脸来训斥道，你不好好学习，算怎么回事？稍一停歇，又问，那个小姑娘学习好吗？孙子说，爷爷真老外，感情的事，和学习好坏没有关系嘛。听那口气，俨然是一位电视剧里的明星。刚刚八岁的孩子啊，和自己当年的傻气比，社会真是进步得面目全非了。

直到年后的考试结束，黄副省长的女儿也不见来。打电话去问，道是肯定参加考试了，于是又到研究生处查问，方知一个叫黄小屯的姑娘就是黄副省长的千金。等到阅卷的成绩出来，靳先生又吃了一惊，黄小屯的英语只考了四十分，政治六十分，加上三门专业课，总共二百八十分，在四十名考生中，名列第二十七位。按照往年三百三十五分的分数线衡量，是不可能录取的，而且英语也达不到录取的最低线。靳先生着急上火，亲自跑到系里找向主任，他说没想到黄副省长千金的成绩这么糟，我们当时的回话说得太满了。向主任说，不要紧，我会想办法的，总不能让省长的姑娘没学上吧？靳先生问，我们今年的计划内招生是多少？向主任说，六个，这不好变，但计划外招生没定规啊，只要上线，有多少咱招多少。可是上不了线呢？我看她的分数是上不了线的。向主任说，你把心搁进肚里去吧。余下的事我都会操办的，谁让她是你的老同学的千金呢？

回到家里靳先生还是不放心，万一不能录取，他不知道该怎么向

150

老同学交代；可万一录取了，似乎也难以让自己心理平衡，除非一下录取到第二十七名。但是消息很快就传来，分数线划在三百三十五分，外语的及格线是五十五分，而招生名额仍然只是六个，靳先生心中真像天塌了一样，两条线都不够，还有录取的可能吗？他急忙打电话给向主任，向主任也还是满打满应地安慰他，连连说，别急、别急，总会有办法的。

大约过了一周，这回是向主任打电话找他。向主任说，我们想了一个特殊的办法，前二十七名的考生都来参加复试。然后我们再去申请一个特批指标，争取正式录取黄小屯。请你转告黄副省长，让他放心。放下电话，靳先生心里有一股说不清道不明的滋味。他没给黄副省长打电话，他不愿在事情没有最终结果的时候先报喜。何况，喜从何来呢？

二十七名考生如期来到学校参加复试。新疆、湖南、广西各有三名，内蒙古、吉林、黑龙江各有两名，其余多是本省和邻省的考生。复试前的头天晚上，靳先生期待已久的黄小屯终于出现在他家的客厅里，一个没有长开的茄苞一样的女孩，面对他羞赧地低头呆坐着。他极力地使脸上挂起难得的微笑，不让那女孩感到过于可怕。可那位南方来的女孩终是像霜打了一般，蔫耷耷地打不起精神来。靳先生想说些家常话，好让谈话的气氛显得亲切，他笑微微说，你爸爸妈妈都是我的大学同学，你妈妈叫秦芳草，诗写得很棒，要不咋就让你爸一眼看上了？那女孩说，那是我第一个妈妈，她早去了美国。喔，靳先生牙疼似的吸了一口气，万分悔恨自己的莽撞。对不起，我不知道这些情况，那么你现在妈妈好吗？黄小屯低着头说，现在的妈妈？现在妈妈姓康，是电视台的播音员。我妈妈早跟我爸离婚了，一个人跑到新西兰去了。喔，靳先生恨不能抽自己几个嘴巴子，怎么就这样多嘴多舌，专门问人家伤痛的地方呢？然而他终于明白了黄小屯的神情中的那一种特殊的阴郁，一个破碎的家庭里的不幸的孩子。

世道多变，连他的老同学，都换过三任妻子了。

复试的那天，靳先生很早就到了考场。考生们一个个地问过，轮到黄小屯的时候，他还特意给了她一个慈祥的眼神，他希望她能够镇定，能够有出色的发挥。但是黄小屯跟坐在他家客厅时的情形一样，一脸苍白、一派受审讯的模样。考官们提出了三个问题，她回答了两个，其中一个还有些文不对题。靳先生彻底地失望了。而向主任偏偏说，好，回答得不错。就算过去了。投票的时候，靳先生很费了一阵踌躇，但终于还是在"同意录取"的栏目下，签下了自己的名字。

黄小屯以全票获得了通过。计划内招生六名，扩招生六名，黄小屯是作为计划内招生录取的。靳先生离开考场时，看见从新疆来的没能录取的衣衫单薄的三名考生，心里非常难过，他知道这三个人和其他的被淘汰的考生，都是被愚弄的人，他们都是作为黄小屯的陪衬来当了一回冤大头，而他们自己还都被蒙在了鼓里。当他们接到复试通知的时候，该是多么高兴啊，虽然考分不高，但是希望还有，于是他们不远千里——也许是借了路费——前来做最后的一搏。他们怎么知道，所有的努力，仅是为了成全一位副省长的千金而陪同着游戏了一场呢？

靳先生感到自己扮演的角色很不光彩。他想起他在 A 县的那些举动和愤怒，现在是该愤怒他自己了。如果他那时坚持的是正义，那么黄小屯的事就不那么正义了；如果黄小屯的事可以理解，那么 A 县的事就同样可以理解，反正这两者之间不能同时都是正义的。你不是要维护教育的精神吗？怎么维护着维护着就把你自己也维护进去了呢？既不能与时俱进，坚持的东西又难彻底，靳先生把自己陷入极度的尴尬之中了。

春天的多风的晚上，靳先生辗转反侧了好几夜。他感到自己不再是自己，他的身心都分裂着；他身上的气味也不对，香的臭的都有，他很是厌恶了他自己。但是怎样才能从混沌中走出，他也确乎是不清楚。或者与生活同步，或者退出生活，反正既想当婊子又要立牌坊的事，在辗转了几夜之后，他是决心不想再干了。

他不是强者。被黄小屯的事轰毁了心灵的老先生，决计准时退休了。他提前写了申请，亲自到系里交到向主任的手里。不料向主任看了说，咋能退休呢？我们还指望着您呢。A省A县的事黄了，可A省省城的硕士班又办起来了。黄副省长出了大力气，一下子就招了二百多人，一块很大很大的肥肉啊。靳先生摇头说，那跟我没关系，我真打算休息了。向主任不解地问，我们没有对不起您的地方吧？为什么要这样呢？您要这时候退休，黄副省长问起来，我们也不好说话啊。不，你可以告诉他，我已经到了退休的年龄，靳先生说，而且完全是自愿的。

2002

金丝猫

今儿个歇着，听我细细儿地给你聊一回金丝猫。啥？金丝猴？你就光知道有金丝猴。金丝猴是金丝猴，金丝猫是金丝猫。咋啦？又是波斯猫，你可真老外，波斯猫是洋种儿，这金丝猫可纯纯粹粹、一渣儿假不兴掺的是咱中国种。

事儿是打我傻兄弟那儿引的头。我傻兄弟那小子是不咋着。上班三年，净顾跳迪斯科了，两回转正都没闹上。眼瞅着二十八了，连媳妇还娶不上。爹妈不待见，轰出去，让他过单帮。

那回，咱中国队让香港队给灌了个二比一，还记得不？对，五一九。我那傻兄弟，人不济，心里也还是惦着咱们的人赢。那天晚上瞅完电视，半宿没睡着，正一肚子气没处打发，忽听小厨房里哧哧促促有响动。细细儿那么一听，像是有什么活物儿在啃东西。坏了，他一琢磨准是黄鼠狼子进家了。傻兄弟心里那个气啊，一撩被窝，抄起手电木棍光着脚丫子就奔出屋来。趴在小厨房窗户上往里瞧，果然是黑乎乎的一只黄鼠狼子，吧唧吧唧地啃食吃。它姥姥的，傻兄弟骂骂咧

154

咧，跨进厨房，猛地举起棍子，又半天没敢往下撂。咋啦？据说那黄鼠狼子是仙，只能轰不能打，真打死了那麻烦可就没完没了喽。那就轰吧，跺脚，抡棍子，可那黄鼠狼子抬头瞄了傻兄弟一眼，眼皮儿一麻搭，还是一个劲地嚼，嘎巴嘎巴愣香。傻兄弟头皮发炸，心里却起了疑。他打开手电一照，咳，闹了半天，原来是只黑花儿大胖猫。俩前爪死死地按着只烧鸡，鸡脑袋鸡胸脯都啃吃得光剩骨头了。傻兄弟心里这个乐啊，这回可有酒菜了。谁知道这大胖猫打哪个倒霉蛋儿那儿叼来这么一只肥烧鸡？管它呢，先抢过来再说。你以为咋着？那猫还不干呢，喵喵儿乱叫，吼吼地喷响儿。

　　傻兄弟把鸡攥到手中，一审二蹦，回到屋里，抓起酒瓶给自己满满斟了一杯，把鸡皮撕掉，就啃起来，一把鸡骨头拽下来扔过去糊弄猫。他一口酒一口肉，不大会儿便把那只鸡给麻搭了。可那猫还是觑觑着不动地儿。傻兄弟可足足实实地睡了一宿，第二天早上傻兄弟躺在被窝里就琢磨开了：天上掉馅饼，大晚上的咱还落只烧鸡来啃呢？三块八一斤，光猫剩下的那大半截不就得有二斤？备不住我王二嘎该交好运了吧？忽然感到脚底下愣沉，抻脖儿一眯，咳！那大猫团团地蜷成一个蛋，卧在被窝上，正睡得香甜。啊！缘分还真不浅，家都不肯回了。伸脚去挑，它竟不肯动。再使劲去挑，那猫才懵懂地醒来。张嘴，甩脑袋，伸腰，拱脊梁，不断溜地打哈欠。伸手去摸它，它就伸长脖子舔傻兄弟的手指头。傻兄弟心里直乐。瞅你这德行，咋就瞟上了我？也成，就个伴省得孤单。忽然眼前一闪。猛看到那猫的俩耳朵边各有一圈儿金黄色的绒毛，灯笼儿一般，熠熠地生辉；再瞅那脊梁，墨碳一般的黑亮的毛色里，一条金线，从脑瓜顶一直穿到尾巴根儿！傻兄弟脑袋里像遭了雷击，天啊！这可别是那种什么什么金丝猫吧？万一是那种猫，就该我发个小财啦。抓在手里烫手，抱在怀里蜇人。赶紧去找个懂局的人瞅瞅吧。

　　算你猜着了。他找的真就是我老舅，我老舅那人你清楚，天底下凡属玩儿局的事他都懂。把老舅请了来，把那大猫放出去，傻兄弟还没张嘴呢，老舅脸上就变了色儿。"二嘎子，这玩意儿你是打哪儿弄来的？"傻兄弟听问，忙云山雾罩地瞎说一气，说得老舅直扑棱脑袋。"唉，你这孩子，顺嘴流白沫瞎扇乎啥？什么打东北买来？这玩意儿就咱们这本地产，全市也不过十来只，唉，你就闹吧，闹到了，闹个一胳膊绳子算完事儿！"

我老舅这么一拿劲儿，傻兄弟浑身的骨头都酥软，只好一五一十地从实招来。老舅听罢，方才顺过气来，告诫道："这猫怕就是金丝猫，我也不过只见过一回，是日本国的一位什么经理来，市里的头头们送过人家一只。说是无价宝吧，玄乎点，市场上听说总也掉不下四百块。可你敢明目张胆地去卖吗？让人逮住了，说不定就定你个偷窃罪！"傻兄弟早吓得魂儿都飞了，连连摆手道："老舅，我也不去发这外财啦，趁晚上放了就得。"老舅说："别价，我看你还是养儿天，先听听风声，没声没息你就留着；往后的日子长着呢，说不定有用得着它的地方。"傻兄弟抱着大热罐儿请人来，不料，先遭了一闷棍，吓出了一身冷汗，末了总算又回过弯儿来，算是能把心稳住了。

你先别急，咱们沏上壶茶，慢慢儿喝着聊。那金丝猫一打进了我傻兄弟家门，五谷杂食、精米白面一概不沾；肉需挑瘦的，火腿肠里只拣肉沫儿吃，牛奶、麦乳精沾沾，也不过是舔上两舌头完事。凡不对口味的，它就宁肯不吃。养了不够俩礼拜，傻兄弟心里就又变卦，非送人不可了。谁养活得起？

又算你猜对了。琢磨了一个溜够，我傻兄弟决定拿它去孝敬他们科长。说起他这科长来，傻兄弟脑瓜皮都疼，甭说别的，单他那张见了肉包子都不乐的脸模样儿，那口又倔又干辣椒味儿的四川话，就够我傻兄弟发怵的了。头一回转正的时候，傻兄弟揣了两瓶，"直沽高粱"去走后门。到了科长家，竟没敢往外掏。人家酒柜里一拉溜摆着二十来瓶酒，顶次的都是瓷瓶杜康，要掏出来不是自己招寒碜吗？

这回傻兄弟去送金丝猫，心里也并不踏实。到了晚上，他把猫塞进提包里，怕憋死了，特意把拉锁留了一道出气口。怵怵探探地进了科长家门，眼珠子就一个劲地捉摸科长那张柿饼子脸儿。"咋又来了。""有事儿。""有事儿咋不在班上说？""不是班上的事儿。"科长这才正过脸来．上下打量傻兄弟，眼珠子也一个劲地往傻兄弟的提包那儿转游。傻兄弟说："科长，您领导我快三年了，我也没少招您不待见，我现在算明白过味儿来了，这就跟爹妈数落孩子似的，数落归数落，心里还是为我好。"这傻家伙不知从哪儿学来的本事，还真有那么股子让人动心的劲儿。"那没说的。"科长一喷烟道，"要是都顺顺当当的，我愿去招谁惹谁？""是哩，是哩。"傻兄弟一听科长的话儿不呛，劲儿就缓过来了，"以后，您该咋着还咋着，我王二嘎给您当牛做马也心甘情愿了。"一边说一边就拉提包上的拉锁。傻兄弟提包一拉开，那金丝猫"嗖"地蹿出来，在地当间儿一扑棱脑袋，科长眼珠儿就直了，瓷瓷盯着猫儿，气儿都出不匀净了。"我就这么件稀罕物，想了好几个月了，还是琢磨着该给您送来。我一个月不到六十块钱，哪配养它？"傻兄弟一边说一边抱起金丝猫，拿下巴颏蹭蹭猫的下颌，一万个舍不得地递到科长手中。抬头望望科长，傻兄弟心里猛的一激灵，暗暗地吃了一惊。头一回瞅见柿饼子脸上还会笑，那笑容实在比板着脸儿还吓人。

"这是金丝猫吧？""嗯。"科长左瞅右瞅，忽然喊道，"二嘎，你可是当真？""不当真，天打五雷轰！""好！"科长大腿一拍说，"我这人是从不收人家东西的，不信你左近打听打听。今儿个破个例，收了你的了。早就瞅你这小伙子实在。既然你有真心，我也就有诚意，算是交个朋友喽。你把心放在肚里等着吧。"

你瞧，没用傻兄吱声，人家把肠子、肚子都倒给你了。末了还吩咐老婆上酒上菜，哥们儿弟兄似的，把傻兄弟给灌了个离拉歪斜。

你又急了是不是？打那以后，一共过了四十二天，一天都不带差，我傻兄弟转正了。你说邪不邪？

这金丝猫一进到科长家中，生活一下子就升到贵宾格上。一天一个澡，外带香水吹风。谁抱它谁说它身上跟街上遇见的洋娘们儿一个味儿。不但鸡鸭鱼肉不缺，喝水也掺进去鸡汤、鱼汤，不到一个月，它就膘肥体壮，浑身的毛儿光溜溜锃亮，那金线也益发地明晃晃照人眼目，实在是威风凛凛，招人喜欢。一说起那猫，就乐得科长浑身直颤悠。

那科长养了它整整一个月，见它丰满茁壮，便提拎着去见区教育局长，咱平心而论，一个电机厂的小科长，去见县团级的教育局长，也并不是那么舒坦的事儿。他先前去过教育局长家，烟啊酒啊也送过几回，虽没让人家给卷出来，可两年多了事儿也没办成。足见烟酒不灵。他今年已近六十。儿子远在四川家乡，再过一年调不回市里来，往后办起来会更费劲，正犯嘀咕呢，傻兄弟送猫上门，简直像是送到心坎子上。

那位区教育局长是位不笑不说话的和气老头，戴着一副金丝眼镜，头上就剩下几根白发，光光溜溜梳向脑后。别看瘦干巴的，倒是够派儿。小科长进了人家家门，不觉就自惭形秽。瞧人家住的、用的、摆的，都跟电影上一般；地板上还铺着方格的地板革，走上去连声儿都显小，心里头悄悄地就扑通扑通地敲小鼓。"为我儿子的事儿，我来过几回了，还得麻烦您……""谈不到麻烦，理应帮着解决的。""可等了两年了……""对，要调进来的太多，挨个儿来吧，慢慢地总会等到，您别急。""孩子他妈心脏病，我跟前又没别的子女。"那局长眨巴眼，掏出一个软皮小本来，细心地问道："你再说说姓名、情况，我回局里去好好查查。"那科长赶紧地说了，心里却暗暗骂道："又是这一套，六回了，都是这么说，一个字儿都不兴差。"可他又不敢有丝毫怠慢，柿饼子脸上愣挤出一派感激的笑容，然后一连串地道了不知多少声谢。

把这一切程序走完，科长才把提包打开来，堆着笑把那只给憋得乱挠乱抓的金丝猫鼓捣出来说："局长，没啥好玩意儿孝敬您，带来这么只玩物儿，您别嫌弃。您一天工作忙完了，回家来解个闷儿找个乐儿吧。"那局长瞅了瞅金丝猫，脑门儿竟皱成了一只草帘子。科长见状，心想要坏，这白头发眼镜不识货，可咋办好？于是他就连忙吹乎道："不成敬意，望局长给个面子。这玩意儿俗称金丝猫，天底下就只有咱这儿产。您工作太忙。不一定留心它，这可是个名贵物件啊，东洋西洋来的洋鬼子都稀罕呐……"不管咋说，那局长的脑门上的草帘子老也不见平整，倒是内间屋里的人听见了科长的白话，节骨眼上走出来一位胖胖的中年妇女。一走过来就惊叫一声，把那硕大的金丝猫紧紧搂在怀里，心肝宝贝般地又亲又吻。末后，转过胖脸，冲那出不来进不去的科长一笑道，"这是您的？您是咋养活的。这么可人疼！"那科长绝处逢生，喜出望外，借机会足足的把这金丝猫好好地吹了一通，直吹到那位局长春风拂面，脑门子恢复了原状才算完事。"咱留下吧，这位同志我记着来过好几回啦，那么大岁数也不容易。"局长连连点头道："留下就留下吧，算你留的。""行，就算我留的。"局长爱人答对得十分痛快。那科长心眼子比谁不活？一瞅到这份儿上。还不赶紧往上上菜？"局长，我知道您的为人，清廉正直，远近知名；又是教育口上的人，谁不知教育局是清水衙门，所以，我也不能来干坏您名声的事儿。一只猫儿算啥？不过解个闷罢了。社会上，哪个人石头缝蹦出来的？总不会谁也不挨着谁吧？"

喝茶，喝茶，愣着干啥？我傻兄弟转正的事儿，用了四十二天，可科长的儿子调了来仅仅用了二十七天。又不信？我真拿你没辙，二十七天是够快的。但那局长的爱人费了多大劲，你能寻思不出来？

那局长的爱人干吗喜欢金丝猫？她吃饱了撑的？或是家里的钱没处打发了，愿意养活一只够一个临时工工资养活的娇宝贝？她自然有她自己的打算。要想办件事，哪能不下本钱呢？那科长喂了它一个月，五十块钱的票子全扔了。可扔得不值吗？那局长的爱人正想着跟一位离休的副市长的老伴搭勾。买菜碰上几回，凑了几回近乎没凑上；老姐妹长老姐妹短地叫，末了还老让人家上她家玩，人家答应着可又老不去。她老惦着人家说"上我家去玩儿吧"，人家又总也不肯说。她的儿子正跟人家闺女搞对象，人家家长这么个冷淡劲儿，能有个同意？那位副市长，一解放就是厅局级干部，能瞧得起一个区里的小局长？女人心细，她琢磨这城里离退休干部家里有几个不养猫？当那位科长把金丝猫鼓捣到她家客厅里的地板革上的时候，局长爱人脑袋瓜里神经线上的所有灯泡一下子全亮了。对，给那冷漠、大器的老太太送猫去。这么好的猫，她能有个不喜欢？

挑了个好天，局长爱人就带着猫到副市长家串门去。那老太太已经很老了。又是在家里，没戴假牙，两腮陷下去，嘴唇瘪闭着，见局长爱人来，连姓儿都喊不出来，她只记得好像在哪儿见过，或者人家曾自我介绍过而自己却都忘干净了。"老姐姐，"局长爱人老远就招呼，那声音比叫亲姐姐还要亲几倍。"我来看您来啦！"

打过招呼，就办正事。局长爱人将纸盒子端到屋里，打开盖把猫放出来，刚想吹呼吹呼，却听那老太太"呕"的一声就没气儿了。局长爱人可吓麻爪了，心想万一这阵儿出了什么事儿，不是诚心来走倒霉字儿的吗？她不敢怠慢，忙扶住那东倒西歪的老太太，照着她后脊梁就是一阵紧捶；捶过一阵儿，那老太太便慢慢缓过些气儿，局长爱人的脸也跟着转过色来。她把那老太太扶到沙发边坐下，又给使劲儿地捋那胸口，捋着捋着，猛听见老太太"啊"了一声，"我的虎儿啊，你可回来啦……"然后便"虎儿""虎儿"地喊不绝口，瘦手伸向半空，冲那躲在茶几下边的猫儿又抓又挠。

局长爱人是啥人啊，在这最要劲儿的当口，她比任何人都透着灵性。她把老太太扶正坐稳后，轻轻地笑道："老姐姐，您家这虎儿丢了有大半年了吧？"老太太笑道："整整四个月了。也不知是丢了还是让人偷了，猫狗通人性，它一丢，就跟伤人折口一般，可把我坑苦了……""我早就听说了，说是您丢了一只金丝猫，吃饭吃不下，睡觉睡不安，所以我就四下里帮您打听。"老太太汪着一双泪眼，仰望着这位不知名不知姓的富态的老妹妹，光剩下点头感谢的份儿了。"昨儿个猫狗市上有人卖金丝猫，我一眼就瞄上了它。除了您家，谁还会有这么好的猫？当机立断，买下了。""你是买回来的。""嗯。"

"花了多少钱?""甭提钱。您缺钱还是我缺钱?花个三四百算啥,只要老姐姐您安安康康,乐乐呵呵,老市长事事如意,别说这几个钱啦,再多,也值!""唉!"老太太叹道,"花那么多钱干啥?人家蒙你呢!""得这么个价,市场上金丝猫都是这价码。"老太太凄然一笑:"这虎儿哪里是金丝猫?金丝猫你没见过,那浑身上下,披金挂金,好看着呢!我这虎儿,不过耳朵边上、脊梁骨上有些黄毛,祖辈上管它叫灯笼虎的,算不上名贵,不值钱的。没料想,让你花了那么多钱,还给我送了来。唉,一片好心,得好好谢谢。钱,算我的。"

那局长爱人大眼瞪小眼,瞅着蹲缩在茶几下边的肥肥大大、壮壮实实的金丝猫——唔,不对了,老太太不是更正了吗?该叫灯笼虎——心里有股难以说出来的滋味。是苦?是乐?是喜?是忧?难说了。

后来,老姐姐给了老妹妹钱没有,不管它了。反正这两家走动得越来越勤。至年底,两家的晚辈,在鞭炮锣鼓声中,喜成伉俪,花好月圆,灯红酒绿,招人艳羡。

嗳,别急,还没完呢。又过了一阵儿,一天晚上,我那傻兄弟正待在屋里瞧电视,忽听见小厨房里有响声,心里一动,赶忙跑出去瞧。呵,你猜咋着?那灯笼虎又叼着烧鸡回来了——傻兄弟这个乐啊,把那大胖猫抱进屋里,躺在床上,格儿格儿笑得打滚。你说,天底下有这么寸的事儿吗?

故里闻见录

春节回家探亲，落了个挺不赖的好名声。

远亲近邻，几乎没一个不夸赞我，说我在外三十年，乡音未改，乡心不变，又有落叶归根的心意，实属忠心耿耿，难能可贵，令人钦佩，等等，弄得我十分害臊。我意识到，无论他们有意还是无意，反正我已经被看成了一个热爱家乡的大好人。谦让过几回，说是过誉了，却谁也不肯理茬。后来，我就顺水推舟，得着机会，便盛赞家乡好。结果，彼此之间，都十二分的满意。

人的弱点之一，就是乐意听好话，虽然有时明知那恭维中含着许多不实。和动物比，人的智慧无穷，可作假的本事也同时要高出不知多少倍。比如，我的北京话说得相当的"溜"而回到家乡则一定"乡音不改"，乡亲们就喜欢，就仿佛从中窥见了那颗赤子之心。另如我那"乡心"和"归根"，原本只是客套，他们却认真了，很愿意听，又一个劲儿地帮我渲染，我要怎么怎么地分辩解释都无济于事，只能招认。其实，我在北京住得好好的，有老婆有孩子，有单位有事业，老师学生，同学朋友，自成网络，活得如鱼得水，犯不着非跑回海边的一个偏远的地方“归根”不可。

我对家乡，有怀念之心，无回归之意。怀念是感情上的萦绕，回归则是利害上的抉择。我能够为一点感情上的牵连而牺牲利益之既得吗？听说北京进一个户口，眼下不掏个三千五千的已经没门了，可还有成千上万的痴男痴女，千方百计地往里挤，我咋能那么犯傻，倒往外走呢？我的亲友们脑瓜儿也太简单了。

但他们的确把我捧得晕晕乎乎。

“你回来了，我们也光荣。在电视里看见你那回，乡亲们都传遍了，说那个‘人模狗样’的小子是从咱这地方出去的。”

“连孩子都知道，有个大爷在北京呢！”

我心里美滋滋的，犹如汉高祖当了皇上，唱着《大风歌》荣归故里，连翅膀都快奓起来了。可在北京，我从来是蔫头哈脑的。自己心里明白：似我这一号人，在北京拉出几火车去没问题。

但我还是得了一个好名声。

回到北京翻报纸，偶见一份文摘报上报道一位著名的美籍华人学者的言论，心中颇有所感。那文章中有这样的话：“外国人到中国来，要看的不是洋化、港化，而是彻头彻尾的中国的东西。”

另云：

“我们从美国回来是寻找中国，寻找根。我希望一踏上中国的土地，包围我们的都是中国气派的东西。包括早点也最好是烧饼、油条。”

这是位洋学者。听说在美国住了四十年，是享过洋福的。垂暮之年，还眷恋故土，思念江东父老，一趟又一趟地漂洋过海，跑回来旅行，其心拳拳，其意凿凿，其情切切。较之我对家乡的虚情假意，当然更要感人十分。我们的报刊也深为感动，不断地披露一点老先生的行踪和教诲，以训导那些不安分的中国人，千万不能崇洋媚外啊！你瞧，连吃了那么多年洋面包的大学者，不还是喜欢"彻头彻尾的中国东西"吗？

人同此心，心同此理。怀人恋土，原本是人之常情。我回了一趟家，对老先生的心情就更能理解了。但细细琢磨，他的话也还是给我留下不少疑团。比如说，他所谓"彻头彻尾的中国东西"，到底是些什么呢？他离开中国的时候，中国正在内战，经济崩溃，民不聊生，兵荒马乱，饿殍遍野，他的所指，当然不会是这些。那么是辫子？是裹脚？是马褂？是算卦？是鸦片？是长矛？是大刀？也未必，因为老先生出走之时，洋服早已传了进来。蒋介石的军队用的是彻头彻尾的洋枪洋炮，而丝毫没什么中国作风和中国气派。革命的共产党，那理论的基础是从德国人和俄国人那儿学习来的，而绝非列祖列宗们的宝贵遗产。世间之事，本就是无尽无休的影响和渗透，上哪儿去找彻头彻尾的玩意儿呢？节间听说京津沪正在大兴老年迪斯科，迷得一大群爷爷奶奶们如醉如痴。这好像就十分的缺少中国味儿了。若是孔夫子、朱夫子尚在，不气得个死去活来才见鬼呢！喜乎？悲乎？抑或是喜中有悲、悲中有喜乎？

说到早点，烧饼和油条却非坏东西，况且吃又是一种高雅和深厚的文化。炎黄子孙，无论是海外和海内的，几乎没人不为咱们的吃术高明而沾沾自喜。伦敦、巴黎、罗马、纽约，不知开了多少家中国餐馆，这也是一种文化征服吧。让洋鬼子们长长见识，不能小瞧了我们古老之中华。

我常常由此而生出些莫名的悲哀。不知道什么时候，我们这些龙的子孙才可以在技术和经济上和那"人口众多，地大物博"的地位相般配。世界银行的一份报告说，中国人均国民生产总值，在一百二十八个国家中的排位，总是徘徊于倒数二十多位，与索马里、坦桑尼亚差不多。而我们国内的宴席还在几十道菜上百道菜地吃个不停。人们好像都省过闷儿来了，反正花钱又不用自己掏，不吃也白不吃！

那位老先生怀念故国的烧饼油条，犹如我之怀念故乡的绿豆丸子。我之幼时，家境并非赤贫，烧饼和油条却是从来未染指过的。地瓜干、发霉的玉米饼子——现代医学指出，玉米发霉，生出黄曲霉素，属致癌物质，我吃了不计其数，至今尚健在，不知是不是天命——天天都能见面，吃得我闻味儿就饱，见饭就腻，因此遭了不少大人的骂和打。后来，便暗中发誓：将来有一天我当了大总统，一定把饭馆里卖的东西全拉到我家去，管饱管够地让我大撮一顿。可惜，那机会终于未能到来。不久，"民国"的大总统被赶到台湾去了，大陆之上，总统又绝了后，我自然也不能再觊觎那辉煌的宝座了。

至上中学时，中午改成带饭到学校吃。母亲每天给我五分钱，规定我去吃绿豆丸子汤。学校附近有个东方市场，摊摊篷篷，多是卖煎饼、饼子、稀饭、甜沫和绿豆丸子的。中午一放学，我便跑到那里去，坐在拥挤的长条凳上，要一碗丸子汤，慢慢地就着干粮吃。那一碗丸子汤里仅有五个绿豆丸子，红红的酱油汤上，漂着几片青白的葱花，味儿倒蛮诱人。汤不要钱，喝完可以再续——必须是丸子尚未吃完的时候——酱油、醋、辣糊糊也可自便。不用另付钞票。我的既定方针是：慢慢地吃丸子，多多地倒酱油，快快地喝那汤。一碗一碗地续下来，碗底里老是留着个不知唆罗过多少遍的小丸子。直吃得那卖丸子的师傅老朝我翻白眼。但确是吃得舒服极了，胃胀，打嗝，又辣得一脑门儿汗，顿顿都那么心满意足地恋恋不舍地离开那白篷摊。至今回顾起来也愉快，较之眼下朋友请我去吃"东来顺"或"全聚德"，更令人心旷神怡。

想不到这玩意儿在家乡已近绝迹了。这次回家时询问了几回，亲友们都说："你咋还惦着那玩意儿呢？如今还有谁吃？"冷静想来，那丸子倒也真的没啥，绿豆面，萝卜丝，掺儿根粗粉条，上油锅一炸，素里巴叽，比起北京的清蒸丸子、四喜丸子、鱼肉丸子、羊肉氽丸子，它算啥呢？可吃不到感情上毕竟留着一丝遗憾。

我琢磨，这类的事，无非是因为吃着旧物可引起对往昔的重温和回顾。那愉快已纯是精神的了。人就是有个贱毛病：总好回头想。

那位美籍华人老先生对于烧饼和油条的热情，大抵属于此类。好在大陆上烧饼油条也还够吃一气的，他大概不会失望。但我又想，若因我个人偏爱绿豆丸子，就要我的家乡不许那丸子绝迹，大约是办不到的。而如果我回家乡去，见到人们忽然大嚼起三明治、牛排、汉堡包来，便惊呼，甚至斥责：你们咋不吃烧饼和油条或绿豆丸子啊？你们还是不是中国人？他们该用怎样的眼光注视我呢？

我这人贪婪。世界上所有的好东西——无论是精神的还是物质的——我都想尝尝、试试，并不在意它们是不是中国的，或者是不是彻头彻尾的。也许，我是属于那不安分的一群了。但我想，即如前边提到的那位老先生，当初也未必就安分。否则他何以不留在大陆上？大陆尽管贫穷，中国气派还是要多些。吃吃烧饼油条，听听相声曲艺，玩玩鸟笼蛐蛐，究竟比大洋那边更方便些，他若痴迷于此，何必非远去异乡不可呢？又何以一去四十载，连国籍也入了那边呢？难道因为那片新大陆上，到处都是彻头彻尾的中国东西吗？十分费解。

坦白说，对于已经洋化，却又偏主张他的本土化；吃多了洋餐饭，又偏主张他的同种同胞一定别丢了烧饼油条之类的学者，他们的主张，我常常是打着问号的。

我的幼时，住在一个大杂院里。

这大杂院大得出奇。既不像上海的弄堂，也不像北京的四合院，倒像一个庞大的兵营。当时的官称叫"民众一院"，又叫平民院。其中的居民有码头上的苦力、车站上的扛夫、小商小贩、各种工匠、神汉巫婆、妓女暗娼，五方杂处，一院竟住了三百余户，近一千五百号人。一溜一溜的砖房平房，与各处可见的平房无异。稍有区别的是那时的市政当局为了多装进些"民众"去，把那一溜溜的平房，沿屋脊往下，又加了一堵大墙，一分为二，让前后的住户，对着屁股住。院里没有自来水，没有下水道，垃圾满街，屎尿遍地；冬天里水满街流，夏天苍蝇嗡嗡飞。而人口之密，又超过全市的任何一个高楼或洋楼区。盛夏的晚上，你进去吧，全是蹲着坐着圪蹴在门口凉快的人，大院就成了一锅糨糊。

这回回去一瞧，房子是显得比那时更旧，但名字已改成"振兴里"了。房与房之间又生出了许多形状各异，大小不一的小厨房，推着自行车儿乎就没法儿走过去，大院四周各建起了一大溜七八层的高楼，把这一大片兔子窝团团地包了个紧严，连风儿也难得吹进来。但若不深入进去，坐着小汽车飘然地从路边驶过，活神仙也猜不着在高楼的背后还会有这么一大片的贫民窟。

我的归来，喜煞了年迈的母亲，也招引来了许多旧时的伙伴和先前的近邻。小时候，我是个出格的坏小子，在民众大院里，多少也是个知名人物呢。比如放炮，我就与众不同，不求其响，也不求其多，只追求燃放方式之特别。犹如今天的写小说，讲究实验和创新。我先是在雪堆上放，炮竹焘然钝响，脏雪随之四下里飞溅，围观的伙伴们便欢呼雀跃，我也得了奖赏似的，欣然而又陶然。崩了几回雪，兴趣就淡了，于是开始试崩罐头盒。这可比崩雪好看多了。炮竹清脆响亮地爆炸，小铁盒儿高高地钻到半空，再当啷啷地掉到地上或房顶上，孩子们又轰地追上去争抢，我心里就充溢着胜利般的欢快。但这也很快就玩腻了，还得继续琢磨新招儿。终于想到到公厕去崩大便，结果将那臭烘烘的污秽之物崩得四处乱飞，溅得公厕的房顶、墙壁和地面上琳琅满目。孩子们虽然躲得远远的，可一听见那公厕里爆响，就山呼万岁一般跳着高儿地喊好。可惜这一招儿只玩过两回就停止了。那是因为大人们的愤怒，怕再干下去，要露了馅。先是听到卖凉粉的老爷爷的含含糊糊地嘟囔，知道那挂在墙上的大便沾脏了他的胳膊。后来则是小和尚的大哥唐老大提着裤子在公厕门口骂街了：

"日你奶奶的，是那个兔崽子干的？爷爷逮着你，不把你脑袋拧上三个花，拽下来喂狗才怪呢！"

后来听小和尚说，他哥去解手，刚一站起来，脚下一滑，摔了个屁股墩，待要扶墙站起来，又摸了一手脏东西，他就暴跳如雷了。在我们院里，孩子们都怕他，大人吓唬孩子时就说："老实点啊，唐老大来了！"

唐老大是拉大车的。一脸黑胡子，两腮肉疙瘩。都说他一顿能吃两屉窝窝头，两手能掐死一头牛。还说他敢活吃蝎子蜈蚣，也不知是真是假。我母亲告诉我，他跟人打架打瞎了一只眼，后来就抓了一条狗，抠下了狗眼安在自己的眼睛上，所以他有一只眼总是绿莹莹的。我从很小的时候就怕他，望见他的胡子、眼睛，浑身都起鸡皮疙瘩。我想，我的脑袋真的被他摸着，用不着拧上三个花就拧掉了，再让狗嚼起来，也真受不了，就赶紧洗手不干。

母亲审问我：

"茅房的坏事，是不是你干的？说，说实话不打你。"

避避缩缩地答：

"不，不是。"

"真不是吗？"

我听那口气有缓，就说："妈，你想我能干那种缺德事吗？"

她审视了一阵，便欣慰地笑道：

"我想我儿也不会干那种肮脏事儿呢。"

但我放炮的事业并没因这桩公案的完满了结而终止，我手里还有没放完的鞭炮呢。既不敢再去公厕里快乐，崩雪，崩小筒又崩不出情绪，大年三十晚上，便在街上游荡，老觉得什么什么都没意思。忽然小和尚追了来，亲亲热热地朝我喊：

"元哥哥，给我一个响炮，行吗？"

我正没好气，说："给你，给你，都给你。"

他说不要那么多，只一个就行了。

"我妈说，放一个顶响的，就能把穷鬼死鬼害人精给赶到日本国去。"

我说："就多放几个，把妖魔鬼怪全给他们赶了去。"

他说不行。"我妈说放多了不灵，妖儿鬼的听疲了就不怕了。"

我从口袋里摸了一个顶大的给了小和尚。他在地上摆了一只玻璃瓶，拔去软木塞，把我给他的炮竹插进去，小声地跟我说："元哥哥，瓶子里装着三个妖怪呢！我妈请人画了符，又念了咒，好不容易抓来的。一会儿咱请他们上日本。"

我心里有些忐忑。俯下身子小心翼翼地去看，见瓶里空荡荡的，并无一物。小和尚说："甭看，那些玩意儿，肉眼是看不见的。元哥哥，你就点吧。"

我惴惴的，怀着神圣，划了根火柴。炮竹的信子便吱吱地冒烟，我拉着小和尚躲到墙后边去。

眼瞅着那信子在黑暗中冒着红火燃烧着，我闭住气，单等那轰然一声的爆炸。可那信子临烧到瓶口时却熄灭了。又等了一会儿，还不见响声，小和尚便蹿过去。我也尾随其后，想察看一下究竟，不料那炮竹竟猛然嘣的一声爆炸了。只觉得碎玻璃碴哗哗啦啦在我身上溅落，右脸颊被打了生疼的一下。又听哇呀一声怪叫，小和尚捂着脑门儿满地打起滚来。我跑过去拉他，见黏糊糊的血从他的手指间往下流，整个儿脑袋成了一只血葫芦，腿肚子便瑟瑟地打起战来。不知过了多久，我觉得胸脯子被人狠狠地捣了一拳，差点一屁股倒在地上，睁眼去看跟前站着的竟是唐老大，一只绿光莹莹的眼睛凶狠地瞪着我，满脸的黑胡子周仓似的歹煞着。

"我知道你没个好作头，这回出人命了吧?"

出人命? 我可吓傻了。想分辩，嘴唇又得得地打战。唐老大抱起小和尚直奔我们家，我知道糟了，父亲正在家，他不会饶我的。果然，只一会儿，父亲便从家中冲出来，举着一只木凳，朝我呼啸而来。

"死鬼啊，你还不快跑!"我听到母亲尖厉地喊，"快跑吧，我的小祖宗!"然后就呕呕呕地大嚎起来。

我撒丫子就往大院的西门跑，脚底哗哗啦啦一阵响，心跳到了嗓子眼。父亲在身后呼哧呼哧追，嘴里骂骂咧咧，又急又凶。"小兔崽子，看你给我往哪儿跑!"同时，木凳就叭的一声砸在大门上，腿儿面儿立时分了家。我感到脑门上一阵凉飕飕的。

父亲没有再追我。我跑了一气，见后头没人，心跳才渐渐地平复。西门外有几堆小山似的炉灰渣，我躲上去，揉揉自己发木的两腿。眨巴眨巴眼想想，心里觉得也实在冤。大年三十，妖魔鬼怪没赶到日本国去，倒全招到我自己身上来了。小和尚也不知咋样，那血葫芦可真瘆人……

忽听见一阵噼里啪啦的炮竹响，我醒了。那大概是守岁的人为迎牛年而燃放的吧？望望四周，始知我睡在炉渣堆上，又觉得周身冷彻，脸给冻得生硬。天空在零零星星地飘雪，小风挟着灰渣往身上吹，肚子里好像也十分的饿。

"元啊，你猫在哪儿啊？"我终于听到了一个苍老含混的声音。

"你出来啊，回家去吧，冻了伤了可咋办啊？"我警惕地往大院门口瞧，一个瘦瘦高高驼着背的老头，提着一盏灯笼，四下里照，山羊胡子一撅一撅的，我的泪就哗哗往下流。

这是卖凉粉的黄爷爷，每回惹祸挨揍都是黄爷爷给我解围。还常常把卖剩的凉粉给我吃，不要一分钱。他说，瞅着我心里就乐，什么都想给我。

母亲说他是个绝户。绝户就最亲别人家的孩子。可大院里孩子多啦，干吗单单亲我呢？

我从炉渣堆里往外爬，跟跟跄跄地跑过去，搂住黄爷爷的腰，扎下头呜呜地大哭不止。

"回家吧，元元，你爹消气啦。大过年的，拿孩子出啥气？"

我说："不，爹会砸死我的。"

爷爷说："他不敢砸你，有我呢！"

回到家，见父亲真的消了气。只有母亲还在一边抹泪。后来听说是小和尚到了医院就醒过来，告诉他哥："不怨元哥哥，都怨我自己。"我才平了冤案得了昭雪。

我真感谢小和尚，包括茅房里作孽的事，不管唐老大怎么凶横，小和尚是滴水没漏的。

我的淘气，后来还延续了五六年。学校的老师们也无不为我头疼，后来怎么变老实了，自己也不知道。母亲的说法是孩子不用管得太严，长大就好了。这就是树大自然直的理论。后来我自己成了教员，也当了父亲，对于淘气调皮的孩子，始终怀有一种相通相怜的同情。我认定了孩提时代的胡闹决不能注定其终生便是坏蛋。但我也不敢苟同母亲的观点。她至今教育我的兄弟媳妇时还说："别老发狠似的整孩子，长大就好了！瞧你大哥，小时候坏得没人待见，长大了不也……"我听了，只苦笑，不分辩。她也是个认了一条道，九头牛拉不回头的人。老来尤甚。

回到家中，头一个闻讯赶来看我的就是小和尚。拎了两瓶四特酒，打量打量我就笑问："元哥哥，你回来了？"我直想笑。四十八岁了，见面还叫小名，于是回敬他："小和尚，你一向可好？"他便也龇着牙笑。

他现在叫唐天滑，在纺纱厂当保全工，靠工资吃饭，日子过得平平，不过他本人也还知足，并无什么怨言。"总之是好多了。"他说。我也说："是那么回事。"母亲炒了几个菜，让我们边说边喝。其间，孩子们跑进跑出，要糖，抓花生米，乱乱哄哄也不得怎么细说话。

"你在北京混得不错。"他说。

"一般吧。"我说。

"你可不能算一般啦，得算二般。我在电视上看见过你。"

"那算啥，开座谈会，人家找了我去。"

"那就不得了啦，平民百姓们，谁肯找？"

一定要这么看我，我便不再分辩。

他忽然又说："你在外边路子广，可有法儿给竖摸一个冰箱吗？"

我说："咱这儿生产的利勃海尔多有名，干吗还上北京去竖摸？"

他道："利勃海尔好是好，谁卖给？一张票就卖三百块，还抢不到手。"

"那就等一等，生产的一多，就不难买了。"

"能等吗？钱在一天天地毛，等到了，钱又不够了。"

我只好说："你一定要买，等我回去给你打听打听吧。"

他说："好，你一打听明白了，就给我个信儿。我不再求别人了。"

我一听要坏，他这贴膏药是一定要贴到我身上了。而我自知，搞冰箱、彩电之类的东西，我这种人十回有九回得失败。于是猛喝一口酒，赶紧转变话题。

我说："你大哥呢？过得好吧？"

他说："退休在家。整天喝酒，骂街，撒疯，顶不是东西了。"

我暗吃一惊。唐老大脾气躁，爱喝酒，我早知道。但原先想，人到老来，一般规律是渐渐变得和顺，没料到他仍像当年，桀骜不驯的。小和尚排行老四。二哥原是捞鱼的，后被日本人抓了华工，日本投降后跑回家，已经枯瘦不成人形。我模糊记得他似乎是发了疯，整天往电线杆子上爬，爬到顶端，就揪着自己的头发哭，喊，敞着怀，露着一条条肋条毕现的胸脯。

"快呀，日本人要杀我的头了！快啊，救救我来啊！"

有时正值夜晚，那声音就分外瘆人。我躺在被窝里蜷成一团，把被蒙得严严的，怕得上下牙打战。他疯闹过一阵之后，就不知去向，家里人也并不去找。

"你二哥有信吗？"

"没信。"

"三哥呢？"

"去了台湾。"

"现在可有信捎回来？"

"有，他熬成了个团长，还娶了个台湾太太。可台湾那边规定，军、干现职是不许回来探亲的。"

我说："那也是暂时的。一旦开了禁，你三哥一家回来了，你们就团圆了。"

没料到，他倒摇起头来："快活不到哪儿去，老大死反对，他说，老三一回来，他就跟他拼了。"

我又一愣，问："那是为啥？"

"为啥？老大说，咱们家苦大仇深，就他一个跑了台湾，闹得二三十年一家人跟着倒霉，刚刚好点了，他又想回来裹乱。打婊子养的。"

我呵呵地笑起来："唐老大是糊涂了还是咋的？现在不是过去那个政策了，你劝劝他。"

他还是摇头，说："没法劝，我大哥是花岗岩脑袋。他说啦：'哪写着啦，我就不信。国民党和共产党打了几十年的仗，仇全忘了？他老三是台湾那边的，咱是共产党这边的，不能两立！'你听听，还有法吗？快七十的人了。"

"那么你嫂子呢？不兴常劝着点儿？"

"哪个嫂子？"他看看我说，"前头的五八年死了，后头的六三年跑了。他现在过单帮，没儿没女。"

我的心一下子就皱成了一个大疙瘩。

解放的前一年，那年我九岁。年根底下，唐老大忽然领回一个媳妇来。别人娶媳妇，坐花轿，吹喇叭；新媳妇戴红花，穿红袄，又喝酒又放炮，我们都能跟着热闹好几天。可这位新媳妇却是悄没声地来，悄没声地住，一点儿喜庆的意思都没有，叫人好不扫兴。孩子们仿佛不知不觉，院里的大人们却老是聚了一堆，叽叽喳喳的，我就听说她好像是从窑子里来的。不是黄花闺女，唐老大不肯明媒正娶。又听说这媳妇在窑子里攒了一笔钱，自己赎了身，又倒贴了唐老大，算是出来从了良。至于什么叫"窑子"，什么叫"倒贴"，什么叫"从良"，我一概迷迷糊糊，仿佛就觉得那都不是什么好事情，所以也认为那媳妇大概不会是什么好人。

日子一久，便渐渐熟悉。她喜欢孩子，见了我总是抓给瓜子、花生，有时还会给个糖块什么的。她自己也老是嗑瓜子，什么时候见她，什么时候嗑，嗑得我心里刺痒痒的，光眼馋。于是她就给。她的瓜子特别香，花生也特别脆：都是彻头彻尾的中国气派的。我本就没出息，有奶就是娘，谁给我东西吃，谁就是大好人。在我们大院里，除去黄爷爷，便数唐老大的新媳妇了。

她的模样跟我们院里的女人大不同。头发光溜溜，脸上白刷刷，身子清清瘦瘦，衣服干干净净，走起路来老是轻轻地扭，扭得让人感到像是在水上漂。如果脑门儿上不老捏着那么一溜紫红点儿，就一定更像我们家墙上贴的西厢画上的人物了。我母亲顶讨厌她脑门上的紫红点了，说那是她不干好事招来的。

可她待我却特别好。有时在街上见了我，就拉着我的手，领到她屋里去，让我尽情尽意地吃她炕上小筐里的花生和瓜子什么的。我从来还没吃得这么谱派和这么开心过。有一回，我看见她从一个小盒里摸出一块螺丝转的糖块来，自己先含进口中，然后冲我笑道："张嘴！"我张开嘴，她就嘴对嘴地把一块甜甜的东西送进我口中。

"甜吗？"她还要问。

我被甜得点头如小鸡啄米。

唐老大喝了酒就撒酒疯，一撒酒疯就拿她开骂，用那大手抽她的嘴巴。我很替她不平，心想，像唐老大那样一个毛毛虫，一个安着只狗眼的野种，哪配得上她啊，还这样地欺负人。换了我，早就不跟他了。可她并不，风浪一过她照旧还是老样子，不断地嗑瓜子。

但后来瓜子就不见经常嗑了，也极少再给我；而挨骂挨打也便接连地多。有一回我去她屋里，见她一个人在悄悄地抹眼泪。我问："他又打你了？"她点点头。"疼吗？"她摇摇头。我说："他打了还能不疼？"就拿手去帮她擦腮上的泪珠。

她把我猛地一下搂进了怀里，下颌死死地压在我的头顶上。我感觉出来，她的眼泪都流到我脖梗子上了。

以后我再去，她每回都搂着我不撒手，还一个劲地摸弄我的头，半天半天的。

"你的脑袋瓜长得真好，溜圆溜圆，像个西瓜。"说完，她就自己先笑。

后来，又有一回，她搂着我，忽然把怀敞开来，硬按着我的脑袋说："吃口吧，孩子。"我吓了一跳，又臊得不行，心想：我干吗要吃你的奶呢？连我妈的都好多年不吃了，我是大人了。可她还是说："吃吧，你吃吧。"我看了看，她的乳很奇特，长长的两条，像两只鞋底，悬挂在骨瘦嶙峋的胸脯前。我吃了。但那乳没有汁，干瘪瘪的。

"不许告诉你妈妈，记住了吗？"我走时，她叮咛。

"啥事不许告诉啊？"

"吃妈妈①啊。"

我点点头。心里想：不用你嘱咐，这事当然不告诉啦。

大约又过了一个月，我想到她那儿磨蹭瓜子吃。恍惚记得已经很久很久没吃那玩意儿了，心里好馋得慌。她坐在炕沿上，两腮红红的，不断地咳嗽。见我进来，忙去翻弄盛东西的小筐，小筐空空的，她叹了口气说："快俩月没买了。"我问："咋不买呢？"她苦笑笑，不回答我。我又问："婶，你病了吧？"她说没，我再问："是不是叔叔又打你了？"她还说没，眼泪花哨地看着我半天，那眼睛也赤红的。我头一回发现她是那么丑，身上还有一股烟草味儿。

她把我搂进怀里去，脸贴着我的脸。她的脸烫人。手也变得又瘦又干，摸在我头顶上，仿佛是一只鸡爪子。

呆了一会儿，她的手忽然从头顶向下摸来，肩膀，胸脯，肚子，最后竟一直伸进我的裤裆里，痒得我赶紧把两腿紧并，夹住了她那只硬硬的凉凉的手。

她把手缩回了，说了声："还小呢，不顶事。"

我不服："咋不顶事？我一天撒六泡尿呢！"

---

① 吃妈妈，即吃奶。

她便笑起来，前仰后合的，浑身乱颤悠。笑了一阵，她就趴在炕上喘息，那背一起一伏，跟刚干过多重的活儿似的。

忽然就大咳起来。我冷丁看见一口鲜红的东西从她的嘴角边流出来。"血！血！"我惊叫道。吓得浑身直哆嗦。

"不碍事，常这样。"她爬起身，用手绢儿擦了擦嘴角，送到眼底下瞧了瞧，还照常拉着我的手说话。

"你那家伙太小啦，"她说："准是你光顾自己吃饭，忘了喂它吧？"

"我从来不喂。"

"不拿饭喂它，它能给你长个大个儿吗？"

我恍然大悟，始知那东西原来也要吃饭的啊。

但后来我还是知道了她是在糊弄我。回家以后，我悄悄地试验过。它并不吃，自然也不见其长大。

小和尚走后半天，我的心也未能从冷却中复苏，闷闷地说不出是怎样的一种滋味儿。母亲收拾了碗碟，便坐在炕头上，絮絮地跟我说话。让我惊讶的是，她对唐老大媳妇的看法已与先时大不相同。她说那人心眼挺好，就是命儿不济，没认准人，倒搭上自己的一条命。她告诉我，那女人染了痨病，又得不着好吃的，后来就瘦得剩了一把骨头，炼钢那年，跟母亲合拉一辆平板车，她拉不动，又大口大口地吐血饼子，大伙就劝她回家养着，可回家又没人照顾，没用几天，人就没了。"死的日子是腊月二十三。"母亲说，"年年都是小和尚去上坟。前些天还领着孩子上公墓去，邻居们见了都说他们家的事儿怪，小叔子给嫂子上坟。"我的心又一沉，觉得眼前闪过一片茫茫的白雪，一口口的鲜血滴着，落在厚厚的雪地上。心想，我是不是该到她的坟上去看看呢？在我成年以后，一度曾悄悄地憎恶她，恨她那时欺我的年幼，后来便渐渐地淡忘了。现在知道她是这样的结局，反而倒谴责起自己来。她的命运也实在是不好。

唐老大确是个野种，第二个老婆也让他打跑了。母亲告诉我，结果他自己也并没得好。"文革"期间，有一阵儿闹得还挺欢，因为整人整得凶，人家恨他，差一点让人给塞到海里淹死，后来还到大学去当了工宣队长，汽车接汽车送，趾高气扬地乐了几天。再后来有人便揭发他三弟在台湾当兵，他就完了，还是回运输队去拉大车。于是我明白了他为什么那么恨在台湾的三弟，正是老三断了他的前程，在他看来，若没有老三，说不定他唐老大就会早登趾了上去呢！"现在，没儿没女，快七十岁的一个老绝户，光剩下整天喝酒等死啦。"母亲说，"这就叫善有善报，恶有恶报！"不孝有三，无后为大，在母亲眼里，唐老大的最大报应，莫过于到老了还让他是个绝户吧？

　　但她的理论又颇不彻底，即以绝户而论，卖凉粉的黄爷爷也是绝户，母亲却认定了那是个大好人，一点不诅咒他。

　　吃过晚饭，我正躺在炕上歇息，忽听外间屋一阵嘈杂，便有一个女人的声音响起来：

　　"听说你家大哥回来啦？快让婶子瞅瞅是啥德行啦。听说在京里混得人模狗样的，可了不得喽！"

　　我一个鲤鱼打挺，慌忙坐起身。想不出是谁家的哪个婶子这么泼辣辣的。我听见母亲说："瞧你，五十多岁的人了，老是这么没正经的。"又听那女人说："都是谁跟谁啊，还用酸文假醋的？他大哥当了皇上，也得跟我叫婶儿吧，这还改得了？"

　　噢，我想起来了，一准是芳婶。那个仅比我大四岁，当初十分不情愿叫她婶儿的莱阳人。

　　门帘一挑，她进屋来了。定睛细看，果然是她。我便叫道："芳婶，您好。""哟，你家大哥还这么少相啊，"她拍着巴掌嚷道，"瞅瞅，一瞧人家就是大干部样儿，山珍海味，猴头狗脑，保养得好哎——"就一屁股坐到炕沿上。

　　"快，给你芳婶点烟。"母亲追进来，笑眯眯地提醒我。我就赶紧掏烟给她。她不客气，叼着我递给她的烟伸着脖子由我给她点，然后深吸了一口，拿手指夹住那烟，瞧了瞧，再把那吸进去的烟喷出来，道："行啦，我也知足了，京里的大官给咱点烟，活得值了。大嫂子，您在一边瞅见了，将来折了我的福寿，我可找您儿子算账去！"

我说："芳婶，我又不是啥官。"

"甭瞒我。"她说，"不是大官上电视？我不跟你借钱，又不走你的后门，看把你吓的。"

"我真不是——"

这分辩毫无意义。我的大官儿，她派定了。

她可比先前能说多了。没了腼腆，没了哀怨，也没了恐惧，仿佛在炼池中锻炼过千百次，她成了一颗响当当的金刚豆豆。她变得衰老，肉皮儿松弛，上下眼皮像是腌制过的海蜇皮。但年轻时的风韵，仍能够隐约看出几分。唯精神不像，她仿佛越老越添了精气神。

她来到我们大院，是 1954 年。那时我在二中住校，星期六那天放学回家，忽听见西邻舍苏家十分热闹。吹鼓手吹吹打打，席棚下厨师正在煎炒烹炸。问问母亲，说是苏家老大娶新媳妇，还送来了一碗喜面。母亲说："你就吃了吧，也跟着喜庆一回。"

这时的我，已让功课压得抬不起头来，所以面条吃了，却没跟着去凑热闹。隔了一周再回来时，就看见新娘子在外面走动。我暗吃了一惊，觉得这新娘子年龄实在太小，跟我们班上稍大点的女同学差不多。这么小，咋就做了新娘子？她长得很瘦，好像还没发育成熟，唯胸脯高高，又发育得过分成熟。那苏家老大，约莫有四十岁，讨了这么一个小媳妇，令人觉得疙里疙瘩的。

她到我们家去借水瓢。笔直地站在外间屋里，头都不敢抬。

"俺婆婆让俺来借瓢……"

我母亲就拉着她的手说："他芳婶，甭那么怵怵呆呆，都是邻舍百家，用啥你就过来拿，言语不言语都行。"

"嗳！"她说。眼睛里晶莹地一闪，便扭头回去了。

母亲说："下回人家来，你得跟人家叫婶儿，别傻愣傻愣的，跟根木头橛子似的。"

"啥？"我大惑不解地反问，"跟她叫婶儿？"

"不叫婶儿叫啥？苏单是你啥？你不得叫叔叔嘛。"

"那我也不吧！"

我就是不叫。约莫是这一年的暑假，有天晚上我正睡得迷迷瞪瞪，忽然被西邻苏家的吵闹声惊醒了。母亲不在家里，我便爬起来细听，那边吵得真凶，摔碗砸盆，桌子椅子一起响，然后就听苏单大叔大声喊：

"我砸折了你的腿，看你还往那儿跑不跑！"

后来就传出了水棍抽在女人身上的噗噗声。一个女人在哭喊，声音尖厉得可怕。可苏单并不就此罢休，继续吼：

"你还哭！没羞没臊不要脸的，砸死你我给你去偿命！"于是便又是砰砰砰地拿棍子捶擂那女人。

人声更加嘈杂。苏家的老人，我的母亲都在拼命地劝那盛怒中的男人，母亲说："深更半夜的，闹凶了让人家笑话，打几下，她改了就行了。"那女人还在哭，抽抽咽咽的。我母亲又说："你就说改了吧，他芳婶儿。"苏单还嚷个没完，后来就说："看在大嫂面儿上，饶你这一回，再还闹骚，我就拿刀片了你。"

折腾到半夜，母亲才回来，长吁短叹的。我悄悄问母亲什么事，她不肯说。只道："小孩子家，甭操别人家的心。"就按下我，逼我睡觉。可我睡不着，我怕那凄厉的哭喊，也怕那狮子样的吼叫。我不明白，在我们院里，男人们干吗总是往死里打自己的女人？

但渐渐地我便从大人们的叽叽喳喳中，知道了事情的原委。再看到芳婶时，心里就生出一种古怪的感觉来。

她是乡下人。她母亲替她寻了一个村干部，成亲前，她和相好的小伙子私奔了，逃到城里的亲戚家。可那小伙子在城里没亲戚，报不上户口，终又被人抓回去。她却是横了心，宁死也不肯再回乡。而亲戚又不再让她住下去，她就只好嫁人。苏单比她大二十岁，她认了。但那小伙子又跑回来，悄悄地约她出去相会，一回，两回，第三回上，让苏单给堵住了。

大人们都悄悄地骂她，说她是狐狸精。"瞧那奶子，就不正道。""那眼儿也不老实，专勾男人的。"连我母亲都说："可怜是可怜，可也怨她自己啊，没男人时候还好说，有了男人，哪能再乱来？"

她便变成了一只鼠，深居简出；偶一露面，又避避缩缩，怕猫抓了她似的。那脸也渐渐变得青黄，像一条被阳光晒蔫了的小黄瓜。但不久，在一个初秋的晚上，我又听见了苏单的怒吼、棍棒的抽打和芳婶的凄厉的哭叫。这一回打得更惨，因为没有什么人前去解救。

"倒也是该打！"我的母亲说，"女人家一沾上这腥气味儿不好改。"

第二天，她被人悄悄地抬着去了医院。大人们在口耳之间传着："她流了。"又都说："流了好，省得生下来苏单不认。"也有的说："人家苏单是故意给她打下来的。"

我听了，便在似懂非懂中，迷迷糊糊地叹气。

后来我读完了高中，离开家乡到上海去读大学，行前，我特意到她家去告别。那一回，我第一次跟她叫了声芳婶儿。

如今坐在我身旁的吸烟的女人就是她吗？

"你写的书，咋不给我捎一本来？"她叼着烟，乜斜着眼看我，"眼眶子高了是不是？问问你妈，我骂你几回啦？"

我赔笑说："疏忽了，回去就给您寄。"

她说："好，你一捎来，我就打个镜框给你镶起来，逢年过节，全家给你磕头作揖，供你当神仙！"说完就呵呵地笑。又把我的大衣摸了摸，神秘地问："你媳妇是哪儿的人，可赶得上那个刘晓庆？"我就说："赶上了，赶上了。"满屋的人就笑。

又打了一回哈哈，她要告辞。我说："您回去问苏大叔好，赶明儿我过去看他。"她竟说："看不看不吃劲，他快死了。"

母亲很不高兴。芳婶一走，便对我说："这婆子，疯疯癫癫的，哪有那么咒老头子的。"

我想了想，长长地叹了一口气。

到家的第三天起，我便陷入了被人请客的车轮战中。名义或公或私，内容大同小异！同学亲友轮番地以好酒好肉好鱼向我轰炸。我吃了不计其数的美味佳肴，喝了无法计量的各种牌号的好酒。说了不知多少不咸不淡不辣不酸的顶没味儿的客套话，也听了无数不淡不咸不酸不辣的颂扬辞。耍猴儿似的，被人家牵着到各处去，供有兴者取乐，给熟悉者添彩。直吃到见了饭菜就往上反胃，闻到酒味就向上顶脑袋，方知天底下的路，走到头了还需再往回走。饥饿是种痛苦，饱得发胀，也并不幸福。

但我不能冤枉我的诸友。齐鲁之地，自古便出侠肝义胆的诚实之辈，至今仍绵绵不绝，连外省的同胞不也说吗，交朋友要交山东人。足见我的乡亲们是如何的深得人心。交友之道，要之以诚。我的乡亲们，占尽了这一条。待人待客，恨不得连心肝都挖给你炒了吃。真诚的方式，如同见面问："吃了吗？"一样，是地道的国粹，魁标准的"中国气派"，是真正老牌的王麻子剪刀。

遗憾的是，我实在是招架不住了。

临近了年关的日见热烈的鞭炮声更扰得我日夜心惊肉跳。我早已失去了崩雪、崩罐头盒、崩大便的兴趣，衰弱的心脏经受不住那突然炸裂的爆响了。但那鞭炮声却战场一般紧紧地包围着我。人们腰里渐渐地硬实了，人民币仿佛多得不打成卷裹上炸药将它报销掉就没地儿存放一样，噼噼啪啪噼噼啪啪，日日夜夜地山响。这也是"彻头彻尾的中国东西"了。

闻到空气中弥漫着的浓烈的火药味，海外的中国人也许就会急着赶回故土；海内的中国人或许会更自豪于我们的古老的文明。

世界舆论界在宣传戒烟。实在是一个科学的明智之举，但若我有能力，有资格，有机会，我还要鼓吹戒宴或戒炮。我相信戒上一年，仅在我们大陆之上，至少也会省下几百个亿，我们的愁就可以少发一些。唯一的遗憾是，这样一来，咱们中国就又少了两样彻头彻尾的东西了。

母亲三番五次地嘱咐我：春节有人来拜年时，千万可别让人家跪下来磕头。看人家要磕，就赶紧去搀起来。我说："咱家还兴这个吗？"她说："兴，兴得比啥时候都盛。"我又说："是小孩子们吧？"她说："也有半大小伙子和姑娘，要压岁钱呢！"我摇头不信，她便说："信不信由你，掂量掂量你兜里的钱，富裕呢，你就让人磕。"我说："有价吗？"她道："没价，可五块十块的，你拿得出手？"

我的吃亏，常常在于马虎。没注意母亲的警告，大年初一就损失了近二百块。亲友的孩子们来，公开宣布："大爷、叔叔，我给您磕头，磕一个一块钱。"都是明码实价的。那些穿着崭新的孩子们一磕下来，就没完没了，嘴里边还清楚地数着，一块、二块、三块……我便诚惶诚恐地把孩子们拽过来，他们的父母就在一旁嘻嘻地笑。

我的兜很快就瘪下去了，但心里也并无多少不快。毕竟是拿孩子取乐，也让孩子们节日间高兴高兴吧。而一想到会不会是他们的父母在后边指挥的时候，心情便黯淡了。而傍至中午时，芳婶领着一群高高矮矮的人们进来时，我就十分地惊恐不安起来。

"磕头啊，孩子们，在京里当大官的大哥、大叔的，亏不了你们。来，二的，你先磕。"

那二的是一个人高马大，蓄着小黑胡子的青年，一脸的青春美丽豆。两腿一弯，卟通一声就跪在了我面前，然后，是两个四五岁的孩子，挤到二的旁边，趴下来俯仰不已。

"唔，好了好了。"我让火烫了一般，嘴里唏唏溜溜地上去搀扶，同时拽出了六张大团结，赶紧塞过去。

"三儿！"芳婶喊，眼球子朝对面的女孩儿一仄愣，闪出甚为不悦的神色来。

那女孩活脱脱的就是一个当年的她！白亮的脸蛋，乌黑的头发，苗条的身段，过分发育了的胸脯。瞟了她母亲一眼，很不情愿地冲我腼腆地一笑，说："大哥，俺给你拜年啦。"就要跪下。我慌过去拉住，赔着笑脸道："行啦，行啦，可千万别……"

我给了她四十块。

"咋样？"芳婶神采飞扬地跟她带来的兵马说，"这就是你们电视上见过的大哥。瞧人家混的，吃香的喝辣的，也真是没白来一世。"

我说："芳婶儿，您行啦，别再寒碜我啦。再寒碜下去，我得找根绳上吊去。"

"哟！大过年的，咋往外冒这话儿啊？你要心疼，让二的、三的和大的的俩孩子把压岁钱退给你……哈哈，打个哈哈取个乐吧。"

一帮人嘻嘻哈哈的满意地走了。母亲坐在里间屋，一个人唿哧唿哧喘气："就没见过这么脸皮厚的，成了强盗了！"我说："也就是这么一回，权当是孝敬芳婶和苏单大叔啦。"她白了我一眼道："你倒说得轻巧，那叫一百块，你什么时候对你妈这么着过？"

我只有苦笑。不但对母亲，就是对我自己，我也从来没有这么大方过。

我毕竟不是条仗义疏财的汉子。我的钱都是从牙缝里一点点地抠出来的。拘着面子，只好硬挺硬撑，逢场作戏，撒出那么些票子，于我也是挖肉一样的疼痛。在中国，政策上允许一部分人先富起来，但富起来的却首先不是我，北京人说："搞导弹的不如倒腾鸡蛋的。"并不全是发牢骚。眼瞅着自己的腰包倏忽间瘪下去，忧虑便陡地袭上来，我担心，再撒两回，我连北京都回不去。

所以，下午再来拜年的，我便争取主动，先把人让进屋里，按到炕沿上老老实实坐住坐稳。不容他们张口，我便宣传说："在北京，已经不拜年了，早不兴咱们这一套了。"

"又破四旧了？"人们不安地问。

"倒不是。"我说，"旧习惯不好，改革了。"

其实，我知道，北京也非净土。不过为了拯救我的腰包，不得不瞎说一通罢了。我相信，地球上凡有中国人的地方，这陋习就暂时一定会有。区别仅是：有的温文尔雅，较为含蓄；有的巧取豪夺，近乎赤裸。

正月初二，开始反攻为守，让母亲带我到各家拜年。这样一来，不仅礼貌周到，腰包也可保险一些。匆匆地走了几家，便进了芳婶儿的家门。但她家里敞着门却并无一人看守。黑咕隆咚的，拥挤狭窄，还有一股发霉的气味儿。"那就看看苏单大叔吧。"我便随母亲进了东间屋。低矮的小屋子仿佛一杂物间，白菜、萝卜、土豆，沿着窗台堆放；两辆自行车停放在后窗的砖墙下，迎着门横放一张木床，床上躺着一位须发皆白、面容如同骷髅的老人。

"苏单哪，"母亲轻轻地叫，"你好点了不？"

没有反应。我心里一阵轻颤，屏着气息挪近去，见他静静地仰卧着，仿佛也不见呼吸。母亲给他拉了拉被子，摇头叹息道："一年多了，不省人事。"我用手在他眼睛上晃了晃，也没有反应。他的脸色如纸，眼窝儿深陷，牙床也凹进，若搬进博物馆里，与一具木乃伊无异。我忽然想到，这就是三十多年前暴怒起来像狮吼的苏单大叔，心情便十分黯淡。

"不能吃喝，不能屙尿，你芳婶也够苦的。"母亲说。我想也是。眼望着无救的病人，心里难受不说，还得顾及舆论，不能让别人说三道四，左右为难，苦在内心。但又想，那芳婶似乎也太冷漠了点儿，大过年的，把不省人事的丈夫扔在杂乱清冷的屋子里，自己跑出去东串西串，又想到她那疯说疯欢，她对老头儿的诅咒，心里又着实觉得憋闷得慌。

清官难断家务事，我是无力管这许多的。

大院里的小巷已经被侵占得成了一根羊肠子。节间串亲访友的人又多。大家鱼贯地在小巷里穿行，犹如排队挤公共汽车一样，缕缕行行。出了苏家，我问母亲："还到哪家去？"母亲说："看看碗儿他娘去，常念叨你。""唔，好的。"我说。眼前便闪出了那位硕壮的大嫂的模样。

在我童年的记忆中，这是位浑圆如牛犊的大嫂。头、脸、身段、胳膊、腿一律圆圆滚滚。黑糁糁的脸膛，逢人就龇着牙笑——那牙给衬的挺白——她大约长我十岁，可一直跟我母亲叫婶子，所以我便叫她嫂子。她常常到我们家来，帮母亲择菜，洗米；来客的时候，也常见她来帮母亲拉风箱烧火；有时便把我们家吃剩的饭菜捎回去，两家走得挺近。

新中国成立前夕，她丈夫被国民党抓兵抓走了，剩下她一个人带着俩挨肩儿的男孩，大的叫碗儿，小的叫筷儿。她家里黑咕隆咚，除了半张炕席，真正穷得一无所有。可她没心没肺，过得比谁家都快乐。每天要饭回来，流行小曲哼个不绝，仿佛了无忧愁。而且，地瓜干、饼子头、人家吃剩的残羹剩饭，居然把她喂得浑身是肉。母亲跟她熟，当着面儿就说："碗儿她娘啊，你真是个好家伙，比头猪还好养活哪！"她听了，就是笑。

世上的所有痛苦，也许都是不甘痛苦者的感觉吧？人在自我沉睡之际，会有苦痛的呻吟吗？麻木者会在麻木中享受幸福，幸福者也会在幸福中享受麻木。而苦痛，则大抵属于醒来者。

碗儿他娘乐乐呵呵地要饭，一晃就是七年。1956年，别人劝她别傻等了，趁自己还年轻，赶紧寻个主儿，安安生生过后半辈子吧。她嫁了我们那条街上的剃头掌柜。那掌柜的媳妇死于肺病，扔下三个闺女没人照看；剃头掌柜又天生有个喘病，光剃头就胡噜不过来，也很盼着能早日找个帮手，于是他们就两家合成了一家。

但不知碗儿他娘到底是啥玩意儿托生的，命硬得出奇。嫁过去仅一年，那剃头掌柜的也追随他害肺病死的媳妇去了。碗儿她娘重嫁一回，仅落了一堆破烂和三个人事不知的女孩子，若不再嫁，指靠她一个人要饭、砸石子、糊火柴盒是无论如何也填不饱一家六口的肚皮的。这种免于饥饿的要求逼使她干柴烈火般地期待着以更快的速度寻主儿再嫁。正好宰羊的王二秧子媳妇病重，她便常常过去帮助照料家务，很快地勾搭上那一脸麻皮的男子汉。待王二秧子媳妇一命归西，她就麻利利地搬到了王二秧子家去住。王二秧子也有一男一女，碗儿他娘又健壮。嫁过去三年里又生了俩孩子。所以，他们家一睁眼，就得先打点这将近一个班的九张嘴，那光景是可想而知的了。

第四个年头上，王二秧子一场暴病又死了。碗儿他娘第三次变成了寡妇。想再找男人，任何男人都得琢磨琢磨，没有一不怕苦，二不怕死精神的，哪个还敢要她？可不找男人，这日子怎么过？最大的十五岁，最小的才一岁半，一拉溜儿挨肩儿站一排，那是说着玩儿的吗？

熬了一年，有人来说媒。男的是早先算卦的张先生。张先生那时已七十，孤身过日，亟盼找个人照料，他又算过一卦，是碗儿他娘命中并不克他，于是便派人前来探听。

结果，又成功了一次婚姻。可惜，那张先生的卦算得不准，没过一年，张先生一口气上不来，又死了。

她还想再嫁，她的大儿子便出来干涉：

"娘，你还有完没完？你知道人家外头怎么说？让我们当小的脸往哪儿搁？"

她吃吃地笑，并不说话。

"你要再嫁，我跳海去！"

碗儿很动感情，蹲在地上，一口一口地啐唾沫。

她没有再嫁，那年她四十二岁。

她嫁了四回人，守了四回寡，终未能转出我们的大院去。

邻居们议论她，嫌弃她，鄙视她，都像是十分正义。饿死事小，失节事大，何况还是个女人。

穿过两条小巷，母亲领我来到她的家。这是以前算命先生住的地方。小时候跟算命先生学写字的时候，我来过。

"碗儿他娘——"母亲在门外喊，"你大兄弟回来给你拜年啦。"

屋子里马上传出来一个粗声大嗓来。门开了，闪出一个黑胖老太太，眯着弯弯的笑眼，一脸的喜气洋洋。我猛上前拉着她厚厚实实的大手道："嫂子，还认得我吗？"

她上上下下地把我打量了一番，哇的一声喊："哎呀，我的大兄弟啊。"就热乎刺拉地把我往屋里拉。一直拉我到炕沿坐下，还是不肯撒手，愣呆呆地盯着我的脸，两只灰褐色的眼睛里流着浑浊浊的泪花儿。我也细细地看她，头上已经全是白发。身体比年轻时更胖，厚嘴唇，大耳轮，富富态态，盘腿炕边一坐，俨然是一尊罗汉胎。不知底细的人，谁能知道她曾遭遇过那么多苦难呢？

"孩子们过年都来啦？"母亲问。

"都拜年来啦。"她笑着答。

我说："嫂子，日子过得挺好？"

她笑："好，好。"

母亲对我说："你嫂子算熬出头了，孩子们又都孝顺。"

"是，是。"她道。满意地眯着眼笑。

"听说大哥有信啦？真是太好了。"

"哎，"她道，"还捎钱来了呢。就是没写信。"

"捎钱是探道儿，"母亲说，"人家怕找不着你们，这么些年了。你们写信去，就该回信啦。"

"倒是。"她说："碗儿已经捎信去了。"

"没准儿还会回来接你们出去住些日子呢。"我说。

"孩子们说都去。"她龇着牙笑。

"老了，老了，美事倒都来了。"母亲说，"瞧把你美的。"

"孩子们急，都闹着要找多去。"她道，"剩下我一个也不好啊，要去就一窝都去。"忽然就转向我问："大兄弟，你在外头信息灵，美国那头户口好上吗？用不用给派出所送点礼啊？"

一下就把我问懵了，慌说："不知道。"

她倒并不失望，照旧说道："听碗儿媳妇说，一下子去十来口

187

子，上户口不会太顺当，没准就得给警察送点儿什么东西呢。带几箱啤酒去怎么样？"

我仍然是茫然无所知，一副瞠目结舌模样。她接着说："去年美国鬼子坐兵舰来过咱们这儿，顶稀罕咱这儿的啤酒啦。他们美国缺这个，听说还凭票配给呢！"

母亲打趣道："那你还去干啥？你还没配给够？"

"孩子们急着去。"她笑眯眯地说。

母亲逗她："那么你不想去？"

她忽然间变得如同一位扭捏的小媳妇，胖脸上掠过抹红霞来："咋不想哩？"就抱住膝盖轻轻地摇晃起来，心驰神往般地小声说，"那是俺老头啊，俺凭啥不想去？"

母亲被这老实人的招供逗笑了。我虽然也在赔着笑，可心里却实在笑不出。

"你嫂子厚道，"母亲说，"你大哥捎回五百块美金来——美国钱金贵，五百块合咱两千多呢——你嫂子不偏不向，不管亲的后的，九个儿女，一人二百，自己就留了二百。"

她立即抢着道："俺那二百是给老头留着呢！"一边说着就下炕去开箱子，猛翻出一个白色的包袱来，打开给我看："老头儿去那阵儿，说是就稀罕这两样物件。我就给买了，等着去的时候捎给他。"她的灰蒙蒙的眼睛里忽然就漾起了一片春意，那粗声粗气的语言儿也隐隐地透出了若干甜蜜。

我仔细去看，包袱里包着的是：一双毡头靴，一件羊皮袄。瞅着瞅着，便觉得自己的眼睛也湿乎乎的。

这简直就是一部中国式的小说。人事沧桑，悲欢离合，至终得了个大团圆，令人至欣至慰，可不知是不是上帝的安排。

走过黄爷爷住过的房子，我便不由自主地向里边窥探。那个先时十分幽暗，盘着一盘土炕的屋子，曾经给过我无限的亲切。而如今主人已经换了，是一对新婚不久的青年。匆匆地向里一瞥，见暗暗的宛如迷宫，拥挤着许多橱、柜和电器，显然是别一番景象。收录机音量开得很大，一曲一曲地演唱，都是干涩和嘶哑的声音，使你一听到就会立即联想到便秘。这也真是无可奈何的事情。在北京就听说：现在唱歌，兴沙瓤的。不假。

我的耳边忽地响起了黄爷爷的叫卖声。那苍老的，轻颤而又悠长的声音，清晰地由近及远，又由远而近，不断地蛊惑着我的记忆。"凉粉儿——"他一声声地喊着从我家门前走过，慢慢地向远处消逝，然后又渐渐地从远处隐隐地响起，再逐渐向我们院我们家传过来，终至他趴在我们家的风门前，咳嗽着朝我喊："起来，日头晒腚了。"同时把一碗拌好的凉粉儿递进门里来，那山羊样的瘦脸，笑得满是皱褶。而我，几乎每一次都是躺在被窝里享受这一碗分文不取的凉粉儿。他的凉粉，晶莹透明，光滑柔韧，酸酸的，辣辣的，还带着一股新鲜的海草味儿。

他活到八十岁，末了死于中风。病发时，从土炕上栽下来：脑袋可巧扎进尿罐里，憋死了。黄奶奶比他晚逝两天，也算是携手回归了。

但我的怀念黄爷爷，倒并不是因为他常常给我凉粉儿吃。在我的记忆中，邻居中唯有他是敢于顶撞甚至训斥我父亲的人，每每在父亲暴戾地打骂我的时候挺身而出拯救我的常常就是他老人家。

那年深秋，我因为逃学去听说书，遭了父亲的一次毒打。父亲的规矩：许他打，而不许我喊叫，他可以往死里打，我不可有放声的权利。所以一遭毒打，我便只能咬紧牙关挺住，但结果却竟使他误以为我并不痛苦，便更加的打得狠毒。这一回，我是豁了出去，打死了也不肯哭叫求饶，闹得父亲很无趣，后来便干脆不打了，逼我脱光了衣服，轰到家门口去，宣布他从此就不再是我的父亲。即所谓划清界限，断绝了父子关系吧。

那是一个清晨，寒风飒飒，霰雪满地，我赤身裸体地往门口一站，实在比挨打更加苦痛。四周又聚拢来一群瞧热闹的孩子，男男女女，真使我丢尽了人。于是邻居们便出来劝解，苏单大叔，小和尚妈，碗儿他娘，轮番地敲我家门。母亲给关在屋里不敢出来，呜呜嘤嘤地哭，父亲却元帅一般，叉腰站在窗前，喝道：

"你们谁也甭劝，谁也甭管！我权当没他这个儿子，他也没我这个爹，该滚就滚远点儿去吧。"

碗儿他娘要拉我上他家，却被父亲镇唬住了。他又喊：

"我看你们谁敢领他去！他敢动一动地儿，我就劈了他的腿！"

谁都知道我父亲的脾气，他火一上来，谁的话也听不进去。他的专横，赛过暴君。碗儿他娘只好蔫蔫地回家去。

这时候，黄爷爷挑着担子回来了，一见到这场面，就急着问怎么啦，瞧热闹的小孩儿告诉他说是让我父亲给赶出来的，他就撅着山羊胡子堵着我家门口骂："野驴种"！"狗性子"！"大混蛋"！然后呼哧呼哧地拉我到他家里去，抱到炕头上，围着羊皮袄，还站在门口冲我们家嚷：

"元他爹，你给我滚出来！你算是哪国爹？比日本鬼子还横吗？"

父亲装听不见，不吱声，也不见出来。黄爷爷就骂得更欢：

"元他爹，我日你姥姥！你还是个识文断字的人呢，管孩子有你这么管法儿的？不怕下雨打雷劈了你！"

我真解气！可父亲至终也不肯出来。

我在黄爷爷的炕上睡了三天。爷爷哄我："甭哭，也甭怕你爹那驴种。学还得好好上，逃学不对，爹妈供你不容易，你爹管你也是好心哩！小树还得夯疯枝呢。可他打人不行，我还管着他呢。他不要你，我要，我正没儿子哩，我卖凉粉攒钱，供你上大学，留洋，气死你爹那兔崽子。"

第四天，我父亲派我母亲来领我回家。我怵怵探探不敢跟母亲走，黄爷爷捋着胡子笑："回家吧，他总归是你爹啊。他再打你，我可轻饶不了他，回去吧。"

父亲是个耿直人。一生吃了许多冤枉，"文革"中未得昭雪便死在乡下，但他不是一个好父亲，尽管母亲一再地向我解释父亲的心肠如何如何好，我也是将信将疑。我总想：好爹干吗老打儿子啊？若打错了还得让我认为他好，我做不到。

　　报上曾载青海省玛心县吴玉霞毒打儿子致死的消息，令人震惊而又颇多感慨。毒打之引起，据说是望子成龙，正如我的父亲反对我逃学一样。如果吴的儿子遭打之后而未死，中国还会有这样一条新闻吗？据说我的祖父较我父亲更为暴戾，有一回，他在房中喊正在院里下棋的父亲，叫了两声没见动静，斧头便从窗口扔出来，擦着父亲的耳朵飞过去。父亲算是捡了一条命。而我的父亲终生敬重祖父，又是颇为出名的，大家都说他孝。

　　我素来讨厌孝道，以为那是东方式的虚伪。又主张父母肆虐，儿女有权抗争，是类乎新派思想的。但对我自己的儿子老实说，比我的祖上也强不到哪儿去。可见言行不一，多么严重。

　　几十年过去，似我这样的父母，对子女或溺或打，脑子里的根本东西没变。这就是儿子是自己身体的延长，属于自己的。儿女呢，从幼时的依附，走到成年的倚仗——若父母可依——也便极其自然。于是祖宗传下来的规矩就绵绵不绝，于今也并无大改变。

　　午后闯来一位不速之客，是一位紫脸膛的壮汉，年龄不好估摸，那神气中藏着野性，不给人多少好感。浓眉豹眼，一脸疙瘩溜唆，头发胡子都夆里夆煞，怪吓人的。

　　"你是大哥吗？"他目光逼人地站在我面前，母亲不在，我又猜不出此人是谁，正拘束间，客人就自报家门道："我叫韩宇，爹活着的时候，叫韩瞎子。"我便猛地记起来，这是韩瞎子的老生儿子。他爹眼神不济是出了名的，见了大娘叫嫂子，见了小伙喊大爷的事办了不少，邻里间有口皆碑。但他的孩子，我则印象不深。大儿子牺牲在朝鲜，老儿子小我许多，没在一起玩过，并不熟悉。在记忆中搜索一阵，便蒙着问："兄弟，你可是那个叫狗剩的？"他点点头，不苟言笑地说是，我便请他到屋里坐。

坐到炕沿上他并不言语，凶相十足的脸，全然没有表情。我暗暗地怀疑他神经上是不是出了什么毛病。让茶，他喝；让烟，他抽，我说削几个苹果吃吧，他就自己去拿了刀，削好苹果之后，也不让我，自己塞进嘴里去咔咔地嚼，然后便重新呆坐，照旧没有言语。

默默相对，实在是尴尬的事，我便找些无味的话头来说。诸如"兄弟，你在哪儿上班啊？""日子过得咋样啊？"等等，一问一答，似乎他也觉得无趣了，便陡地圆睁了豹眼，神秘地问我："大哥，都说你在京里混得不错，不知可能见到咱们老邓？"我问："老邓是哪个？"他道："邓小平啊，邓大人。"我苦笑着摇头："我是个平头百姓，哪能见到他？"他便现出了很失望的样子来，凶光闪烁的眼睛也随之黯淡下来。

"兄弟，"我问，"你找小平同志有事儿？"

"没有。"他说，"能见着他，给他捎个好去，说我韩宇，狗剩子给他老人家请安。"

我差点儿喷出笑声来。而他一脸的郑重，不像是在说什么笑话。接下来又沉默，憋得人益发的难受，脑子里转了半天，忽生一计，我说："兄弟，能喝酒吗？我炒俩菜，咱俩喝一壶吧。"心想他就可以告辞了。可他呆呆地望了我半天，猛地拽出一句："你要想喝，兄弟陪你。"我暗中连连地叫苦不迭，一边还支应当着搭讪："酒量如何？"他道："一般。我喝酒没瘾，一年不喝，不想，喝起来，三两脸盆不醉。"我心里便像生吞了苦胆，心想，真是倒霉透了，大正月里来了这么个怪物。寡言少语，乖戾粗野。他算哪门子喝酒的呢？喝起来拿脸盆子说话？但这酒不喝是不行了。

没想到，一喝上酒，这怪物的话就来了，粗声野气地先听他一个人说。起初，我不过应付着听，后来便渐渐地觉得有趣，到末了，他喝得够了，说声要走，竟是我把他按住的，一直聊到母亲串门回来做晚饭的时分。

这又是一个野种。二十年前，十六岁的野种，纠合了几个同学把我们院里的另一个野种唐老大塞进麻袋，扔到海里，然后就放浪天涯，成了到处追缉的杀人犯。如果谁有兴趣写一部中国当代传奇，就应该采访一下他，一定会写一部畅销书。

"造反一起，唐老大就红了眼珠子。我爹让他给斗死在台上，娘也给关了牛棚，谁还管我吃喝？不报仇干啥，淹死他狗日的。"他咕咕咻咻连连灌了两盅酒说，"抓我的布告上说我猖狂反对'文化大革命'，是'反革命'杀人犯，那是胡嘞，咱没想到那些个，就是想报仇。没想到仇没报成，唐老大那王八蛋又从海里爬了上来。"

"那么，后来你藏到哪儿去了呢？"

"哪儿都去了。"他说，"除去台湾，二十八省市我哪儿都去过了。外带着还出了四回国，不丹、尼泊尔、缅甸，还有泰国，跑过去语言不通，又想家，就又跑回来。"

"边境上没人管？"

"有啊，藏猫猫呗。"

我说："你这家伙也真够贼的啊。"

他说："不光贼，还盗；我当时还想上梁山泊入伙呢，去了一看，那儿没李逵、武松什么的；后来又想上少林寺去出家，偷着学几手拳脚，到了河南登封，见和尚们都跑没影了，庙里也不肯收，就又往西跑。"

他又咕咕咚咚地喝了三盅酒，嘬着嘴唇往外哈酒气，冲我直摇头，然后说：

"大哥，我这命不值钱。好几回死到临头了，却没死，算命的说我命大，我说不是，是命不值钱，阎王爷不愿意要，所以就凑合着活着。在东北给人伐树，晚上怕狼叼，得吊在树枝上睡觉，乏得一阖眼就着，一着就从树上往下，摔得鼻青脸肿，断过气去好几回。那年我十七，还是在爹娘跟前撒娇的岁数呢。"

"你见过狼吗?"

"见多了。"他说,"有一回,一激灵醒了,往树下一瞅,一片蓝火儿似的眼睛,都是狼,我吓得魂都没了。后来就练出来了,只要给我根树枝,我一靠上去就能稳当当地睡着觉。啥法儿都是逼出来的。"

"我的命是不值钱,"他抄起酒瓶嘴对嘴地又是一口,"在内蒙古,我给人背坯装窑,赶上一回坍窑,一窑里十个人全砸死了,我却从死尸堆里爬出来,连肉皮儿都没破,你说邪不邪?在三峡,我帮人背石头从悬崖上掉下来,缠在藤梗上,就愣是没摔到山涧里,真是阎王爷不愿意收我呢!"

我笑道:"你的小名儿起得好啊。"

他想了想道:"倒是,狗剩嘛,连狗都不稀罕吃!我妈说,这小名儿是一个道士给起的。"

我问:"后来,你怎么又回来了?"

"抓回来的。"他说,"七二年我在西藏,过年想妈想得发疯,就想,豁出去了,反正也是死,死在外头死在家里还不都一样?回去!就往回返,搭车扒船,走了一个月,一进山东境,就让人给拾掇了。满街上都贴着通缉令,印着咱的相片呢。"

"后来呢?"

"判了个无期。要是唐老大没从海里爬上来,就得崩了我,我算杀人未遂嘛。"

我说:"兄弟,你这一辈子也真没白活啊,啥都赶上了。"他又仰起脖儿,咕噜噜灌下半瓶酒去,说:"可不,七九年,给我平反时,没听完文件就晕过去了。我还是命不值钱,原想就死在狱里了,没想到会又放出来,后来就回市里来,人家说我是反对、抵制'文化大革命'的英雄,又登报又上电视,简直把我给寒碜死了。咱没那样想过,咱就是想报仇嘛,给爹报仇,别的,说多了就是虚的。靠那走红,早晚得走到黑,咱不能认。"

我说;"你不认可以,可你到底是不简单啊。"

194

他说："没新鲜的，全是给逼出来的。后来，共青团又号召全市的团员向我学习。我说算啦，你们再向我学习，我就投案自首去了。"

我笑他说："兄弟，你也太过分了。"

他说："不，你不知道，我咋能让人家学习？我不是个好人。你不信，我偷过，抢过，当过流氓头，强奸过妇女，咱自己心里明白，咱不能自己糊弄自己良心。"

我说："兄弟，你喝多了点吧？"

他说："不，大哥，真人不说假话。在郑州车站，我偷过一个黑提包，那里边盛着两万块。偷到手又把我吓坏了，掏出一千块钱，又把那包儿给人送回去。还偷过一个绿背包，里边全是他娘的外调材料，我就全给擦了屁股。"

"这都算不了什么。"我说。

"在西安，我当了俩月流氓头。早先那个头叫猴子，坐汽车时，他掏我兜口，就打起来。我怕过谁？打就打，咱山东哥儿们，动嘴不行，动手还没输过谁呢！猴子就急了，掏出攮子来，我说：'哥儿们，要攮你就先来，可别照心口窝下攮子，攮死了警察得找你麻烦，别处，你随便下手，你攮多少下都行，我就一个条件，末了得让我攮你一下。'他小子够狠，哗哗地冲我胸脯子上就是三攮子。"说到这儿，他放下酒瓶，刷地脱了棉袄，往上一揪毛衣道："大哥，你瞧。"我伸过头去看，见黑糁糁的胸脯前，凸着三条蚯蚓似的又硬又亮的伤疤条。他接着说："咱纹丝没动，猴子输了，手就打软，我说你不攮了？那就把攮子给我。猴子就跪下给我磕头。"

我让他的气概激动得心里乱跳，他也变得更加兴奋。"我当了他们的头，猴子还给我劫了个姑娘来，那姑娘瘦瘦的，像一只没吃饱的小绵羊。猴子让我强奸她，我就干，那姑娘又哭又嚎，连抓带挠，惹得我火气上来，硬是把她给糟蹋了。那时候，活一天算一天，什么廉耻，什么道德，全滚到一边了。可自己也并不高兴，知道做的是亏心事，自己在心里抽自己的嘴巴。后来一问，那姑娘的爹也是让人给整

195

死了，跟我一样，就又后悔。我给她下跪，要她饶恕我，求她抽我嘴巴子。她不抽，光哭，说你要是个好人，就别在这流氓堆混。我说好，就放了她，自己也溜了，跑到四川去。"

他哭了，眼泪刷刷地往下流。他问我："大哥，你说我不是有个该吃枪子的罪吗？我一辈子都心静不了，还他娘的向我学习哩！"

我不知道该怎样回答他，更不知道该怎样评价他，就干瞅着他落泪喝酒，自己嗓子眼里像是塞了一团棉花。

整整喝了一下午，他一个人一口菜没吃，灌下去三瓶白酒，似乎还没有尽兴，他再三地请求改日到他家去喝，说是还有不少的话没说呢，愿意跟我这京里来的乡亲好好聊聊。

正月初六一早，苏单大叔家忽然热闹起来，电光鞭接连地放了六挂，然后就是六十个二踢脚，噔啪噔啪地往半空里一个劲儿地崩，火药的熏香浓烈地弥漫在我们的巷子里，仿佛又重新过了一回年。客人们鱼贯而至，大都是摩登的男人和新潮的女人。我的故乡历来是讲究穿衣打扮的，过去说可以家里揭不开锅，不能脸上不擦粉，如今就更是一番光景了。东京上周的时装，这里下周就能在街面上见到。来的少男少女，几乎个个都像时装模特儿，偶有几位上了年纪的老太太，头上也插了红花，大包小匣，拎着抱着，点心糖果，手提车挂，一派喜庆气象。芳婶儿嗓门豁亮，早早地就喝五吆六，指挥全家挪东搬西，煎炒烹炸，俨然是一位铁女人。母亲说："苏家小三儿，今儿个定亲，我得过去帮着忙活忙活。"我说："那样的话，我在家里也安静不了，干脆出去会会朋友吧。"母亲说："也好。"吃过早饭，我便出门。

我没有也不愿向母亲说明我要去会哪些个朋友，假如她问起来，我也一定会编了瞎话搪塞她。我想过好几回，琢磨着这件事不该让任何人知道，包括原本想拉着同去的小和尚。这念头涌动了好几回，终也未能寻出个堂皇的名义来，所以便只能悄悄地独去。

人，确是一种古怪的生灵。细细想来，唐老大媳妇与我何干？如说同情可同情者多矣，若说怀念，怀念的方式也可以各式各样，我何必非跑去看她的坟地不可呢？我的父亲故去了十二年，身葬何处，我至今尚不清楚，我能算母亲见人就夸赞的孝顺儿子吗？

正是早春时节，空气尚十分清冽，大雾漫漫，远山都隐在迷茫中，汽车缓缓地在街上爬行，喇叭却不住声地呜哇呜哇地叫，打听了几位乘客，都道下车再向北走一刻钟，就是市北公墓。下了汽车便往北走，居然越走地势越高，那公墓原来建在山冈上。所谓公墓，不过是一乱葬岗子，跟市里的万国公墓、广东公墓无法相比。仅仅在大大小小的圆坟头四周加了一圈围墙，门口立了一块牌子而已。和街上的节日气氛相比，这里显得肃杀十分。走进去的时候，忽然觉得周身都冷，便把大衣领子立了起来。向门口一个老头打听，老头说："你就径直往里边走，走到尽北头往西拐，第二个坟头就是。"我便道了声谢就往里走，刚走了几步，那老头又把我叫住，说："刚才来了一个人，也打听她的坟，会不会那死者是个有什么爵位的吧？"我说不，她什么爵位也没有，但心里却狐疑顿生，想不出还会有什么人来给她上坟。

心里一狐疑，脚步便犹豫。慢慢地往里边走，眼睛随时注意着四周。这是另外的一个世界，枯草黄土，断碑乱石，静穆之极。偶见几缕香火，益感冷清悲凄；三二来上坟的人等，个个默默无语，面带忧戚。各坟多无碑立，却个个圆顶上压有一张黄纸，在微风中轻轻作响。想必是节日年关亲友来祭死者的奉献。或是花钱给了那看门的老头，由他分发了纸钱，以寄托亲友家属的哀思。

慢慢地就走到了尽北头，向西一瞥，猛见第二个坟头前端坐着一垂垂老者。闭着双眼，无语凝坐，似一只沉思中的老猫。我装作是去别处，信步往他身边走来，一边便细细地把他打量。此人黧黑面庞，斑白胡须，眼窝深陷，颧骨耸立，戴一顶栽绒军帽，两只大手摆在盘着腿的膝盖上，那手如枯根老藤，青筋毕现，刚刚觉得熟悉，便差一点儿惊叫起来。这老人竟是那野种唐老大！

我怦怦地心跳着从他身边走过，又怦怦地心跳着回头来端详他。他睁开眼睛——那只绿光莹莹的眼睛，如今只剩下一个黑窟窿——散漫地望着我。我喊道：

　　"唐大哥，你还认得我吗？"

　　他没回应。我凑近去，直直地站在他面前。他的眼睛忽闭忽睁，忽睁忽闭，至终也不知是想起来了没有。反问："你上这儿来干啥？"

　　慌促间，不知该怎么回答，我便说："唐大哥，地上冷，坐长了，会落病。"见他不动，便又问："大哥，你是给嫂子上坟来的吗？"他仍无回话，只把那眼睛紧紧地闭着，什么话也不肯说。

　　我甚觉无趣，看看那坟，秃秃的一个圆馒头，披几片癞痢一般的黄草。心想那吐血的鬼魂就长眠在这圆馒头里，不再挨打，不再遭骂，虽然一生遭受蹂躏，死了也便痛苦全消，觅一处安静去处长睡，也算不幸中之一大幸。默默地祈祷几句，觉得心意已尽，便装作去看别处，悄悄地走开，而心境亦如漫天的浓雾，迷迷茫茫。信步走回公墓西头，忽听身后传来一声干嚎，回头去看，便见那唐老大疯了一般，猫着腰死命地刨挠着那坟上的黄土，不知出了什么事，便又急慌慌往回跑。及至跑近，见到圆坟上已被他的干手抓挠出一条深沟，那枯根样的手指上，已有鲜血流出，他还不肯停手，疯狂地挖啊刨的。我一纵身，上去拦腰把他抱住，喝道："大哥，你怎么啦？"他气喘吁吁地直了腰，煞白了的脸上冒着冷汗，胸脯子一起一伏，半天半天地闭着眼，待我刚想再劝他几句时，他竟猛地挣脱出来，哇呀呀的一声怪叫，便将那头没命地往那坟上的深缝里扎过去，嘴里嗯嗯噜噜地喊着："死鬼，我跟了你去吧！"那衰老浑浊的声音凄厉而又悲伤，在寂静的公墓上空悠悠地盘旋着。

　　我去搀他的胳膊，他执拗地甩开了，仍旧一个劲地往那缝沟扎。

　　我说："大哥，你是糊涂了吗？"

　　他就势滚在坟堆上，呜噜呜噜地哭喊着："我糊涂啦！我糊涂啦！我糊涂了一辈子啊！"鼻涕眼泪一齐下流，沾得满腮满胡子都是。

不论我怎么劝说，他趴在坟堆上就是不肯起来，似疯似癫，如醉如狂。

我对唐老大半生没有好感，却在此时被他的癫狂搞得乱了方寸。他像什么？一枝枯蓬；一只孤兔。凄凉的晚境中，或许良知发现，受到了谴责。那情状委实令人心伤，这样一想，心便软下来，便耐着心陪他，期望在开导中给他些安慰。我深知自己的弱点，三句好话就能化敌为友，两滴眼泪便会攫走我的怜悯。经验证明，以此种心态处世，倒霉的常常就是本人，但我又每每拗不过自己，照旧做着许多蠢事情。

大约过了半个小时，唐老大渐渐地平静了。他自己从坟地上爬起来，拿大衣袄袖抹了一把脸上的污物，朝那坟堆一个长揖到地。吆喝声："死鬼，我来祭你啦！"就从口袋里摸出一瓶白酒，绕着坟堆洒了一圈，酒香立刻散布在清冷的空气里。然后，又从另一只口袋里摸出一瓶白酒，咬开瓶盖，道："死鬼，过年了，你就陪我喝几口吧！"一仰脖，咕嘟咕嘟地一口气灌下肚去，老泪纵横的，酒也顺着嘴角、胡子往下流。

我目送他跟跟跄跄地离去，心中怅然无绪，低头看看那被刨腾得乱七八糟的坟堆，便动手把那深沟填好。在弥漫着酒气的土坟前独坐了好久，眼前不断地、闪闪烁烁地跳动着一个被刨腾得浑身血污的女人的影子。那女人脑门上捏着一溜紫红点，嗑着瓜子，冲我苦笑。

懒懒地在街上转悠了半天，回到家中已是午后两点。母亲还在苏家帮忙。刚想放倒睡一会儿，小和尚便跑了来，我想把上午的情景告诉他，话到嘴边，又咽了回去。小和尚坐定后，接连地抽了两支烟，慢慢地对我说，"元哥哥，有件事想跟你商议，你见多识广，给拿个意见吧，不知你肯不肯？"

我说："什么事儿这么犯小心眼儿？都是乡里乡亲，赛过亲兄热弟，还有啥肯不肯！"

"那我就说了，"他又点上一支烟，抱着肩倚靠着炕上的被窝坐，

"是他们碗儿家的事，一家人都蒙在鼓里呢，我想捅给他们吧，又怕捅娄子，不捅吧，干瞅着，心酸。"

我说："和尚兄弟，你啥时候学会了绕弯子？你这么个说话法，不得把人急出一身病来吗？"

他说："碗儿一家，天天盼着他爹打美国回来接他们，家具什么的都折腾了，大嫂子也神经了似的，逢人就打听，到美国派出所上户口，用不用走个后门什么的。"

我说："这我知道。"

"可这事儿黄了。"

我一愣："咋黄了？"

"碗儿他爹去年回来过了。"

我急了，追问他："你怎么知道的？"

他说："元哥哥，你别急。初一我上同事家拜年，我那同事的姐姐在市外办，人家说老头回来过，没照面就又回去了。"

"为什么？"我像被劈头浇了一盆凉水，起了一身鸡皮疙瘩。

"人家说老头回来，先打听碗儿他娘另嫁了没有。咱们的人告诉他，说是另嫁是另嫁了，可另嫁的那男人又死了，还没敢说她嫁了好几回呢，老头说，嫁了就得了，那她就不是我的人了，蔫蔫地又回美国去了。"我的心一下子就凉透了。

"元哥哥，这事儿，能干瞅着吗？瞧那一家子那热乎劲，将来有一天凉水倒在热锅里，不得炸了锅？可告诉他们，又怕……你说咋好？"

说实在的，我也真不知怎么好。

那个在美国住了二十多年的老兵，竟还固守着咱们中国的贞节观念，新潮泛滥的美国对他丝毫未起什么作用。而且因贞节而株连子女，连亲生儿子都不肯认，不知这是不是一种更新的观念。悲哀的是他的子女们，不论是亲生的和不是亲生的，凡能沾上一点边，都翘首以盼，希望他能回来把他们领走，他们大概知道大洋那边是个富得流油的世界，想去享洋福了。至于那位苦熬大半生的老妻，则未必想到要去享什么福。她所期待的，无非是能在暮日沉沉的时刻，回归到那个老兵的身边去。她还为他买了一双毡头靴和羊皮袄！她怎么会知道那个老兵已经永远不再属于她了呢！

"和尚兄弟，"我说，"你打算咋办呢？"

他嗫嚅着："不行，就豁出来捅给他们吧。"

我又想了一下，说："不，和尚兄弟，还是瞒着他们好，天知，地知，你知我知，谁也别再告诉啦。"

他眨巴着眼睛老半天地盯着我，然后长长地叹了一口气。

我说："兄弟，你甭叹气了，唯有瞒住了才是好法儿。不信，你再琢磨琢磨吧。"

小和尚走后，我似睡非睡地在炕上躺着。脑子里乱糟糟的，仿佛许多人在打架，又仿佛空荡荡的什么也没有。傍晚时分，母亲回来了，撂给我一个雪白的大馒头，顶上点着红点，四周贴着喜字，母亲说是芳婶让我捎回北京去全家吃的。我细细地看那馒头，恍惚觉得它就是唐老大媳妇的坟头，竟一点儿喜气都没有。母亲说："这是报答你初一的压岁钱的，这样你们就谁也不欠谁的情了。"我听了，就感到更加无味。若以交换论，花一百块钱买一只馒头，我不是成了冤大头吗？

忽然间，苏单大叔家又人声鼎沸起来，竖耳细听，已不似划拳行令，竟像呕呕嚷叫，间或还有芳婶的尖利嗓音，那是在斥训什么人，尔后便有一男子不干不净的骂街声，嘈杂成了一片。

"是打起来了吧？"我问母亲，"您过去劝劝吧。"

不料母亲却反问我："咋劝？有本事你过去劝劝看。"

我说："办喜事咋办出岔头来了？"

母亲说："都是小三儿闹的。她妈给她寻了个女婿，吃定亲饭了，她却把自己搞的女婿领了来，成心找茬干仗嘛！"

这也真够新鲜的了，想不到那个给我拜年来的腼腆羞怯的小三儿竟想出了这样的折腾她妈的招数来。

正琢磨间，那边便乒乒乓乓地乱响，掀翻桌椅，砸碎碗碟，混着人们的哭闹，有几个人便呼呼隆隆地往外跑，气氛陡地紧张起来。我站在炕上从窗口向外看，见一中年男子正脸色焦黄地从苏家跳出来，新崭崭的灰毛衣上，沾满了鸡蛋和菜汤，芳婶也从屋里追出来，头发已然蓬乱，脸上也不是颜色，然后是小三儿追到门口，指鼻子挖眼地骂着："谁认得你是哪个窝里的臭虫？你跑我们家来干啥？"

"我花了钱了，你就是我媳妇！"那中年男子一跳老高，"不冲你娘，我登你家门？小婊子的！"

"你才小婊子呢！"小三儿也不示弱，"谁给你说媒，谁就是你媳妇……"

"叭！"没待小三儿骂完，芳婶回过身去，抡圆了胳膊，猛抽了她一个嘴巴，小三儿就哇的一声蹲下大哭。

"中午还好好的，这会儿就乱成了一锅粥。"我叹息着说，"屋里还躺着个大病人。"

母亲说："都是牲口，一闹就闹个鸡飞狗跳墙的。"

"那小三儿挺老实的。"

"跟她妈年轻时一样，都是瞅着老实。"

我问："那这事儿到底怨谁呢？"

母亲说："你识文断字的，你说怨谁？老二还没定亲，她娘就着了急，不凑出一万块钱来，上哪儿去找媳妇？你芳婶就托人给小三儿寻了个倒腾衣服的南方人，那人有钱啊，可小三儿心里早有人了，一心要跟运输公司的小司机……"

"那就是怨芳婶。"

"那么小三儿这么闹就好？"

"小三儿是让芳婶逼的。"

"芳婶让谁逼的呢？"

那就是钱了。但芳婶有了钱，就一定给小三儿自由吗？也难说，还是那句老话，清官难断家务事，人家家里的事，我何必过多操没用的心呢？就不再跟母亲犟嘴，母亲见我不言语，以为她的理儿得胜，也便不同我争辩，洗了手去做饭。刚刚吃罢晚饭，芳婶家里又闹了起来，一阵噗噗的抽打之后，就听见芳婶吊高了嗓门审问道："你说吧，到底是听妈的，还是听那开车的？"

没有回答。小三儿呜呜地哭泣着。

"说啊，你哑巴啦？"

小三儿还是呜呜地哭。

"你说话不说话？"芳婶的嗓门尖厉得快劈裂了。

还是没有回答。

"给我打！"铁女人狠狠地下令道。

"啪！"一声皮带抽人的声响传出来，小三儿便尖声地叫起来。

"啪！啪！"接连地又是几皮带。

小三儿嚎着往外跑，头好像撞到了门框上，咚咚地响，脚下也像绊倒了什么，踢里噗噜，一阵慌乱，芳婶就更加恼怒了，"给我再打！打死这小骚婊子！"

啪啪啪啪……

啪啪啪啪……

小三儿不出声了，我的心吊到了嗓子眼，连忙从家里审出去，颠颠地跑到苏家去砸门，怎奈那门是从里边锁上的，从门缝往里瞅，见芳婶端坐在椅子上，一手掐腰，一手指点着躺在地上的小三儿，气得横眉竖目。苏家老二，那个身板儿强壮，留着小胡子的小伙子，手持皮带，正在气势汹汹地骂她妹妹：

"我还不知道你？早跟人家睡了。你说，要不老缠着那个开车的干什么？"

小三儿披头散发地躺在地上，一咽一嗝地抽泣着。

"说啊，你，小骚婊子！"母亲愤怒起来活像一头母狮子。

我拼命地砸门，但谁也不肯理我，看来他们一家不制服小三儿是誓不罢休了。

无趣地回到家中，母亲就埋怨说："你多余去，他们家的事儿，外人谁管得了？"又说，"苏家那房子，风水不好，两辈儿了，没安生过。"

也许是这样，但无论如何也过于残暴了吧？我在京中二十年，接触的多是温文儒雅之士，即使也争也斗，那形式可要文明得多。三十多年过去了，我们的大院，一如我的幼时，解决问题的方式照旧是那么赤裸，那么率直，以至在我夜间睡下之后，还闯入梦中，闹得我一惊一乍的。

但小三儿次日便失踪，听说是和那位小司机一起私奔了。

"私奔"，《现代汉语词典》注云：旧时指女子私自投奔所爱的人，或跟他一起逃走。这显然是不确切的，在注者眼里，仿佛"私奔"专用于"旧时"，而今是不该再用的了，岂不知司马相如和卓文君的举动，在今天照样被人们效法着，而不论乡下还是城里。如果海外某公，回来寻根，想找找咱们祖辈上传下来的东西，这玩意一定不会比烧饼和油条更稀少。存乎？废乎？当事者与局外人的心境，一定会大不同。

正月十五，在我返回北京的第二天，兴致勃勃地带着孩子逛北海公园的时候，非常意外地在那一大片绿水的边沿上，遇到了从故乡潜逃而来的小三儿和她的小司机。那时候，他们靠"私奔"的幸福和浪漫大概已经过去，正在为下一步的行动发愁。我忽然间出现在他们的面前，他们慌了，两双恐惧的眼睛盯着我，脚步也悄悄地往水边移。

我说："别怕，我不是来抓你们的。"

他们好像并不信，怯生生地打算溜号。

我又说："我是赞成你们的，如果你们真心相爱，我愿意帮助你们。"

小三儿瞅瞅那小司机，小司机又看看我。见我手里领着儿子，这才肯慢慢地从岸边走上来。

他们带来的钱已经快花光了，他们自己也说不清花光之后，再怎么办。

我劝他们回老家去，我说："你们相爱，没错，芳婶逼你们散，你们可以求诸法律，上法院去起诉。"

小三儿苦笑了，那小司机说："这我们知道，要告，我们准赢，可小的告老的，那得背一辈子不孝的名声啊！"

看来扣是拴在了这"彻头彻尾的中国东西"——"孝"道上了，若不把这扣儿也拆开，他们还有活路吗？

我告诉他们："为了生存，就宁肯不孝！她都不准备让你们活了，你们还孝什么？"

但他们还在犹豫。我知道，在中国若背上那样的罪名，也绝不会活得多么轻松。但是，想照自己的心意去活，还有什么好办法！

边　柳

一

边爷被捕之时，不少人是亲眼目睹了的，说那情形真是惨极了。

他像一头濒死的牲口，被四个壮汉死死地按在地上，呲呲啦啦地五花大绑了。塞进一只拾筐，然后由一队军警押着，解往三十里地以外的县城里。冬夜寒风凛冽，半路上他冻醒来，才知道已经发生了什么事。他的头被别着塞在筐沿儿上，老荆条刺着僵硬的面皮；大胯间、腰肋处麻辣辣地像挨了棒击般钝痛，他慢慢地明白了他是怎样的遭了军警的埋伏。

那时候，他在屋脊上指挥着手下人劫了刘善人的细软又遣人去后院打开了刘善人的粮仓，眼瞅着村民们潮水般涌往刘家的后院，不知道为什么脚下的瓦就活动了。他恍惚记得好像从屋脊上摔下来的时候，先是横着摔到了一堵砖墙上，然后脑袋嗡的一声，以后的事就不记得了。

他牛也似的在筐里喘粗气。他后悔得要死。

边爷对于生死其实并不十分介意，他觉得人生天地间，仿佛早早晚晚都会有这一天。他能活到四十九岁，老天爷也算是够给面子的了。他此刻的懊悔和叹息，仅仅因为他答应了孙爷的事情，已经没办法兑现，眼下离腊月二十八不过半个月，他分明知道，时间是来不及了。他的心里，正如同这冬夜原野一般，弥漫了无边的萧条和不尽的苍凉。

被关押进狱中的边爷，缓了两天，就能爬起来了。虽然头部、肋间、大胯还在隐隐作痛，行走却已无大碍。他是要犯，加之刘善人坐镇县城，死死盯住这案子，县府方面不敢有丝毫疏忽，一收监就将边爷关了小号，门口还特别加了双岗，日夜严加看守。只是狱里的军警，都晓得他是江洋大盗，又有功夫在身，不敢轻易地对他辱慢，只要不逃跑，就任他在监里随性子地浑闹。

边爷性烈。撞墙、砸门、骂人。门外的岗哨只顾装聋作哑，并不来撩拨且不敢说一句管教的话。

边爷心焦。十天以前，他刚刚和孙爷一块儿从平谷县的狱里越狱出来。分手之际，孙爷问他日后做啥，他说早先干啥以后还干啥。孙爷说他不再这么干了，说他手下先时有二百号人，折腾了四年，蹲了四年监狱，人也只剩三十几号，再折腾还能折腾出个啥光景？

"孬种，"边爷听孙爷这么说，大为不悦，"你要怕死，趁早回你的保定府搂着娘们睡热炕头去。"

孙爷说："哥哥你错了，怕死，兄弟就不陪你这些年了。这几回监狱蹲得我不愿再这么瞎折腾了。"

"你想咋折腾？"

"我兄弟上了盘山，那儿是八路的地盘。不投八路，光会打家劫舍，算不得英雄好汉。"

那晚上，边爷和孙爷在三河县的大车店的冷炕上翻来覆去地盘算了大半宿。末了边爷才说："这回就听你的吧。腊月二十八咱俩到上仓会合。往后的事儿，是福是祸，全看你的了。"孙爷说："不敢，上了盘山，咱都听人家八路的吧。"

边爷订了个腊月二十八是有他自己的算计的。他计划好要回村去再干上一回。村上的老少爷们打秋天就挨饿，不劫了刘善人家的粮食，他独自拍拍屁股就走，恐怕到死心里也难安。

眼瞅着腊月中旬已过，像被装进了囚笼的边爷，如同一只困兽，眼珠子都快急红了。那一日又喊闹了半日，黄昏时分，已经声嘶力竭，便躺倒在草帘上，奄奄地闭目将息。后来就有一卑琐汉子进来送饭，边爷本想破口大骂，却听那送饭人悄声问道："边爷，您还记得兄弟吗？"边爷侧身卧着，上下打量了来人，倒真觉得有些面熟。那汉子又道："边爷忘了，那年在大同下煤井挖煤的时候？"边爷一愣，猛然想起，这卑琐汉子莫不是柳贵吗？

"我叫柳贵。"送饭人道，"那年井下塌方，还是边爷把我挖出来扛到井上的呢。"

"你怎么到这地方来了？你怎么干了这行子？"

"我肋叉子砸伤以后就让煤矿辞了，回乡下来养伤。伤好了，想找碗饭吃，就雇给监狱了，我管宰猪也帮着做点饭什么的。"

边爷仔仔细细地把柳贵端详了一番，终究不明底细，便不再细问，只是愣愣地望着柳贵钵里的高粱米粥出神。

柳贵递过了粥，又趴在边爷耳边悄声道；

"边爷，好好养着，甭闹甭嚷，养足了精气神。过些日子，就能出去，外边有弟兄帮您买动着呢！"

边爷眼睛一亮，问："可是真的？"

柳贵点点头。

柳贵的话如同给边爷吃了定心丸。从次日起，边爷一改常态，不骂不闹，吃了饭就呼呼大睡。连岗哨都感到奇怪，时不时地停住步子往里瞅瞅，看看他是不是死了。

两天后一次放茅，边爷眯起眼睛四下里打量，原来那监狱的围墙并不十分高，又看到院子当中横摊着一堆杉篙，于是怦然心动，立时动意要逃。他几乎来不及思量，疾步上前，抄起一根杉篙，便飞也似的往墙边急跑。只几步便近了大墙，用杉篙点地一撑，飞身上墙，没等岗楼上的警察反应过来，边爷魁伟的身影已经翻过墙外。

这一切来得实在突然，刚刚醒过闷来的军警乱做一团，哨声嘀嘀四起，枪栓哗哗乱响，黑皮军警们呼儿喊叫着，惶惶然四出来追。

边爷也太仓惶。他忘记了自己胯间的旧伤尚未痊愈。当他从墙头上翻过去时，脚一落地，就再没能够重新站起。他觉得那下半个身子仿佛不是自己的。当气喘吁吁的黑皮军警慌慌张张跑来捉他时，他竟一动不动地乖乖束手就擒。"这是天意，"他无奈地闭了眼想，"怪不得的。"

被这场虚惊激得火冒三丈的狱吏，咬牙切齿地把边爷反剪了双手抬到院子中间，又咣当一声，扔到了平地上。他恶狠狠地上前去踹着边爷的头，骂："你个狗娘养的，我看你还跑不跑？"

边爷冷冷地冲他一笑。

"你还跑不跑？嗯？"

边爷伤心透了。他曾四次蹲监，三次越狱逃出，哪一次也没像这一回这么窝心。怎么就不能再沉一沉，等着胯伤好了再跑呢？他的蜡黄色的脸上，蒙了一层白毛汗。

"我看你再跑！"狱吏的皮带甩起来，叭叭地抽在边爷的脑袋上。"你说，还跑不跑？"

"跑！"边爷被这龇着黄牙的畜生逗起怒火来："只要有气，你爷爷就跑！"

那狱吏气得围着边爷转了三圈，然后抄起杉篙堆边的那把铁锤，瞄了瞄边爷平伸的两条腿，疯子一般地举起来。随着巨大的嘣嘣两声响，边爷剧烈地抽搐了一下，就昏过去了。

他激灵灵醒来的时候，知道是让人浇了凉水。眼前站着一圈黑皮，那狱吏鬼龇牙般地插着腰对着他狞笑。

"还跑吗？"

"跑！"

"你跑给我瞧瞧。"

边爷猛然一拧身子，用反剪的双手推地，骨碌着就地滚将起来，那棉裤里两条被打断的腿，血糊糊地拧成肉麻花。吓得一群荷枪实弹的黑皮吱哇乱叫，纷纷四下里躲藏。

"混蛋，"狱吏慌了，骂黑皮们，"还不快点抬进号里去！"

次日有医生来给边爷接腿，打了夹板后跟他说：你好好养养，一个月保你下地行走。边爷思忖，反正一时是出不去了，就死心塌地在号子里囚吧。见天吃了就睡，睡醒便骂，瞬间就是二十天过去，便有俩黑皮来替他取下夹板，让他起来试着走走。边爷满腹狐疑，硬撑着墙站起身来，觉得那腿的接口处刀砍般的疼痛；两腿沉沉，又木胀胀的，刚想迈步行走，忽见两只脚尖斜斜地各向一方，任边爷怎样想把它们并拢也还是难以并上，他立时知道了是那医生故意做了手脚。他傻了般地愣了一刻，就冷笑道："嘿，八路，八路，让我去找八路呢！"

哈哈一阵狂笑后，猛然挥起手中的铁镣，冲着自己的双腿，喀嚓嚓砸将下去，人就瘫倒了。

"畜生，快来给爷爷重接！"

他嚷着，叫着，撕裂了的声音，宛如冬夜里饿狼的长嗥。

这日黄昏，又是柳贵前来送饭。边爷见了他，马上指着自己的断腿道："兄弟，行行好，你去给我找个医生来，好好地给我接上。"柳贵的泪水湿了眼眶。

"咋啦？"

"他们不会再给您接腿了。"

"为啥？"

柳贵捂了嘴，泪水哗哗地往下流。

"说啊。"

"实不相瞒，"柳贵悄声抽泣说，"明儿个，他们要送您回家了。"

边爷忽隆隆翻身坐起，眼珠瓷瓷地盯住柳贵，半天没有吱声。尔后，突然仰天长叹，又喃喃道："该走的，我早知道这是天意。兄弟，是我的寿限到了。"

柳贵不敢久留，抹了泪想走。边爷喊住他，央求道："兄弟，咱弟兄情义不薄，临回家了还有相遇的缘分，哥哥也算走得不孤单。兄弟，你让我舒舒坦坦地回家去吧，去给我弄些酒水来，哥哥一个月没沾盅了，心里想着……"

这夜里，边爷守着两海碗薯干酒，安静地坐了近一个时辰，然后将其中的一碗酒往地上洒了三道，默默地敬了天地和父母，泪珠便刷刷地往下掉。又过了一刻，他将那空碗摔碎，拣起了一片瓦碴，按按肚子，撩开衣裳，心一横，瓦碴便狠狠地向肚皮刺去，血即汩汩外溢，他伸手掏出自己的肠子，切下了一截，又慢慢将那一截再切割成一块碎段。他抖抖地捧起酒碗，一口口地喝着，就着自己切碎的肠子，一直到他悄然地停止了呼吸。

天亮之前，狱吏带人来提边爷，一开号门，一股刺鼻的异味儿便浓烈地飘出，举起马灯一看，立时吓得面如死灰，他尖叫一声，扭头便跑，那几个跟班的，也惊喊着作鸟兽散。此时熹微薄明，县城还在熟睡，只有早起推水的水车，辗出些吱吱嘎嘎的响声来。

二

边爷虽死犹荣，声名竟与日俱增，以至几十年间乡里乡亲都把他视作膜拜的偶像，那一带的爷儿们至今提起边爷时，还常常会情不自禁地啧啧道：咳咳，那才是条真汉子哩！

边爷死后两年，柳贵也抱病回家。不想早年的沉疴，又染了风寒，病倒了，便渐渐地难再起来。忽有一日，这卑琐干瘦精神萎靡了的老人逼着儿子去将同族的哥们弟兄全都请了来。老人一脸阴沉地对大伙儿说："咱们柳家，一向是明事理的。知恩图报是祖上传下的章程，大伙都该记住。边爷待我大恩大德，我活着的时候未曾报答，如今快不行了，心里更觉得羞愧。我寻思，边爷一生不近女色，又没妻室，这样的好人，总不该绝了后吧，我有意把柳三儿随了他姓，也算他边门香火不断……"

同族人纷纷点头称是，却又不无顾忌，其中一人说："哥啊，您也不就柳三儿一个儿子吗？随了边爷姓，您当绝户？"

"唉，"柳贵道，"我这号人绝户就绝户了吧，边爷不能绝。"

"是啊，边爷不能绝。"人们说。同族人因此也就不再相劝。于是柳贵即刻着人当众写了文契，又焚了香，让那懵懵懂懂的柳三儿来跪下向西天叩头，算是正式为边爷嗣了后。

边三儿自小瞧着父亲宰猪，心细十分，柳贵一死，就跟着柳贵的徒弟帮人家杀猪卖肉。这孩子天生伶俐，较他父亲多了许多心计，转眼就长到二十岁上。夏天里解放军便打进了城里，国民党哗啦啦如房檐流水，霎时间不知逃到何土何方。很快村里就闹土改，斗地主，穷爷们儿意气洋洋，刘善人战战惶惶。一向威风凛凛，在街上迈四方步的秃脑袋财主，如今见了人就像出了洞的耗子刺溜溜乱窜。终于在头一回诉苦大会，人们把他绑上台去斗争之后，刘善人回到家中就摸了一根绳子，把憨脖子挂到了自家的房梁上。

穷爷们儿兴高采烈，打着锣鼓，从刘善人的大宅子里抬出了一摞一摞的樟木箱，一筐筐的瓷器和胆瓶，又套了大骡车，从刘善人的后院里拉出来一车又一车的玉米和小麦，过节一般，很是热闹了几天。

所有的东西都堆放在大场垣上，衣衫褴褛的穷爷儿们排着队在那里等着贫雇农会的人来分。边三儿属于手艺人，家境虽贫寒，却毕竟较庄稼人多了些油水荤腥。他跑到场垣来仅是想瞧瞧热闹，他声明分啥给他他都不要。不是自己的肉，能长到自己身上吗？

忽有一日，贫雇农会的会长石头领了一个干瘪的女孩来找边三儿。那女孩身量不低，却实在太瘦，柴火棍儿一般的胳膊腿儿，支支楞楞地不成形状，锈色的窄长脸，眼皮儿就耷着不敢看人。

石头说这女孩是刘善人打天津倒手买来的使唤丫头，没爹没妈，无家可归，愿意在当地寻个主儿，不知边三儿是否有这心意。

边三儿仔细把那丫头端详了一刻，对石头说，"中，就给了我吧。"

石头说刘善人心黑手狠，对这丫头使唤得苦，又不管吃饱，就糟践成这模样，别的没毛病，就是瘦。

边三儿不嫌弃，抱肩自信地说没什么，豁出去两挂猪下水，不出俩月。管包让她吃出个水灵来。

石头说，说得对，都是阶级兄弟和姐妹，你要好好给她调理。可不能欺负她。

边三儿道，石头哥，你就擎好吧。

边三儿成婚以后，那丫头不仅肌肤渐渐丰腴和光亮起来，眉眼儿也慢慢活泛得十分俊俏。又正值青春年华，边三儿贪恋这新婚燕尔的欢乐，每日里除给人宰上一两头猪，便整日在家里跟媳妇泡。

可惜好景不长，这年隆冬时节，国民党的还乡团不知怎的忽又杀了回来。解放军一走，人们心里没着没落，村子里气氛就大变，人心惶惶，很是恐怖。胆小的人怕给自己找事儿，趁夜间把先前分得来的衣服什物，悄悄地扔到了大街上。

边三儿不怕，他甚至颇为自得地对媳妇说，我早就知道，不是自己的肉，长不到自己身上的，咋着？

但边三儿却是过于自信了。他的人生哲学并没能保得他不招惹是非，还乡团主动找到他的门上了。

还乡团的团长是刘善人的儿子，原先在北京念书，听说父亲上吊身亡，就记恨在心，借了这时机，赶紧攒人攒枪，凶神恶煞般杀回来，只是要为老爹报仇。他派人招边三儿到他父亲的旧宅上。

"听说你宰猪的手艺不错？"

"哪里，哪里，"边三儿一见黑不溜秋留八字胡的刘团长问他，心里就怦怦跳，忙答："凑合事儿吧，赚个钱花。"

"废话！"刘团长胡须一抖，正色道，"给你头猪你能宰不？"

"能，能。"

"宰人行吗？"

边三儿吓傻了。

"宰人行吗？"

"差不离吧？"边三儿惶恐已极，不知该如何作答。

"好，"刘团长道，"明天一早，你先宰一个给我瞧瞧。宰利索了，我家那使唤丫头的账就不跟你算了，宰不利索，小子，我就先宰了你！"

边三儿差一点就地瘫倒。他抬头偷瞧那刘团长，那脸模儿竟和刘善人一模一样。乖乖，这真是要报仇来的啊！

忽忽悠悠回到家中，边三儿俨然成了一只蔫茄子，浑身骨头架子都散了。如实地跟媳妇说罢，那媳妇也吓得没了魂灵。

边三儿想不开，就喔喔地大哭起来。那媳妇也只是哭，说是她害了他。俩人抱头痛哭半宿，也想不出好招儿，边三儿就豁出去了。反正路已经挤到了这儿，光哭有何用？他翻身下炕去磨刀，媳妇也止了哭，劝："唉，去就去吧，又不是咱愿意去杀人的。古时候皇上要杀人，刽子手还有罪吗？"边三儿说："也对。"就把刀磨得更快，一边抹汗道："去，给我拿些酒来。"

次日拂晓，刘团长早早派人来叫边三儿。边三儿挎了砍刀，又咕嘟嘟灌下半碗薯干酒，红着眼同媳妇告别，晕晕乎乎就跟来人走。

刑场设在运河滩上。天寒地冻，河床已结了厚冰。村里的男女老少，也全给拘到河滩上，怵怵地瞪了眼看。

边三儿胃里火烧火燎地向上翻拱，头胀如斗麻木木地晕眩。只见刘团长披着大氅，提着一把盒子枪，斗鸡似的冲村民们嚎嚷，边三儿醺醺然，竟半句也没听清。

忽然见两条大汉押过来一位五花大绑的蒙头汉子。那汉子一蹦一窜，又掀又拱，闹得那押解的两个大汉俯俯仰仰，按捺不住。边三儿的心便抽搐成一个肉疙瘩。然后又见飞跑来两个还乡团，过去协助那俩押解的大汉。四个人硬是按不住那蒙头汉子，那汉子简直就如同一匹惊马，挣扯得天翻地覆，令人吃惊。

"老少爷们，给我报仇啊——"

大汉终于长啸一声。

他被按倒在河滩的冻土上，蒙头的黑布也忽地一下被人扯掉。边三儿一瞧，立时吓得魂飞天外，那大汉不是别人，正是贫雇农会的会长石头。平时蔫蛆似的石头，咋就会如此这般地强悍不屈了呢？

"混蛋，还不快砍！"

边三儿回头去看，一个黑洞洞的枪口顶在他的后脑门上。

他哆哆嗦嗦地趋近石头，眯起眼，咬紧牙，他瞅见了一颗直硬挺着的脑袋，和一个胀得饱满的强壮的脖子，他的脑袋就像遭了雷轰。

"快砍！"

他猛一合眼举起了砍刀。然而，那砍刀落下的时候，却忽然变得软塌塌地失去了力量。那刀刃竟然死死地卡在了石头的后脖颈子上。那溅出的颈血，喷了边三儿一身一脸，他一阵懵怔，险些栽倒在石头身上。

"孬种！"边三儿恍惚听到石头在喊，也冷不丁看见了石头猛转过来的胀得紫黑的脸，那双虎狼一般的冒血的眼睛几乎立时就要把他吞噬掉。

"孬种！孬种！砍啊！"边三儿再次听到了石头的惨厉的吼叫。

他双手抱住刀柄，拼命抽出砍刀，然后疯了一般上下翻飞。一口气剁了二十七刀，那颗倔强的头颅才耷拉到胸前去，边三儿又上去抹了一刀，鲜血淋漓的人头这才咕咚咚落在硬梆梆的冻土地上。石头至死也未曾闭上血红的眼睛，暴怒地死死地瞅着家乡冬日的蓝天。

边三儿抹了抹溅在胸上的血，深深地透了一口气。眼前的噩梦，如同蛇蟒般缠了他的魂灵。他两腿一软，昏倒在石头的尸首旁。

三个月后，边三儿死在了自家的土炕上。

那三个月里，边三儿受够了熬煎。他竟一时一刻难得安宁。石头的亡灵、石头的头颅、石头的血颈、石头的怒眼，时时刻刻地在他眼前晃动。他哭、他嚎、他下跪求石头饶恕，但一切都不灵。他终于搭了上自己的一条小命。

三

乡里人并不过多责备边三儿，可边三儿无论如何不是人们心中的英雄。大家像当年称颂边爷一样，经久不息地赞佩着慷慨赴死的石头：咳咳，那才是条真汉子哩！

岁月终究淡远了惨烈的记忆，几十年后，人们讲述石头英勇就义的历史时，就宛如讲述一个虚幻的故事。扯到边三儿，人们也会轻松地戏谑他：咳咳，二十七刀零一抹呢！

更当边三儿的儿子长成人——其生母生下他以后便走道了——人们则统简洁地叫他"抹儿"，以作为对他先父事迹的一种荒诞的纪念。

抹儿慢慢地长大了。幼小之际，东家吃奶，西家喝粥，柳姓的人家像养了只小狗似的轮回地喂养了他。

令人惊诧的是，这个未曾受过父母恩爱，未得过精心抚养的孤儿，竟发育得出奇的硕大。十二三岁时，那骨架已宛如健壮的成人，人们都说："他爹过继给了边爷，边爷能不保佑孩子吗？抹儿像他爷。"

在边爷死去三十二年、柳贵去世三十年的那个年份里，抹儿是个二十九岁的无业流浪的光棍汉。

县城西北街一家奇脏无比的羊肉馆里，四个无业游民正在就着羊杂碎大过酒瘾。三个年老的，一律瘦筋筋如同三条腌萝卜，唯有那年轻的体格魁伟，又浓眉大眼，相貌不凡。他们已经喝得有八分醉，个个红头涨脸，舌头也不十分灵活。他们才卖了血，衣袋里还都硬硬的

216

坚实。

他们糊里糊涂说了一大堆污秽不堪的下流话之后，一位年长者便道：

"抹儿，刘庄的队长要聘妹子呢，你不去打听打听？"

被称为抹儿的年轻人，已然被薯干酒麻醉得抬不起头，只顾大嚼羊杂碎，未加理会。

"抹儿，你去把她娶来吧，光棍受罪。"另一位长者凑近了怂恿。

"尿。"抹儿推开浑身膻味儿的伙伴说，"没钱，拿啥娶？"

"嗬。"头一位说话的长者叫道，"闹了半天，抹儿还闷在裤裆里，不知外头是啥味儿呢。刘庄的队长早放风了，谁要是娶了他妹子，他倒贴五百块。"

"哪有那八宗事！"

"真。"那长者歪歪斜斜地站起身，起誓道，"诳你，天打五雷轰。"

"五百块啊，抹儿。"

抹儿忽然冷笑了，"什么好事，要真倒贴五百，准是个烂货。"

"嗬。"一直没言语的第三位老者把毡帽往桌上一拍：

"烂货？烂货怕啥？你先要五百块票子啊。"

"实话跟你说，抹儿，那闺女一点不烂，黄花闺女一个一包水的嫩哩，只看你有没有这福分了。"

抹儿眨眨醉眼，认真了，问："真不诳？"

"不诳。"仨年长的酒鬼齐声说。

已有九分醉了的抹儿，呼啦啦推翻了桌子上的盘盘碗碗，跳上木凳喝道：

"要是诳我，我把你们这帮人的老家伙，一根根全掀下来喂狗！"

在城外的石桥下睡了半宿，抹儿的酒就醒了。他躺在沾着露水的春草上思想起喝酒时所说的那些语，心中便很有些异样。五百块钱还有媳妇，这对年轻的光棍汉太富浪漫情调也太具刺激与诱惑。

次日上午，抹儿果然奔刘庄而去。

刘队长见是个彪实实的骡子一般的小伙子来说亲，心里真是一千个一万个地替人家惋惜。但他不好明说，他希望不论是什么人，只要乐意，尽可以快快地将他妹妹娶走。

"大哥，"抹儿站在刘队长正房西屋的门框边，胆怯得好像刚刚被揪出示众的牛鬼蛇神，"我没脸来你家说媳妇，我穷，没家、没业、没钱……"

"穷好，"队长说，"如今兴穷，穷则思变，变就要革命。"队长极啰唆地说了句顶时髦不过的话。

"我爹是还乡团杀人的刽子手，四清定的反革命，我是反属。"

刘队长愣了愣，立时明白了来此是何许人。他说：

"那不怨你。你爹的事。咱县里谁个不知？他算什么反革命？不碍的。"

"还有，"抹儿决心一股脑地把丑话都亮在前头，省得日后落包涵，"我要过流氓，在北京的汽车上。"

"那也不算啥子事儿，二十郎当岁，兴许呢。"刘队长一门心思地决心要把妹妹聘出去。

"就这些，您要不嫌弃，我愿……"

刘队长还没接茬，东间屋便传出一声清脆的声音来：

"哥，您过来。"

刘队长说："抹儿，实话跟你说，我这妹子有点残疾，你得自己过去相看相看，看好了，咱就有了商量。"抹儿说行，就同刘队长一块往东屋去。

那时刻，刘队长的妹子正靠在一摞花花绿绿的被窝前。唇红齿白，满目俊秀，抹儿瞄了一眼，竟不敢再瞧。队长就捅他说："你必得瞧好了。"抹儿才再度仔细地放眼细看。那妹子身子瘦小倒还匀称，腰部以下，掩在一床方正正的单被里，两只萎缩如同婴儿的僵硬的小腿，隐约能够看见。

"我不嫌弃，"抹儿说，"她可也别嫌弃我。"

那妹子冲哥哥娇笑："哥，中啦，我就要他啦。"

当抹儿推着一辆手板车冷清地把那小女人推回自己的村子时，竟引起村子里一片意外的骚动。

"哟，抹儿，这是你媳妇吗？"头一个发现手板车上的小女人，便是一位嗓门豁亮的大嫂。她这么一嚷，家靠临街的女人们便纷纷地跑出了家门。

"哎呀，有八斤分量？"

"瞧那小腿，啧啧。"

"打哪儿拣来个活猴儿啊？"

抹儿火了，他停住车，红头涨脑地开骂："你们长得好，你们哪个肯让我X！"

抹儿一撒野，臊得有些女人赶快往家跑。脸皮厚些的年纪大些的就过来批评抹儿，说他太不识逗，娶媳妇图个喜庆，多说几句笑话是理当的。抹儿不服，当街一蹲，接着骂："你们家才是猴子呢，你们的腿好。脱下裤来，让我瞧瞧。……"

车上的小女人就劝："抹儿，不兴这样，乡里乡亲的，哪能这样胡抡呢，咱快走吧。"

女人们大出意外，没想到这小女人说话这么好听，这么通情达理，更没想到堂堂汉子的抹儿，会这么听小媳妇的话，乖溜溜地推起车就走了。

抹儿真是听话。洞房之夜，小女人倚在他宽厚的胸膛跟他说了半宿的话，他句句都应了。

抹儿，从今以后咱也是一户人家了。抹儿说是。咱得正儿八经地像一户人家那么去过。抹儿说是。过日子不能胡混，你不兴再去卖血，甭跟那几个酒鬼胡搅，你得下地干活去。抹儿说中。那五百块钱得存着，一分不能化，将来的日子长着呢，怕有用项。抹儿说中。小女人还说，甭听别人瞎咧咧，光听喇喇咕叫还能吃棒子吗？他们咧咧他们的，咱关起门来过咱自己的日子，你就少跟外头人犯矫情，省点唾沫少上火，多好？抹儿说是。

抹儿活了二十九岁，从没人跟他说过这么多的话，更没人拉着他的手，跟他说过诸如此类的治家之道。他的粗糙荒芜的心，一时间便充满了温馨。这一夜，他睡得格外香甜，鼾声也特别响亮。

果真下地干活去了。当他怀着新鲜的憧憬把浑身的力气撒向田野的时候，他的感觉也是新鲜的。当他拖着疲惫的身子回到家里，那间他一向不愿回来的土屋里，有了一张温和的笑脸和温柔的小手在迎着他，他的心是温暖的。夜里他有时醒来，发现身边多了一个滚烫的肉体以及这肉体发出的细细的声息，他的情绪是亢奋的。他迷恋这一切，以至当那三个年长的酒鬼再度来蛊惑和骚扰他时，抹儿竟无情无义地向他们咆哮了：

"尿们，都给我滚！打今以后爷爷要当人！"

大约在成婚的一个月后，一个极静的晚上，小女人在他的枕边躺下，她问；

"抹儿，你在北京咋耍流氓啦？"

"在公共汽车上，那天人挤。"

"人挤又怎么啦？"

"我前头挤着一个闺女。"

"挤着个闺女又怎么啦？"

"就耍了呗。"

"见了闺女就耍啊？"

"不是我耍，是它耍。"

"它是谁？"

"它就是它。"

"你管住点它啊。"

"我想管，它不听。"

那小女人扑哧一声就乐了。她勾住抹儿的粗脖子，把头扎进他的颈窝间。她把嘴对着抹儿的耳朵说：

"你不兴跟我耍一回流氓吗？"

"我不忍心。"

"不用不忍心，"小女人使劲地勾住抹儿的粗脖子，摇撼着他说，"我行。"

五一节那天，穿戴得干干净净的抹儿推着小车笑眯眯地出现在城里的大街上，车上坐着春风满面的小女人，红艳艳的一床棉被裹着她，他们有说有笑的和谐光景，招得许多认识他们的人都大惑不解。人们不知道是什么力量黏合着这门不体面的婚姻和这对不般配的夫妻。村里人还发现，抹儿真变了。人们原以为他是一头野驴，一匹不可理喻的野种，谁也没想到他对那小女人会爱得那么专一又那么心细。夏日割麦的时候，正割得热烈，忽然间阴云密布，人们看见抹儿撂下镰刀，撒腿就往村子里跑。问他怎么了，道是："她还坐在院子里晒太阳呢，别让雨淋着。"人们才悟到抹儿兴许天天把她抱到院子里晒太阳的。

这年的秋天，一轮圆月当空的晚上，小女人临睡觉前喜盈盈地对抹儿说："抹儿，我想给你生个儿子呢。"

"尿，你没那个本事。"抹儿躺着说。

"有，"小女人挨着他躺下，"我问过六婶了。"

"尿，要有那本事，还用等这半年？"

"试试……"

那一夜，抹儿的感觉是奇异的。他猜不出那位六婶都教了她些什么。他只觉得那残疾的女人在分外的努力，自然也显得格外的吃力，感动得他眼圈儿都湿了。那小女人的肚子却果然日渐隆起，脸色也更光辉。抹儿还发现小女人在偷偷地做针线活，一件件做成了的小裤小袄都叠好包在她的花包袱里。

"准像你"小女人跟他说，"长得也跟头骡子似的。"

"尿。"抹儿笑了，"小干巴鸡还能下出个大蛋来？"

"就能，就能，"小女人就拧他脸上的肉，娇声道，"偏要下个大蛋给你瞧！"

抹儿喜之不胜。他要做爸爸了。世间还有比这更令他振奋的事情吗？只要地里的活儿一完，他就往家跑，挑水，洗衣，摘菜，熬粥，他全都包揽，他绝不让他的爱妻有一丝一毫的操劳。她的任务就是要保养得好，好给他生出个不管男女无论大小他都会喜欢的宝贝来。

临盆的那一天下午，小女子在炕上疼得嗷嗷直叫。抹儿收工回来，没顾上垫垫肚子，抱起她就往公社医院跑。

大夫见状，很是吃惊。问了情况，就皱眉问抹儿：

"她是你的媳妇？你怎能让她怀孕呢？"

抹儿无言，急得搓手跺脚。然后说："怨我，怨我，都怨我。"那眼泪就下来了。又听得产房里小女人的鬼哭狼嚎，更急得不知怎样才好。一位男大夫走出来，一脸的汗水，眉头紧皱，他问明白了哪个是产妇的爱人，就问道：

"你说吧，要大人还是要孩子？"

"我都要！"抹儿抓住大夫的手，脱口而出道。

"你都要？"那大夫火气很大地骂他，"我看你是头活牲口，我怕你一个也要不成呢！"

"那就保大人吧。"抹儿差一点就给大夫跪下，"您行行好，您千万行行好啊！"

那大夫冷冷地回了产房，抹儿的心就一下子提到嗓子眼儿上。产房里小女人的嚎叫声又一阵阵传出来，抹儿心里就如斧劈刀绞。

令人心碎的叫声渐渐衰微，以至连痛苦的呻吟也终于全消，大夫就垂头丧气地走出来，告诉抹儿说：

"抱歉，大人孩子，一个也没能保住。"

抹儿顿时目瞪口呆，硕大的躯体，当即就瘫倒了。

抹儿料理了小女人的丧事之后，便只身远行，谁也不知道他到了什么地方云游。若干年后他回过一次家乡，听说他在北京当了泥瓦匠，口袋里很是攒了一点钱财，热心的六婶就张罗着给他介绍了一位新寡的小学教员。原以为这对品貌相当，年龄般配的夫妻，在经历了各自的不幸之后，会和睦相处相偕到老的，不料成婚仅一年，抹儿就把所有的家产交了那当老师的，并同她办了离婚手续，再次只身出走。他最近一次返归故乡时，是开着一辆拉达牌小汽车回来的。他说那是他的私人汽车。他在北京筹建了一支建筑队，这次回乡是专程来招募工人的。六婶当然还是关心着他，说若他愿意，这村上的姑娘他可以随意地挑。抹儿就苦笑，且摇头："够了，够了，试过一回，就够了。"

他的话很有些含糊。"试过一回"，是指哪回？"够了"的是他的初婚；还是他的再婚？但六婶似乎是明白了。她向所有求她去给抹儿做介绍的女人说："别打抹儿的算盘啦，这一辈子，他是不会再娶媳妇的了。"人们都不解，六婶说："他的心，跟那个小瘫子一块堆儿埋葬了。"

在古师傅的小店里

一

一大早，他就起来把小小的理发店里里外外打扫了一遍。他把店里的水泥地面用墩布擦得恨不能照见人影，又在店门前的青砖地上泼了几桶清水，免得尘土飞扬，扑爆到顾客身上。手艺人不但得讲手艺，还得利落洒爽，让人觉得舒坦才是。他一向是这么教导他的弟子们的，现在几个新徒弟不也陆续地来了吗？擦门窗玻璃的，擦镜子的，一个个忙得团团转。是的，还得点上几支芭兰香，驱驱屋里闷了一夜的臭气、潮气，让顾客们一进店门就浑身清爽才好啊。

他是谁呢？题目上所写明的"古师傅"吗？是的，正是他。但题目上这样写是为了郑重，而在 H 县城里却根本没有人这样叫他。无论男女，不分老幼，一律喊他"小古"，既不冠以"老"字相尊，亦不缀以"师傅"相敬。"小古"，就是一个干干净净的、响亮亮的、脆生生的"小古"！

H 县城通例：称上些岁数的人为老 X，叫年轻点的为小 X，对那些身高体壮的魁伟大汉，一般唤作大 X。但小古并不小，正像一切通例都常常又有特例一样，小古属于特例中之一例。此人现年六十一岁，膝下有儿有孙，他之所以还不能归入老字辈行列，主要吃亏在他那副瘦小枯干的身架上。十七年前，有一回陆县长到他所在的理发馆去理发，管他叫过一回老古，他竟半天没闻过味儿来，不知叫的是谁人，招得满屋的人都大笑不止，笑得连陆县长都懵了，以后也就沿大家之积习，喊他小古。

时间还早。他吩咐徒弟们捅开烧水的火炉，自己把十几把刀子收拢来，在牛皮带上一把把"背"着。"工欲善其事，必先利其器"，字怎么写他不知道，意思他明白，五十年前他学手艺的时候，那位结结巴巴的天津卫师傅就是这么嘱咐他的，他记了一辈子。

"哈哈，小古——"一个三十多岁的小白脸大大咧咧地闯进来。他噏噏鼻子，赞道："好香，好香，又干净，又利索，小古真能干。"

小古瞥了他一眼，放下手里的活儿，上前招呼道："崔科长，这么早来，要出门？"

"嗳，"小白脸拍拍脑瓜，"给咱吹吹，帅着点，我要出差上湖北。呵呵，这回我得给您扬扬名，我当活广告，把您的手艺吹到湖北去，没准湖北佬会坐火车来找您理发呢！"

"扯臊。"小古翻了小白脸一眼，就让他坐了，然后动手给他吹风。吹风机呜呜地一阵响，一股烘烤发蜡的气味便混合在芭兰香的香味之中。

"不是我当面夸您。"小白脸盯着镜子里渐渐光亮起来的头发说，"您这手活儿，就算进了京，也得数这个！"他竖起大拇指，冲小古一比画。

"扯臊，扯臊。"

"北京我试过，活儿糙，好歹拿推子给你走两遭，拿吹风机一吹，齐不齐一把泥，糊弄人。"

"那倒是。"小古用梳子把崔科长头顶上的头发撩起来吹着说，"咱混了一辈子，就靠实在。"

"是吧，我没说错……哈哈。"崔科长的小白脸笑起来尽是坑。

说到手艺，崔科长这样恭维小古倒也并非全是虚情假意，他确确实实是 H 县城里最著名的理发师。在这么偏远的燕山深处的小县城里，理发行业的所有重大技术引进，无不经过他的手；所有重大技术突破，无不有他的功劳。H 县城里老一辈男子汉们，从和尚头变成小分头是始于公元 1950 年，那第一个会理分头的不就是小古吗？1953 年，不知从哪儿兴起来的乌克兰头——俗称"一边倒"，H 县城里的那些赶时髦的小伙儿们，哪个不是经过小古的手，把一边的头发推光，而把另一边的长发帅气地甩搭着的呢？1958 年，一切都兴摆擂台的那阵子，谁不知道小古师傅，一个小时推了八个头，连刮带洗让人个个满意的呢？全县一百〇八位师傅中，他独占鳌头。第一个会使电推子的是不是他？头一个敢用吹风机的是不是他？至于做女活，给女同志烫发，至今 H 县城里也找不出仨，而其中一个就是他。

这时候，来理发的人逐渐多了起来，临窗的那张长条椅上坐了一大溜。

"哪位是小古？"一个山里人打扮、说话大舌头的庄稼汉问。

"我。"正在替崔科长把额上的那绺头发吹起一个凸包来的小古没回头应道，"您有啥事？"

"唔，就是您吗？"庄稼汉摸着脑袋继续用大舌头说，"请您给俺来来。"

庄稼汉在长条椅上挤了挤坐下，掏出烟荷包要抽烟，他身旁的一米九的半截铁塔似的大个子，县篮球队里的愣中锋便问：

"老哥，咋还点名道姓的？赶上哪位就让哪位理嘛！"

"俺不，"庄稼汉把烟袋咬在嘴上，翻愣着一双大眼珠子，"这老远来，就是特为找小古给来来的。"

"要娶儿媳妇，还是出远门？非得把头理漂亮得出格？"

"啥也不为。"大舌头往地上啐了一口唾沫，随之用踢死牛的山鞋又去踩踩，"花钱得花个值，心里落个痛快。"

大个子眼珠子盯着庄稼汉，琢磨不透这山里人心里是咋想的。

"谁来?"小古师傅的徒弟，漂亮的小王拾掇完毕招呼着。这小伙子眉清目秀，说话和气，平日的上活率是仅次于小古师傅的。排一号的秃顶老汉，瞅了小王两眼，不大甘心，但也没有别的办法地走过去。是的，他并不求理得好看不好看，反正头顶光光也没有几根头发好理，但是他喜欢小古师傅理过发后捶捶打打那几下子，那几下子，推、拿、捏、摁、捋、打，会让你浑身上下每个关节都舒坦半天，可惜他排了个一号，小古师傅让根本就没有排号的崔科长占去了。

"该哪位?"小古师傅的另一名徒弟玉秀也开始做活儿了。这姑娘生得亭亭玉立，少言寡语，做活细致，名声也是颇佳的。

二号是一位小古的坚定的崇拜者，四十岁的县中外语教员。他装着没有听见玉秀的声音，闭着眼睛装睡觉。

过了一会儿，没人答音，愣大个儿环顾四周，翻翻自己手里的牌牌儿，笑嘻嘻地说道："没人儿，那我五号就不客气了——"说实在话，大个子上这店里来，奔小古的心并不切，他们球队里十多个人清一色的都是小平头，像模子里抠出来的一样，让谁理都差不多；倒是这玉秀却常常记在他心上，俱乐部里赛篮球时，观众里只要有玉秀，愣大个冲锋陷阵起来就格外有个愣劲。

"呵呵，湖北有事吗?"崔科长那边已经进行到最后的工序了，"要捎点啥，只管说，能办的，我都给您办来。"

"扯臊，"小古在心里说。他记得这样的话崔科长每回来光顾时都要说的，可结果东西一回也没捎来。现在小古早已明白：这不过是句寒暄话罢了，就像人们见面时常问"吃了吗"一样，你千万不要误解他一定要请你下馆子。他没理崔科长的茬，只是说："崔科长，您走好，下回再来。"

崔科长正要往外走时，门外慌慌张张地跑进小古师傅的第三个徒弟小惠。

"师傅，师傅……"

"有话慢说。"小古师傅最不喜欢这种毛手糙脚的样子了，手艺人靠的就是精细，哪能整天家里着火似的呢？

"师傅，"小惠喘了几口气，让自己略为平静点说："来电话了。"

"哪来的？"

"局办公室。"

"啥事？"

"说是有一位美国人要来理发——"

"啥？"小古目瞪口呆地举着推剪，半天推不下去。

二

这确是一个不同凡响的消息。屋子里所有的人几乎都骚动了，不要讲这间陈旧狭小的店铺，整个 H 县城来过的外国人也是屈指可数的。装睡觉的县中教员睁开了眼；山里来的那位庄稼汉使劲地眨巴眼睛瞅报告消息的小惠，那神色和一个审讯走私犯的警察不会有多大差别；崔科长一脚门里一脚门外地又转回来，冲小古打了个响舌，喊道："小古，我就知道您运气该到了。行啦，这回连美国人都知道您了。说不定过几天大相片就能印在洋画报上，要是里根总统高兴了，没准也要来找您试巴试巴呢。"

"扯臊！"小古已经开始给县中教员围罩巾。他是个本分人，不喜欢小白脸没边没沿的瞎扯，但是，他心里也在犯嘀咕：洋人跑这儿来理的哪门子发？

"哈哈，您要交洋运了！"崔科长还是不肯离去。"小古，美国人腰粗得很，票子哗啦啦的有的是，又是烟、又是酒，伺候好了亏待不了您。"

"扯臊！"小古扭头瞪了他一眼，"您大小是个干部，咋净瞎扯！"

"不是瞎扯！"愣大个子一脑袋胰子沫，转过头来用大嗓门儿嚷，"崔科长，您走南闯北见多识广，一准知道，美国人卷烟纸都使票子。上回我在北京碰上了一大群，个子愣大，一色的跟我这么高，还都是女的，浑身那个香气，冷不丁地一闻，得冲你个跟头。"

县中的那位教员偷偷地抿着嘴笑，山里的庄稼汉却听得如痴如醉。这时，他蹲到长条椅上诡谲地问："那么，美国人进来的时候，咱们后腰上都得支上一根顶门棍啊！省得不防备摔折了胳膊腿的。""别瞎咧咧了行不行！"在小王那边理发的秃顶老汉张开没牙嘴道，"我就不信，会有那么大劲！""得得，算我没说。"玉秀把愣大个的脑袋扒拉过去继续理着，大个子无法同庄稼汉和秃顶老头分辩，只好仓皇撤兵。"咋办吧，师傅。"小惠仍然站在门口。他的任务似乎还没完成，大有一种百爪挠心似的不安之感。

"呃——小古——"门外先是传来几声手杖戳地的笃笃声，尔后门帘一撩，一位身体佝偻、头发雪白的清瘦老翁便出现在店门口。

"呕，陆县长！"玉秀眼尖，头一个和来人亲热地打招呼。"您老好。"小古趁调洗发剂的时候，笑嘻嘻地同白发老翁寒暄着，"您来得正好，正好给帮着出出主意吧。"

陆县长毕竟是县长。在长条椅上挨个的几位往里挤了挤给他腾了座，山里人还用大手把条椅上他踩过的地方擦了几把，那个正在尽情享受玉秀手艺的大个子也冲着镜子瓮声瓮气地和老人打起招呼。但是陆县长并没有在长条椅上落座，他拄着手杖，径直地往墙犄角的全店唯一的一张旧藤椅的方向走过去。倒不是陆县长架子大，不甘与平民百姓为伍，而是因为那张旧藤椅是他的"专座"。正像人们常说的，"专家""专列"是一样的。

崔科长悄悄地溜走了，没敢问一声："陆县长，我去湖北，您捎点啥吗？"这也难怪，"文革"期间，他斗陆县长斗得太苦了。尽管陆县长并不计较，他却总觉得面子上过不去，溜走比闹个没趣更令人舒服一点。

机灵的小王已经替秃顶老汉理完了发，剩下来的工作是要像他的师傅一样地为秃顶的顾客捶打几下了。他笑嘻嘻地给陆县长斟了一杯茶，县长双手拄着手杖，坦然地冲小伙子点头致谢。

"您给出个辙吧"小王替他口讷的师傅求道。

"出了什么事？"陆县长捋捋两绺清须问。

"来了个美国人，要上这店里来理发。"县中教员正在系领扣，远远地告诉陆县长。

"唪——"陆县长也是惊诧不已地唏嘘着。沉了片刻，才吐出一句："这倒是个值得好好研究研究的问题——"这位陆县长早已解职赋闲，因为和小古的友谊，常常到这店里来坐着聊天。这老人平易、热心，又满腹经纶，有他在，凭空倒也添了不少乐趣，人们都不烦弃他。"文革"期间，县委领导一个不落地一窝端了，身为民主人士的陆县长虽然逃避斗争于一时，随着斗争的深入，到底还是让"革命造反派"掘地三尺挖出来了。拉出来示众那一天，除去找到他爷爷一辈曾在山西放过一任知县，出身地主家庭之外，"造反派"并没有抓到他什么真正的罪名，研究半天，最后还是当时的"文革"的头头，现在的物资局里的崔科长发现了新大陆。

"看，他那头，整天光溜溜的得擦多少油！"

"对，一个老不正经的，六十多了，还往头上擦油！"于是是群众大会上，人们便以陆县长梳得光溜溜的头发为突破口，逼他老实交代他的卑鄙动机。

"不，不。"那天陆县长心急如焚，热汗直流，他认真地分辩道："鄙人，自幼养成蒙头睡觉之恶习，清晨起床，蓬头垢面，难以见人，常借水以梳平——"说到这里，他用袖子抹了把额上的汗珠，执拗地摇着脑袋否认道，"并非使油，并非使油……"

这分辩当然是无济于事的。小白脸崔某人环顾四周，发现了小古，便高声喊道："他不老实没关系，小古，你来证明一下！"

"证明啥？"

"他每回理发时，是不是使油？"

"扯臊！"小古从没在大庭广众面前说过话，干瘦的脸儿却涨得通红，"陆县长，人家从来不使油，我劝他使，他都不依……"

这证明同样是无济于事的，不仅陆县长华发照旧落地，牵连到小古的小平头当中间也遭了一推子。他被圈进了黑帮室，三天以后，"造反派"忽然觉得把一个剃头的和县长们关在一起太高抬了他，就又把他的铺盖扔了出来，事情就乌七麻黑地了结了。

"唉，非亲非故，您何苦为我受这几日苦楚？"从黑帮室出来那天，陆县长偷偷地向小古表示歉意。

"我啥也不为，"小古说，"我瞅着他们试气人！"

友谊就是这样开始的。直到今天陆县长也还常常跟人说："非亲非故，见义勇为，小古可引为至交也。"

小惠还在转磨磨，时不时地挠头嘟囔："一会儿那个美国人来了，让他坐哪儿啊，咱就一把藤椅。"他这话是说给陆县长听的，他希望这位赋闲的老翁知趣点，赶快走开，可陆县长双手按住手杖，闭目稳坐藤椅上，大有安营扎寨之意。

"其实，美国人倒是挺随便的。"县中教员对着镜子照了照，满意地说道。

"他随便可以，咱不能轻心。"小惠还是发愁，因为是他接的电话，他总怕接待不好，将来责任落在自己头上。

"……美国人可爱跳舞了，拉着大闺女就扭、就蹦，一上劲还要亲一口。"愣大个子在跟他的心上人女理发员交谈。他像是刚刚从美国考察归来，在这一方天地中属于美国通之类的人物，"他们系腰带解腰带都按电钮，要想脱裤子了，'叭'地一按，腰带也就'背儿'地一下开了……"

他很替这家小店里的唯一女同胞担心。不幸，他的好心却未能获得如期效果，漂亮的玉秀只是一个劲地捂着嘴笑。

小古收了县中学教员的款，又给陆县长的茶碗里续了水，很郑重地请示陆县长道：

"陆县长，您看，怎么好呢？"

陆县长睁开眼，端起茶碗，吹吹茶碗里飘起来的茉莉花，若有所思地说了一大串小古并不懂得的文话："依我的愚见，自然而不失礼，热情并不献媚，从容大度，不亢不卑，是为得体……"他还要说下去，小惠不大耐烦了，阻拦道："得、得，您老好好地歇着，喝茶吧。"

三

美国人终于来了。

谁也没想到，由县商业局办公室主任陪同来的美国人竟是一个身体和小古差不多的又瘦又小的干巴老头。这不仅使那位山里人十分失望，也使县篮球队的半截铁塔大大地栽面子。

然而到底是美国人，大个子还是不由自主地站起来，小惠也跑上去又接提包又接衣服地表示对客人的欢迎。

光溜溜鼓槌一样的小脑瓜，密匝匝修剪得齐整的一字胡，这是一位保养得十分良好的白种人，穿一件浅蓝色的运动衫，裤子也并不太特殊，跟 H 县城里最时髦的小伙子，花六元钱从地摊上买的劳动布港裤差不多，只是鞋稍稍两样，小古怎么看怎么像戏台上《打渔杀家》里的萧恩穿的那路鞋。

这个美国人走进小古的店里，面对着一群陌生的中国人居然站也不是坐也不是，手足无措。幸亏县中的外语教员还没有走，他主动地上前来打招招呼：

"塞特当，卜利斯——"

美国人蓝眼珠一亮，十分感激地点头表示感谢："三克油，三克油——"

山里人给他腾了个地方，美国人就坐在长条椅上。

陪同美国人一起来的主任刚学英语，只能应酬面前的几句话。他告诉小古说，翻译随另外三个美国商人到地毯厂去了，来店的美国人夜里睡觉落了枕，听了商业局长的劝告，要来找小古理发和捏拿，局里的意思原本要请小古到招待所去，而这个美国人却像他的同胞们一样，有着好奇心和探险精神，执意地要亲来小古店里领略一下东亚的风光。

"咋办，师傅，就让人家坐长条椅挨个？"小惠借拾掇工具的机会，凑近小古，悄悄地提醒他的师傅道。同时也恶狠狠地把目光投向那位占着藤椅不走的不知趣的陆县长。陆县长精神抖擞地东瞅西望，他在静观默察，情致颇高。

"说啊，师傅！"

"说啥？"小古对徒弟的着急大不以为然，"在咱们中国的地面上，就照咱的规矩办吧！"

"啧，啧啧……"小惠不快地嗑着牙花子。

山里人掏出烟荷包，自己卷了一支烟，谁也没注意，他把那支烟递给美国人了，而谁也不会想到，那美国人居然接了过去，点上，抽了。天啊，"喀，喀……"呛得那美国人连连地咳嗽起来，眼泪都流了出来。商业局办公室主任很不满意那山里人，可碍着面子也不好当即批评他。美国人咳嗽过了之后，叽里咕噜地冲山里人说了一串话，然后看看主任，等待他翻译。主任一时翻译不出，很尴尬，求援地向县中教员甩下头。吓得山里人直发毛。

"没事。"县中教员翻译道，"他说谢谢你哪，他说你烟好厉害，跟古巴、墨西哥的烟叶差不多，他说他许多年没有抽这么厉害的烟了，受不了，他想请你抽一支他带来的烟。"

美国人掏出一盒香烟，让长条椅上的人每人拿一支。山里人抽了，他觉得香是香，但不够劲；半截铁塔拿了两根，抽了一支，放到耳朵上边夹着一根，笑嘻嘻地吹了一个烟圈说："好香，这得搁多少香精啊！"

"该谁？"小古把椅子上的发屑弹干净，向挨个的问。

该山里人了。山里人挺为难。那位美国人紧贴着他坐着，另一边是那位绷着脸的办公室主任，仿佛一边安了一颗定时炸弹，他觉得喘气都不大痛快。

"呃——我不忙。"他的大舌头翻动着，向小古说。他愿意让美国人先理，自己宁肯往后挨挨。

"不，该你，你等了半天了。"对于专程跑来理发的一身土气的山里人，小古心里有一种说不出的感激。"人家瞧得起咱，咋能让人家蹲冷板凳？"他想。

山里人掖巴掖巴烟荷包，过去了。

"主任，"小古悄悄地跟主任说，"这位美国客人，让小王给他理吧，小王那边马上腾出手来了。"

"啥？"紧绷着脸的主任说，"人家奔老的来的，你让少的上，合适吗？"

"小王比我强咧，真的。"小古一脸笑意，"不信，你让客人试试，包管他满意。"

主任还要争议，可巧小王那边喊了："下一个该哪位？"小古便向美国人做个手势，示意请他过去。美国客人倒不像主任那么重老轻少，论资排辈，站起来，痛痛快快地就，走过去了。

"师傅——"眉清目秀的小王吓得嘴唇都哆嗦起来："师傅，您给他——您给他理吧！"

小古一脸的不高兴，狠狠地瞪了他的徒弟一眼，竟没有搭理他。"没出息、没出息。"他想，"洋人不也是人吗？头发长了也得铰，脖子落枕也得治，怕个啥哩？手艺人，你管做好手艺就是了，战战惶惶地像个啥模样？"

然而他没吱声，却一边给山里人围着罩巾一边问："老弟，跑了几十里山路，特为剃一个头？"

"不瞒您说，"说话大舌头的山里人把声音压得低低的说，"俺明天要成婚了，四十二岁，属兔的，打了半辈子光棍……"

明白了，这样的事，开春以来小古碰上了几件了，他心里一窝一窝的，不知是同情还是高兴。

"师——傅——"小王凑过来央求，"这……"

"您是喜事，"小古继续对山里人说，"我得吃您的喜糖——"

"唔，有，有。"山里人说着就掏摸口袋。小古哈哈大笑起来，笑完了才说："不忙、不忙。理完发，咱消消停停地吃，咋样？"然后冲求饶的小王一拧鼻子，悄声道："做活去！啰唆什么！"

小王只好硬着头皮回到自己的理发椅旁。玉秀在一边吃吃地笑，她对小王说："跟师傅赛一赛吧，他早说了，你超过了他，信得住你，才故意让你上阵哩！"

十五分钟以后，原本头上顶个鸡窝样的山里人简直变成了另一个人。小古给他理得分外精细，推底儿，齐茬儿，洗发，刮边，剃胡子，最后擦上发蜡，拿吹风机一吹，一个神采奕奕的山里人，便恢复了青春。小古对自己的作品也似乎格外满意，左瞅右瞧，啧啧地称赞道："新郎官，一表人才哩，再换上套涤卡中山装，演电影去都行了。"

山里人咧着大嘴闭不上，通红着脸对着镜子瞧。

"哎，"坐在长条椅上不走的秃顶老汉说，"新郎官，端详够了，得请我们吃糖哎——"

"唔。"山里人恍然大悟地说，"俺有、俺有。"他站起身，从兜里掏出一把糖块，先给小古，小古也不客气，挑了一块含在嘴里。山里人实实在在，把糖一一地分给了屋里的素不相识的人们，当他把糖块送到也刚刚吹完风的美国人身边的时候，他愣了一阵，但是，他还是勇敢地递过去，县中教员又对美国人咕噜了一阵子，美国人便围着白罩巾站起来，双手打拱，一个劲地说"三克油"，然后就把一位四十二岁的中国山区农民的准备新婚的喜糖送进自己嘴里。

糖分完了，旁人们的视线又重新回到美国人那边。只见小王一会儿捏，一会挌，一会捶，一会揉，把个美国人的后脑勺、脖子、肩膀折腾了个溜够，直到那个美国人前后左右地转脖子，又叽里咕噜地说了一阵子，才算放手。

"歪瑞固得，歪瑞固得——"

又用得着县中教员了。他翻译道："他说非常之好，非常之好，谢谢师傅。"

"不用，不用。"一身汗水的小王，获得大赦似的了却了一块心病。

"阿尔油小古！"美国人问小王。

"你叫小古吗？"

"不，不。"

"他是小古的徒弟。"县中教员回告美国人。

"乎依斯小古？"

"哪位是小古呢？"

于是小王便指着自己的师傅介绍给美国人说："他就是我的老师。"

美国人蓝眼珠一闪，大步走到小古跟前握住小古的手使劲地抖着，比比画画地说了一大片小古听来像吵架一样的话。

"他说，"县中教员翻译道，"你的徒弟，如果在美国，年薪可以拿五千美元，他是一个出色的理发师，是手上有魔力的理发师。因此，你这样的有造诣的理发名手，是可以著书立说，做专家的，年薪拿到三万美元是不成问题的。"

"咦——"半截铁塔惊叫起来。

"扯臊，扯臊。"翻译一完，小古便矜持地笑道："我要那么些钱干啥使，拿票子卷烟抽吗？"他又连连地扑棱着脑袋说："没用，没用。"

这时，小王缓过劲来了，一直心里不踏实的小惠，大概也平定了许多，他俩和玉秀一起走到美国人面前，笑呵呵地说道："欢迎您再来。"

美国人付了款走了，随之山里人、县中教员、半截铁塔和秃顶老汉也相继离去。而那个小白脸的崔科长，却急惶惶地不知从哪儿跑回来，一进门就没头没尾地冲小古喊：

"小古，钱……"

"啥钱？"

"你收了那个美国人多少钱？"

"三角五。"

"唉！"小白脸一拍大腿，惋惜地说："傻瓜，美国人花钱跟泼凉水似的，你干吗不多要点？"

"扯臊！"小古大不高兴，转身回到他的理发椅子那边，鼻子不是鼻子脸不是脸地冲小白脸说，"亏你还是国家干部，除了钱，你还认得个啥？"

一阵笃笃的响声，陆县长拄着手杖往外边走着，小王、玉秀上来搀扶相送时，老人又停住了脚步，他一手拄手杖，一手伸出来，竖着大拇哥冲小古念念有词道：

"相交十五载，始见真面目，小古高人也，佩服！佩服！"

"老伦敦" 其人

一

"老伦敦"卷铺盖卷不干了！

在 H 县城，这消息远比阿拉伯世界某个酋长国发生了军事政变更令人震惊，一种不无遗憾而又神秘莫测的气氛笼罩在一些上了年岁的人们心头。他们难以理解像"老伦敦"这样难得的人才何以还会让他卷铺盖卷呢？而且，真的不干了，他所留下来的空白，还会有什么别人能够填补吗？虽然地球照样转动，女人照样生孩子，树木也照样会生长，但是，毕竟有他和没他不一样啊。H 县城里一位彗星般划过天空的名人，就这么彗星般地倏忽间便消失了吗？遗憾！真是全城全县的遗憾啊！

别处不知怎样，H 县城的居民们颇有一种偏爱"老牌号"的执拗心理，文物字画不必说，自然是越老越值钱，就是房屋亭舍，大家也认为是旧时的好。文化馆占用的那座明朝修建的文庙，尽管已经破旧

238

得墙歪脊塌，人们也还是时时地夸奖它。"瞅人家那门窗木料，多凿实；墙也厚，冬暖夏凉，住着也舒服。'民国'三十二年闹地震，好些房子都坍了。人家纹丝没动！"甚至连一顶呢帽，一件大衣，一双志愿军时代的大头鞋，大家有时也感慨。"解放初，那呢子比现在的厚，鞋也比今天的结实。""这阵儿兴的大衣刚到膝盖，过去讲究盖住脚面，那有多暖和，也气派！"感慨之不足，人们还要联系到实际，于是接下来便是以抨击时弊而终了。

不知"老伦敦"是不是沾了这"老"字的光，反正他一出山——以六十二岁高龄出任县中英语教员——便立刻博得 H 县城老一辈人的齐声喝彩。

"是哩，人家是全县头一个懂洋文的，听说会四国的洋文呢！"

"当年，他跟洋鬼子拉呱，一拉就小半天，哇里哇啦，没个打奔儿的时候，那叫溜嗖！"

是的，"老伦敦"既是 H 县第一个（同时也是唯一）懂洋文的人，又是第一个（同时也是唯一）和洋鬼子打过交道的人，由他担任县中的英语教员，真是顶合适不过了。这和请来郎平教打排球，侯宝林来教说相声，或者请郭兰英来教唱歌有多少差别呢？行家里手，把娃子们交他培养，爸爸妈妈高兴，千家万户放心。

在 H 县城，凡名人必有外号，似乎无外号便不配为名人。名以人兴，人以名传，最终流传在人们口头上的往往是那未必典雅的外号。"老伦敦"之由来，说来倒怪他自己。当县文教局长三顾茅庐，亲自往小刘庄去请他出山，"帮全县人民一回忙"的时候，他先是坚拒，后则松动，再后半推半就，终于受不了局长的央求，三盅二锅头下肚，便应承下来。等到脑袋一晕乎，舌头就没把门的了，于是把二十多年间一直憋在肚里的话，全盘端露了出来。

"不是吹，"他抹一把渗满汗珠的秃光光的脑门说，"啥事都得讲真传，不得真传算哪门子真本事？"

"是的，是的。"

"要说我这英文，还真是洋鬼子手把手教的呢！"

"知道，知道。"文教局长就盼着他使劲的吹。

"我那师傅姓王，名叫希思，一口的伦敦话。"他端起酒盅，一仰脖，龇牙咧嘴地说。

"噢。"让酒劲拱得红脸关公一样的文教局长笑眯眯地应承着。

"英文分英音美音两种，懂吗？英音当然是英文的老根儿啦，而伦敦口音又是英音的标准语，就跟咱中国人认北京话是一样的。所以要学英文，正儿八经的英文，非学伦敦音不结。"

"噢。"局长只剩下点头的份儿了。

"不瞒您说，算您运气；过几年我要是一命归西，再找我这样伦敦口音的当老师，难了。"

"是哩！是哩！"文教局长喜得长寿眉直呼扇。

至于文教局长回去又如何替他大肆吹捧，内中情景就不甚了了，反正"老伦敦"那名号就是从文教局院里吹出来的。不几天，"老伦敦"也就意气风发地往县中报到上班去了。

不幸，H县城里年龄大些的人知道伦敦乃英帝国之首都者，人数并不多，所以当一些熟悉的人获悉城西小刘庄的常常进城来卖硌窝鸡蛋的老头，忽然间被请到城里来当教员时，大家便纷纷想起他三十年间的不得安生的历史——当过小学教员、赵家老铺跑堂的、洗澡塘的看门人，受过八年审查之后成了副食商店的站柜台的，直到去年才退休——于是，便误以为那"老伦敦"是"老抡搭①"不禁替他慨叹道：

"唉，不易啊，受了一罪子抡搭啦！"

"可不，要不就叫'老抡搭'了吗？"

"可惜了的，装了一肚子英文，今儿个才用上。"

不管怎么着，"老伦敦"已经被H县城的同胞们刮目相待了。这是真正地，切实地，在大家心中不折不扣地落实了政策的。在他从校

---

① 抡搭：北方话，受折腾之意。

园里走出来，簇拥着一群活泼可爱的孩子，志得意满地穿过县城大街的时候，很少有人不驻足称赞。金子埋在沙里也会闪光的，被深埋、冷藏了若干年的他，如今鞋上挂灯泡，成了这一方天地里的明（名）脚（角）啦！

二

闭塞偏远的 H 县城的闭目塞听的居民们，有着一种特殊的兴趣和本领：这就是打听消息加传话。一传俩，俩传仨；你加进一点，他添上一点，传来传去就面目全非。即此一端，足可证明，即使是刻在简上、碑上，或者印成了书籍传世的野史，也不能轻易地作为史料用。

"算咱 H 县有福，"有人说，"从伦敦回来二位老华侨，那英语呱呱的，正赶上咱县缺懂英文的，县政府就求人家别回去了。"

"不对，"另有人纠正道，"听说那老华侨在英国做买卖发了大财，娶了三房英国太太，儿孙满堂，如今上了年纪，落叶归根，光杆一个人回来的。"

当然也有人出面证明："打解放前就见他在这县里混，要回来也是回来三十多年了。"

尽管明白底细的长者一再申明"'老伦敦'根本没去过英国，不过年轻时候在本县的教堂里当过堂役"，也无济于事，大家还是希望他是一位荣归故里的老华侨。从"老伦敦"答应文教局长到他报到上班的半个月中，这样无恶意的传言已把 H 县城的街头巷尾灌满了，传遍了。盛名之下，其实难副。所以，当"老伦敦"正式上班的时候，他其实是处在一种非常困难的情势中。

果然，他让人们大大地失望了。

那一天早上，H 县中校长办公室的窗外围得里三层外三层的，大家像观看出土文物或者天外来客一般地，把贪婪的目光聚射到坐在校长办公室里的长条凳上的乡下老汉身上。

"这就是他吗？"

当大家从校长恭恭敬敬地向老汉敬烟的神情中认定那老汉就是"老伦敦"之后，那一双双贪婪的目光便不约而同地衰败了，颓丧了。

"唉，原来他就是这模样！"

是的，"老伦敦"的模样的确欠雅。上身穿一件原色的白市布对襟小褂，一色的白布疙瘩襻；下穿一条灰布腰便裤，宽大的裤管束在蓝色的细布带里，在脚面之上，形成了两盏灰色的灯笼，脚上穿的是一双圆口的黑布鞋，乍一看去，很容易使人想到那著名的少林寺里的武功师傅。

"瞅那脑袋，剃得多亮！"

"哟，这不是常进城来卖硌窝鸡蛋的老头吗？"有人认出了他，大不恭敬地嗔怪道。

人们仿佛上当受骗一般地把怨气撒在无辜的老汉身上，当然也就要引起另外一些人的不平，所以便争执出来：

"咋的？光瞅模样？肚子里有货就得了呗！"

但是即使抱不平的人也觉得多少有点不理直气壮，毕竟他的样子和人们根据电影上的老华侨所想象出来的样子相去太远了。因此，随之也就有另外的，于他不利的传言出来，只是因为和本文并无大关系，就略去不赘了。

但是，"老伦敦"到底是"老伦敦"。他没有让人们失望多久，上班刚刚一个月，上自书记校长，下到工人学生，齐声称赞，众口皆碑，一时间称誉不迭，名声重新大振。

这局面完全是靠他自己打开的。靠他的美德，靠他的情操，以及靠他的别人无法企及的英语修养。这舆论再传到社会去，H 县城众家长无不感到庆幸，无不深深地感激这位六十二岁高龄的"帮了全县人民大忙"的老人。

"老伦敦"完全没有"奇货可居"的可恶心理。虽然全 H 县唯有他一个通英语的人。他勤劳惯了，一时也闲不住。一天讲课下来，还要自己趸摸点活干。水房没水，他就挑起水桶到井边打水，搞得烧水师傅挺不好意思；传达室兼管印篇子，"老伦敦"就去帮着推油滚子，一帮就是半宿；学生食堂师傅少，只要"老伦敦"没课。他一定跑去帮人家戳窝头眼儿。

"您老这大年纪了，多歇会儿吧。"

"这算啥呢，没说的。"

大家都说，县中算够本了，不但请来一位先生，还捎带着半拉勤杂呢！

他的讲课，实在壮观。一黑板一黑板的德国花体字母，宛若中国书法里的大草，写了擦，擦了写，在纷纷扬扬的云雾似的粉笔灰尘中，"老伦敦"汗涔涔地半天半天地站在讲台上。全校四十几位教师中，数他年龄最大，而一上讲台，全校教师又数他嗓门最高。

他不知道该怎么讲课，只会往黑板上抄写，然后领着学生声若铜钟般地诵读。

"跟我念，"他大声地要求学生，然后就"This is a book——"地独自念道。

"This is a book——"

"亮开嗓门，声音大一点！"他命令道。

"This is a book——"

"还得大！"

他的领读实在是一种陶醉。读到兴致上来，眯缝着眼睛，摇头晃脑，任那汗水沿着额角顺着两颊流淌。在这样的感人的示范之下，孩子们个个勇敢，放开喉咙，地动山摇地跟着高声诵读。常常是甲班完了，乙班接上，凡有英语课的时节，H 县中校园里，真是书声琅琅，此伏彼起，因此也就搅得左邻右舍不得安生。有时，受不了这强烈干扰的其他课程的教师便委婉地来规劝：

"您上课小点声，不行吗？"

"不行，"老伦敦。拿着毛巾连脑袋带脸地胡噜下来说，"英文这玩意分英音美音两种，英音是英文的老根儿，而伦敦音又是英音的正宗，就跟咱中国人认北京话是一样的。所以一小学英文，就得豁着嗓门地大声念，这才能听得见那音正还是不正……"

见他如此固执，别人只好退兵。但是暗下里却叫苦不迭，凡和他同时排课的只好认运气不好，"活该倒霉，总赶上个高音喇叭！"

渐渐地学生们可以较长片断地连读一些课文了。"老伦敦"喜不自胜，不仅讲课更加卖劲，声音也更加响亮；到了极度得意之际，还会在课堂上情不自禁地咕噜上一小段。

"In all things I have shown you that by so toiling one must help the weak remembering the works of the lord Jesus, how he said It is more blessed to give than to receivte"

（"我凡事给你们做榜样，叫你们知道应当这样劳苦，扶助软弱之人，又当纪念主耶稣的话说，'施给比接受更为有福'"）——《新约·使徒行传第 20 章》

可惜，没有任何一个学生听得懂这一串叽里咕噜的话是什么意思。但是从他那笑眯眯的慈爱如老爷爷的眼神中，大家还是感觉到了他心中的愉快，从他那叽里咕噜的含着糖球一般的熟练背诵中，意识到老爷爷记忆力之惊人以及英语水准之高超，于是乎便狂热地报以热烈的掌声。

"盖了！"没听懂一个字的学生们惊叹着。

"盖了！"H 县城的学生家长们听了各家孩子的绘声绘色的描绘之后一致说。

中秋节的晚上——那一年的国庆节和八月十五重叠到了一起——学校组织了一次会餐。狭小的职工食堂里，挤得座无虚席。一张张大圆桌面上，不但鸡杂、羊排骨、猪头肉不缺，连 H 县城极少见到的黄花鱼也搞了来；此外，酒、月饼、梨都管够，实在是丰盛而且实惠。"老伦敦"德高望重，人们轮番地上前敬酒。他是个实心人，凡来者都不拒，连连地喝了几盅，胖脸上便泛起红光，连那光溜溜的脑门也红扑扑亮晶晶的。

"来，我来敬您一杯！"校长举着酒盅走过来，"您来校任教，可帮了我们大忙啦。"

"那没说的。""老伦敦"举着酒盅，眼睛都不眨地说。

"您讲课实在，反映挺好，学校非常感激。"

"那也没说的。""老伦敦"不愿校长继续这么祝酒，主动地同校长碰了一下酒盅，一仰脖把盅里的酒喝下肚去。

但校长本意不全在敬酒，喝了一盅酒并不肯走。他夹了一筷子黄花鱼，放到"老伦敦"的小碗里，又替"老伦敦"斟了一盅酒后说：

"您老上班快一个月了，有句话我一直没得说。"

"有啥您就只管说。"

"不好启齿啊，不过……"校长嗫嗫牙花子，"您看您老的讲课费咋个算法好呢？算您补差好呢，还是算代课？"

"老伦敦"呵呵地一阵大笑，笑得满屋子的人们都把脸转过来瞧他。他笑完了，站起身，又一仰脖，把盅里的酒灌下肚去，咂着嘴，圆睁着一双笑微微的、通红了的眼睛，冲校长说：

"校长，今儿个话说到了这份儿上，我也就不避什么了。我'老伦敦'（不知为何，他本人居然也这么自称！）今年六十二，退休在家，原本逍遥自在；上靠政府，下靠儿女，生活也并不发愁。我来贵校上班，一不图物，二不图利，上班到多咱，咱也是分文不取。只求一口气上不来的时候，四里八乡的乡亲们能说：'老伦敦这老头，还是挺够意思的'，这就齐了。"

他的声音本来就响亮，加上几分酒气，嗓门就更高，而且舌头多少有些发笨，那铿锵的语气中便增添了若干严肃和凝重。他的话音一落，全食堂里便爆发出一片啧啧的称赞声，搞得"老伦敦"自己也耳根发热。

"唔，哪能那样呢，还是公事公办。"校长坚持说。

"您要那么见外，我只好卷铺盖卷回家。我'老伦敦'，虽然贪了几盅，可脑子并不糊涂，刚才说的都是实情。既已亮明了，就那么着吧。"说罢，他冲校长和对他称赞不已的人们拱了一圈手，又朝大伙鞠了一圈躬，在众目睽睽之下，悠悠地扬长而去。

"老伦敦"本来就有极高的人望，这下子威信陡地又升了一大截，喝酒的几十位教职工无不竖起大拇哥称赞他的仗义。而酒后人散，这餐桌上的谈吐，当然也就通过几十张嘴，作为"当日新闻"在 H 县城里传开来。

不过，"老伦敦"绝非完人。缺点、不足、惹人不快的地方也是有的。比如睡觉打鼾就是。尽管每天晚上他都让同室的小伙子早睡一小时（他怕自己先睡，打起呼噜来扰得人家不能入眠），他还是吵得人家半夜里抱着被窝卷跑出去另寻睡觉的地界；不仅同室的，连隔壁那两位教生物的女教师也吵着嚷着找校长要换房子，说是她们房间的纸顶棚，天天晚上呼扇得人脊梁骨冒凉气。

"有那么严重吗？"校长皱着眉头问。

"那当然！"深受其害的小伙子抱怨道，"那呼噜简直不像人打的。"

"那像什么呢？"

"像狮子吼！像老虎叫！"两位女教师喊道。

校长苦笑了。学校房子挺紧，有什么办法？

"将就一下吧，过几天适应了就好了。咱请来这样一位人才来不容易，别嚷嚷出来让人家不高兴。'大行不顾细谨，大礼不辞小让'，有点不慰心的就克服克服吧。要是你们不能克服，就请他搬到我这屋来住，行吗？"

三

作为名人，作为德高望重的长者，"老伦敦"受人拥戴了将近一年光景，然后情况就开始变化。在他任教了大半年以后，谁都以为他使出了浑身解数，连心都掏出来教的学生，一定会在地区英语统考中名列前茅的，谁能料到"老伦敦"教的四个班，会在全区二十所县中里，名列第二十名！而且，将近二百名学生，竟没有一个能达到六十分的。于是乎，舆论大哗，连先前的许多对他的教学深信不疑的人也不能不皱起眉头。

这情况对"老伦敦"本人也是个大刺激。据同室的那个一向被"老伦敦"扰得不能睡好的小伙子透露：统考成绩公布以后，他连睡了两晚上消停觉。可见，心宽体胖的"老伦敦"大概也费了脑筋，走了心思了。

"唉，只怨咱县的娃笨嘛！"H县城里的"老伦敦"的崇拜者们研究并寻找出了问题的症结，"咱山里人舌头硬，学英文费劲！"

但是，同是H县中的学生，如果真的都笨，英语名落孙山，语文、数学成绩为什么能遥遥领先呢？而且"老伦敦"不也是山里人吗？谁都知道他的英文，"和洋鬼子拉呱，不带打奔儿的，那叫溜嗖"！

"那么是咋搞的呢？"H县城还没有形成成立××学会之风，若有，一定会有人出来组织一个专门的研究机构，以深入探讨这次考试失利的缘由。

不少人当然想到了"老伦敦"本人。但鉴于他往日的声望，不好声张；而暗下里的议论却不可免地一天天多起来。

终于，"老伦敦"自己站出来讲话了。那是一天下午，老头子两手粉笔末，面色铁青地跑进教导处，那情景仿佛有什么强人入室夺宝受了惊吓，眼珠子瓷瓷着不动窝。恰好校长也在那里，他就一屁股坐到了长条椅上，气喘吁吁地说道：

"欺负咱山沟沟里的人哩！校长，咱不能咽下这口窝囊气。"

"您老别上火，有话慢慢说。"

"他们懂啥叫英文呢？"憋了半天气，"老伦敦"两只大手捧着秃光光的脑袋叹道，"现在是一切翻转了，让几个毛丫头出题来考我。"

原来，一个参加地区统考后，又抽到地区去参加口试的学生回来说，那个主考官提问题、读课文都跟"老伦教"不一样；特别是把"狗得猫宁"读成"古得猫宁"把"老伦敦"积了多日之气一下子都逗引了出来。他四下打听，始知地区教育局组织的四个出题的人，是刚刚从师范大学英语系毕业待分配的年轻学生，于是乎他就明白了一切。"真是太让人不出气了！"他想。

"您老，听我说，人家地区分析了各校的试卷，建议咱们课上要加强语法部分的教学。"校长说得很客气，他不愿当着"老伦敦"的面，把地区教育局的尖锐批评都端出来。

"嘿嘿，""老伦敦"一俟校长说完，就摇头说，"外行话，纯粹是二把刀的话。啥叫语法？咱小时候学说话，爹妈哪个先给讲语法？哪一个不是一句话一句话教出来的？"

然而，无论"老伦敦"的理儿多么通俗易懂，无论他的论证多么坚决，全军覆没的现实是无法改变的。正因为统考的成绩太差，学生的信仰也就发生了危机。

"老师，您整天领着我们可着嗓门念，那音都对吗？"一个学生在课堂上念烦了，就站起来问。

"对，跟着我念，没错。我今年六十三了，有啥可图的？不就是想把肚子里的东西教给你们吗？你们想想，我能糊弄你们？乡里乡亲的。""老伦敦"绝无愤怒，却极悲怆地这么说。

"可是 Follow Me 里的念法咋跟您不一样啊？"

"Follow Me 是啥？"

"电视里的英语节目啊，老师，您也去看看吧。"

"老伦敦"轻蔑地笑道："不看那行子。看它做啥呢？"过了一会儿，他又若有所思地问："电视上教英文的是中国人还是外国人？"

"有中国人，也有英国人。"

"英国人？"

"是啊，还是个女。"

"老伦敦"恍然若失地沉默了好一阵子，忽然间问学生道：

"英国女人的老家是伦敦吗？"

这一下可把学生们问住了。他们经常看节目，经常见着那位高鼻子的英国阿姨，却从来也没问过，那阿姨的老家是不是伦敦的。

"着啊。""老伦敦"的眼睛里突然间像灯泡亮了似的，训导起他的已经动摇了忠心的弟子们，"这英文分英美音两种，懂吗？英音当然是英文的老根啦，而伦敦音又是英音的标准音，就跟咱中国人认北京话是一样的。要学正儿八经的英文。非学伦敦音不结。"

张口伦敦，闭口伦敦，学生们便想到了他们的老师的赫赫有名的外号，于是窃笑起来。

"笑啥？我这发音是伦敦音，不带掺和的……"

幼稚的孩子们的反叛被平息下去，然而老师的神灵似乎也远不如先前。正像一座泥菩萨被打得稀烂，重新黏合，尽管样子大体照旧，而在人们心目中的灵气却没有了一样。孩子们在想：要是电视上那位英国阿姨口音不正，电视台干吗非请她不可呢？我们的老师的发音是顶标准的伦敦音，电视台又为啥不肯请他去呢？

意识到自己声誉下降的"老伦敦"仿佛一点都不悲观。哪儿栽倒了从哪儿爬起来，他暗中下决心要在下一年的地区统考中东山再起。于是课上更加卖劲，黑板上抄得更多，领读嗓门也更大。帮着挑水、推油滚子、戳窝头眼之类的事一律不干了，白天晚上泡在教室里，督促，辅导，检查，他不相信诚心实意，砸在地上摔八瓣的汗水，会统统变成肥皂泡。"心诚则灵"，"功夫到了自然成"，他是坚信这一类格言的，他要重振军威——真的，连走路都被包围在拥戴敬慕的目光中的日子，真是其乐陶陶啊！"哪怕明年见好就收呢，如今也不能偃旗息鼓"。

然而，校长郑重其事地找"老伦敦"谈话了。这谈话既出"老伦敦"意外，又在意内，他预感到一种不好的征兆。

"您老，听我慢慢地跟您商量，前几天，我到地区去了一趟，专门找了统考出题的四位老师。其中一位姓孙的女老师，地区打算派到咱县来，所以她说话也就不见外。她说，她仔仔细细地分析了咱学生的试卷，也听了学生的口答，她认为，一，您教学生写的字母是老式的，现在全世界都不用了，这得改变；二，她认为教英语不教语法不但没照大纲要求完成任务，而且也不符合学习英语的科学规律；第三，她认为您的发音不准，许多念法都不对……"

"老伦敦"竟然反常的沉静。他所着，嘴角边不时地飘过一丝丝笑意，那是冷冷的，自恃的，多少带着轻蔑的微笑。直到校长把话说完了，他才无奈地摇摇头说：

"说我的发音不正？嘿嘿，教她的先生是什么人？"

"噢，对啦，"校长说，"这意思我也向地区的同志讲了，他们说过去 H 县教会的王希思牧师并不是伦敦人，连英国人也不是，他是黎巴嫩人，后来跑到香港，不过是受英国教会的委托到咱县办过教会，所以，不能以他的发音为正宗。"

"老伦敦"目不转睛地听着，胖脸上一时青一时白，胸脯子一起一伏直呼扇，终于，他克制不住自己，站起来，狠狠地擂着写字台桌面喊道：

"不可能！这根本不可能！"

他在屋子里踱了几圈，然后圆睁着一双大眼睛冲校长问：

"校长，您说一句痛快话吧，您说这些话是啥意思？是打算留我呢，还是赶我？"

"当然是想留您，"校长道，"我们是希望您能改进教学。"

"要留，就甭管我，我该咋教咋教，反正不会糊弄人；要赶，校长，我明儿一早就卷铺盖，我要说出一个不满您的字，算我'老伦敦'不够人味儿！"

"老伦敦"到底还是卷了铺盖了。的确，这位耿直的老汉连一个不字、一句怨言都没讲。只是在吃过晚饭之后，他依次到他教过的四个班教室里去和学生们告了别。

"孩子们，说心里话我把心都掏给了你们。真的，我有啥说啥，从不掺假；我本想送你们到毕业，好好地教教你们。现在看来不行啦。不过也没关系，我家离这儿八里地，不算远，凡想学点真正的、标准的伦敦音的英文的，可以上我家找我去，什么时候都行。纸笔奉送，分文不取，我只求你们将来知道：小刘庄的那个老头没糊弄人。"

说到后来，他哭了。眼泪珠子啪啪地往下掉。据说，动了感情的孩子们，许多也哭了，呜呜咽咽的。

"把那么好的老师撵走了，换了个毛丫头片子教英文，县中忒不识货了。"经过一番对"老伦敦"不大恭敬的议论以后，喜欢同情弱者的H县城居民们又转而为他愤愤不平。

次年，H县中在地区英语统考中名列第十，人们说：

"咋样？还是人家'老伦敦'铺的底儿好吧？"

第三年，H县中英语名列全区第一，人们又说：

"啊，啊……"

老豆腐和杂合面

满城里的知了都发了疯似的"喂儿喂儿"乱叫，叫得人心里又烦又躁。十多年间，除去闹地震那一年外，还没碰上过这么难耐难熬的热天气呢，真邪了门了！

H县县政府招待所所长刘启旺，戴着顶大草帽，推着自行车，往县委大院走。头顶上是晒死人的毒日头，脚底下是一踩一冒烟的干土面，路两边，一色的残垣断壁，砖头瓦块——那是为了展宽街道而决定拆迁的古旧民房。汗水流进眼睛里，扑腾的尘土在他的草帽上、肩膀头上落了厚厚的一层；他心里那股燥热劲，就甭提多难受了。他后悔自己不该推这倒霉的自行车出来，干瞪眼推着不能骑，时不时地还得搬着车子迈过沟沟坎坎。"他奶奶的！"他暗暗地骂道。他是接到县委的电话而赶来的，一进县委大院便哈哧哈哧地奔办公室去。肖主任正在等他，那个一嘴黑牙的老醯儿一脸的严肃、紧张，正儿八经的神气。

"这么热的天，什么急要事，把我提来了？"刘所长汗水如注，湿

252

淋淋的和尚领背心紧紧箍住他一身的松囊囊的肥肉。他从后脖梗子上拔出芭蕉扇，哗啦哗啦地扇起来。

"没急要的事敢麻烦您大驾？"老醯儿的黑牙一闪一闪的。

他们俩久处一地，是老交情了，平日里正事闲事，打几句哈哈，逗几个闷子，没人的时候，来几句难登大雅高堂的下流话是常有的事。可今天，刘所长却隐隐地感到那老醯儿的神色不同往常，他不便先开玩笑，就说："那就有话快说，有屁快放，这么热天，我经不住你瞎折腾。"

"接地委通知，陈副省长明天上午来咱县视察工作，赵书记吩咐，接受上回教训，这回一定要接待好。"

"上回啥教训？"刘所长拍打拍打两只脏脚，蹲到了长条椅上摇扇子，一脑门子的不解和疑惑。

"对啦，还得告诉你，你知道这位陈副省长是哪个吗？就是去年来过的地委陈书记，升啦！"

"噢……"刘所长一知道这陈副省长和地委陈书记之间的联系，就更纳闷了。那回陈书记来视察，接待得够好的了，大鱼大肉管够吃，茅台、西凤管够喝，还要咋着？

"你知道陈书记上回走时咋说？'咱中国人待客就会傻实在，就好像全世界在闹饥荒似的，谁来了都大鱼大肉地喂。我去日本，人家就不这么办，日本鬼子都说，中国烹调，世界闻名，药膳独一无二。药膳，懂吗？说通俗点，就是食物医疗，这是有科学道理的。'这不就是批评咱们吗？领导们见的世面大，山珍海味不稀罕，得想点新鲜点子，药膳上动动脑筋。"

刘所长并未被说服，直着眼珠子半天不吭声。

"回到地委，陈书记总说咱县保守，狭隘，缺乏现代意识，一举例子，就是招待所的伙食，咱们赵书记和县长都替你我兜着呢。所以，这一回，特别关照。"

话一说到这份上，刘启旺心里便敲起小鼓来，眼下，时兴改革，谁愿去拿脑袋顶保守的帽子呢！虽然他心里没通，也不敢再分辩什么，便说道："就这事吗？我回去和大师傅商议商议。"

"对，速去速办，落实下来给我个回话。"

刘启旺蹒跚地走出县委办公室又蹒跚地走回来，小心翼翼地问老醯儿："打听打听陈副省长有啥病吧，要不，药膳咋准备呢？"

"那咋打听啊？反正年岁大，身体胖，总喜欢吃点软化血管的东西，降压消肥的玩意儿，你老兄尾巴尖都白了，能连这点辙都没有？你看着琢磨去吧。"

刘启旺领了任务，回到县政府招待所时，已经气喘吁吁，汗水淋漓，恶心口干，四肢瘫软，他喝了一瓶十滴水，顾不上擦把脸，就赶忙奔食堂找大师傅们商量去了。很可惜，在这燕山深处偏僻的 H 县城里，那一群没有见过世面的、土生土长的火头军们，没有一个是科班出身的，煎炒烹炸，多少会几手，也多半是从上一辈儿照猫画虎学来，没有理论，没有说辞，凑合着能整出一个席来的已属神圣，什么药膳之类，甫说操作，实在闻所未闻哩。这也难怪，历史刚刚掀过填不饱肚子的一页，而填饱了肚子以后的事人们还没来得及考虑呢！

大师傅们听罢刘所长的传达后，一个个大眼对小眼，光顾拿毛巾一把一把地擦汗了。

"吃饭还那么多讲究吗？"一个手持漏勺的小伙子傻呵呵地笑着："大肉片子糊嘴头子，一咬香得一溜跟头，这就齐了。"旁边一个炸丸子的络腮胡子说："还降压减肥，没听说过，再不溜肥肠里给他加几片降压灵？减肥咱没招儿，跑肚窜稀可有辙，来点儿槐树豆子煮煮……"

"混账！"刘所长骂道："给你小子反映上去，不辞了你才有鬼。"他是个玩笑成癖的人，没有人会拿他的话当真，但是无论是小伙子还是络腮胡子，也都没敢继续胡咧咧下去。

"说笑话归说笑话，点子还得赶紧想。上回陈书记来，可就对咱不满意。真的，书记县长们替咱们兜了呢！"

这大概是真实的了，人们想。要不所长连一句逗闷子的话都不讲，虽然汗珠成串，却满脸冰霜。大师傅们不约而同地放下各自手中的活计，沉重地望着僵菩萨一般的刘启旺。

他们无法理解，陈书记还会对他们的招待不满意。竭心尽力，他们把自己最拿手的几道菜统统奉献出来了，像儿子孝敬老子，诚心诚意，厚道实在，咋还能落这么个结果呢？逢年过节，红白喜事，他们常常被人家重金聘请去掌勺的那些最叫好的菜，几乎都给地委书记摆上了，一顿饭上二十四个菜，油多、肉多、量多，没亏过心啊，陈书记咋能不满意呢？

然而，是真实的。他们所长愁眉苦脸，用哭咧咧的声调再一次向他们证明："真的，上回是县里的书记县长替咱们遮了的，这一回，大伙儿无论如何别让我栽了跟头。"

这时候，门房里的小崔，一个办事慌慌张张的小伙子，连跑带颠地闯进厨房来，大老远的就喊："快、快，所长，县委办公室来电话找您，您赶紧接去。"刘启旺估计还是这码事，不敢急慢转身就往前院来，呼哧呼哧地跑到前院，进了门房，抓起电话就喊："喂，是肖主任吗？"电话那头传来的声音仿佛比他更急促："对、对，是我，我说刘所长，刚才我给您布置的事吹啦，就当没说。""咋的啦？陈副省长不来啦？"一霎间，刘启旺猛地想到，也许是陈副省长临时改了主意？那可好了。他马上觉得箍在他心脏外边使他闷压得难受的一个无形的套，好像松弛开来。可是，电话里老醯儿急促声音却骤然地把那个刚刚松开的套又箍紧起来。

"刚才地委办公室来电话说陈副省长的秘书叮咛：明天省长到县视察时，接待不能铺张浪费，不能大吃大喝搞不正之风，陈副省长指示，一天八毛钱的标准，不许突破。要严格把关。"

"你别给我瞎逗行不行？"刘所长抱着电话叫嚷："甭说省长来了，县里开三干会，一帮种地的住县，一天八毛钱行吗？"

"谁跟你瞎逗啦？"肖主任厉言正色的声音传过来："地委的电话说得可坚决啦，你老兄可千万别马虎！"

"八毛钱咋安排，我的爷！早晨馒头、咸菜、小米粥，晌午馒头、小葱拌豆腐，晚上再来顿烙饼卷韭菜，你算算八毛钱够不够开销？再不这么着吧，咱们该咋准备还咋准备，收他八毛钱，不就得了吗！"

电话里马上响起县委办公室主任的山西腔，那严厉的声音里分明透露出无限的焦灼："你老兄胡说些什么？想寒碜寒碜省长？人家省长舍不得花钱？你去找上个月23号的省报看看，地委电话说，那上边有一篇陈副省长罢宴的报道，陈副省长把D县县委批了个鼻青脸肿，到现在检查还没写完呢！现在是啥时候？赶到刀口上，不光是你老兄，连咱赵书记也兜不住噢！话，我可都一五一十不掺假地跟你说了，捅出娄子来可都是你的事。"

刘所长抱着电话，痴呆呆地一声不吭，只剩下喳牙花子的份了。

这八毛钱的要求，真比那药膳更令刘所长没咒念。他不明白当大官的脾气咋都这么没准儿。陈副省长，去年当地委书记来县时，一身深灰色西装，金丝眼镜，红扑扑的脸庞，长得怪和善的；他肚子里学问可多了，无论上哪道菜，他都能说出一串串的道理，而且说的条条都在行，真像一个吃遍了天下的行家里手。比如那海参吧，他就知道，天津做的不如大连，大连做的又不如北京；那海参做出来肉乎乎的是上乘，而要有那肉乎乎的效果，主要技术靠发功。H县县政府招待所做的海参口味尚佳，发功不行。说得刘启旺不得不暗暗赞成。但是陈书记一升成副省长了，一下子竟又变成另一路人，好像下定决心不许人动一点荤腥。所说他是1942年参加革命的，新中国成立后一直在中央某部工作，按说是吃过喝过的。这回来怎么非要死啃那八毛钱不可呢？他顺手从报架上摸过一搭报纸来。翻腾了一阵，果然翻腾出上月23号的省报来，不错，头版头条的消息就是《陈副省长罢宴》，副题写道："端正党风，领导干部做表率"其下是消息正文，措辞严厉地批评了D县县委花了一百九十元零两角钱摆了十六个菜的宴席为副省长接风。他顾不得仔细琢磨读那条消息的种种滋味，只感到那一粒粒粗重的铅字，好像一个个威严的哨兵警告他这位渺小得不起眼的招待所所长。不能以小小的乌纱帽去试副省长的大法。他敢像 D 县县委那样再去试一回吗？但是，如果他真的用八毛钱的标准，拿小葱拌豆腐，或者以烙饼卷韭菜去接待即将光临的副省长，那位副省长就真的会打心眼里满意于他？他不敢往下想，在他的几十年的伺候人的生涯中，还从来没有过这样的记忆。

八角钱！八角钱！憋得人眼珠子发蓝的八角钱，折腾得刘启旺连晚饭都不消停。

人的智慧往往是逼出来的。在刘启旺苦苦地、前前后后琢磨了不知多少遍之后，一个最佳方案终于从他的脑袋里的诸多缝隙中慢慢地钻了出来：对，八角钱就是八角钱，这一条是铁的，可八角钱还得让副省长吃出个满意来，这也得是原则，是不能含糊的另一条。在这样的时候，他不敢偷懒，更不敢掉以轻心，撂下碗筷，就冒着傍晚的暑热，悄悄地到他的至交，那位一嘴黑牙的老醯儿家里去商讨大计。那位乖巧的肖主任，虽然把要求布置清楚了，可心中也未曾轻松，万一那刘启旺凭经验办事，不肯照要求准备，惹怒了陈副省长，县里的头头脑脑脑怪罪下来，无论自己怎么分辩，怕也擦不干净屁股。为一件这样的事卸官丢职，划不来，他本想吃过晚饭就去招待所转一遭的，见刘启旺神不守舍地先跑了来，心里便有了几分踏实。

"唔，我正想去找你哪。"老醯儿先说。

"得了，我的爷，这回完事，给我挪个窝算了。"刘启旺浑身馊汗，进门就找肖主任家唯一的藤椅瘫坐下，"帮我想点辙吧，你说这八角钱可咋办好？……"

英雄所见略同。彼此扯了一阵，双方便都发现在基本原则上，主任和所长不约而同地想到了一块去。

"可八角钱怎么能让省长真满意呢？"

"你老兄甭绕话。你有啥考虑，说就是了。"那一嘴黑牙又一闪一闪的了。

"去走个后门吧，"刘启旺像是要办一件神秘的大事似的。声音压得低低地说："你去给陈副省长的秘书打个电话，摸摸省长的底儿，看他老人家对咱 H 县的土特食品，是不是有什么偏好？"

一到心照不宣的时候，办事效率就大大加快了。肖主任没敢稍息，当即骑上自行车便回县委机关去要电话。不过半个钟头，他就喜上眉梢地回转来。

"通了？"刘所长急切切地问。

"通了。"肖主任泰山笃实答。

"摸准了底儿？"刘所长八字眉一扬。

"摸准了。"肖主任黑牙一闪。

"我的爷，说个痛快不行吗？"

"唉，有了底儿啦就不急。"

自然，他们的情致一恢复，逗、骂、讥讽、说笑也就都复生了。两个人逗了一阵闷子以后，办公室主任才喜不自胜地告诉说："闹了半天陈副省长的秘书还是我拐着弯儿的外甥呢，没这个关系，真的没法张嘴问哩！""行啦、行啦，我的爷，伺候完省长，我再单请你，咱喝啤酒，咋样？""说话算数？""不算数是这个。"刘所长伸出三个手指头，比画了一只乌龟，张着一双厚嘴唇，现出一副诚心实意的憨厚相。肖主任总算把关子卖完，给自己斟了一杯凉白开，慢慢喝着说：

"秘书说，陈副省长经常念叨起咱 H 县来。解放前，他在咱县打过游击，对咱这儿的赵家老豆腐印象挺深，此外，还有农村里的杂合面，省长说，那时候吃起来挺香，瞅不冷子吃一回，跟今天上国宴的滋味差不离。"

"这就中了！"急切切地等着听这句话的刘启旺没有等听完就拍了大腿。

"咱就这么着，"肖主任龇着光闪闪的一嘴黑牙，十分果断地说："老豆腐加杂合面，出了问题算我的。"一到觉得有了把握，人都变得勇敢无比。

258

从肖主任家里出来，刘所长的心境，跟回家探亲走迷了路，忽然间看到了家乡的房舍屋宇似的，已然是"山重水复疑无路，柳暗花明又一村"了，在集聚着一堆堆乘凉人的街道上，这位胖得走路都不顺溜的刘所长，居然有情致喊了两嗓子：

我正坐城楼观山景
耳听得城外乱纷纷

可惜，这轻松仍然只能是短暂的。一回到招待所，他的心马上又皱巴起来。人们告诉他，那做老豆腐的赵家店，爷爷辈早已谢世，如今支持门面，成了传人的孙子辈，又偏偏迁到北京去开业了。至于杂合面，农村里久久不吃，有净米白面的，谁去吃那些玩意儿呢？拿起电话来联系了几个公社，都说这年间，咋还有人专找那稀罕物过瘾呢？

心乱如麻的刘启旺，当机立断，决定向县政府求援。这家伙马不停蹄折回肖主任家，生拉硬拽，把老醯儿拉到机关去，连激带卷，逼着老醯儿把县委书记和县长的车派出来，一辆奔北京，连夜去请赵家店的师傅，一辆奔天津。天津不是有条食品街吗？那儿要是没有杂合面，全中国怕也难找了。两辆汽车星夜兼程，直奔中国北面两座最大的城市而去。刘所长忐忐忑忑忧心忡忡，回到招待所里另做一套安排，以备不测。一个闷热的盛暑之夜，原本就让人无法安睡，坐着没底轿的招待所所长，还能合眼歇上一会儿吗？那倒都无所谓，只要明天一切顺利，今夜熬个通宵也值得。

不知是天无绝人之路，还是派出办事的人格外有办法，反正第二天早晨七点，两辆派出去的汽车，脚前脚后都回来了。不但赵家店的名师请了来，还带回一罐白花花的老豆腐，只要师傅进灶做一锅特殊风味的山鸡汤卤，中午时分是误不了副省长品尝的。天津方面的更顺利。找了熟人，走了后门，人家店里便连夜给取了货。刘所长还以为得回来现加工呢，一见实物，才知道人家早就加工成杂合面的挂面了。一匣匣的，包装在红底金字镶玻璃纸的纸盒里，仔细看去，那面条一根根头发丝般粗细。大概过去叫作龙须面的就是这东西，清朝时候是当贡品进贡给皇上享用的。这天津人也真"卫嘴子"，在吃上头真肯下功夫，不起眼的杂合面，居然也能做成这么惹人喜欢的玩意儿！

这两样东西一到手，刘所长的心里踏实多了。虽然眼珠子有些微微红丝，笑模样到底又回到胖脸上。

忙活了一溜够，临近中午的时候，陈副省长终于光临了。和去年相比，副省长更加气度非凡，齐刷刷的纯自然白发，红扑扑的富态圆脸，金丝眼镜茶色的镜片后边是一双眯起来的神秘、威严，却十分和善的长眼，虽然也穿一件和尚领汗衫，可那色泽、那质地，刘启旺怎么瞅怎么觉得和一位大官的身份相称。陪同他一起去进餐的是赵书记和县长，和副省长相比，他们不但显得稚嫩，而且也带着尚未退尽的土气。一级和一级就是不一样，刘启旺多年的观察，再一次得到了印证，他禁不住地轻轻地啧了一声。

"省报上上月23日的报道我们看了，我们当即组织了县委县政府的干部们进行了学习。省长以身作则，给我们树立了榜样。我们招待所的作风也有改变，过去的铺张浪费的做法一律废止，用餐改成份饭制，今天您来，赶上啥吃啥就是了。"大个子、红黑脸膛的赵书记一坐下来就向陈副省长这样介绍道。

"很好、很好，就应当这样。"陈副省长微微颔首，十分满意地笑道。

听到这个茬口上，刘启旺便甩下了肖主任和陈副省长的秘书，扭过身来向赵书记说：

"今儿个食谱是过水捞面，天热，吃捞面凉快。"

"可以，可以。"没等赵书记表示什么，陈副省长便接过话头来说："跟大伙一样，不必另做。"

"这捞面可是杂合面的，不知省长对不对胃口？"刘启旺毕竟深谙逢迎，这种场合下一定会把话儿说得滴水不漏。

"那好极了！"陈副省长乐不可支，朗朗大笑一阵，冲县委书记道："打游击的年头，我在这里待过，吃杂合面，好极了，我觉得比上国宴吃得还香呢！"

"行，既然省长不挑，就吃捞面。"赵书记满脸笑容，从从容容地这么说。

"您再问问省长，食堂里还有老豆腐，省长想不想尝尝？"

"老豆腐？"县委书记瞅瞅刘启旺又瞅瞅陈副省长，征询地自言自语："老豆腐和杂合面不搭调吧？"

"没关系，"陈副省长笑着摆手道，"我到这里来不是客人，有啥吃啥就是喽，管它搭不搭调哩！"

刘启旺使劲地搓搓厚厚的手掌，厚嘴唇哆嗦着，十分激动地对富富态态的陈副省长说："省长，咱们领导干部都像您这么好招待，国家得省老鼻子钱喽！"

"对的，对的，咱们国家还穷嘛！"县委书记愉快地替陈副省长做了回答。

老豆腐端上来了。一碗碗白花花的浇着琥珀色的山鸡汤卤的老豆腐摆到每一位就餐者面前。陈副省长拿起羹匙，轻轻地呷了一小口，然后闭上眼睛细细地品味着，十来双眼睛几乎一致地注视着面目和善的老人，好像只要他不睁开眼睛，别人就不敢喘气一般。过了许久，副省长才冒出一句话来："纯正啊，这味纯正极了，非有山鸡不会有这野味，非赵家老店，豆腐点不到这火候，好极了。"

"省长真行。"刘启旺长长地透了一口气，远远地抿着厚唇笑道，"一点不错，是赵家店的师傅做的，什么都瞒不了省长的。"

"这一碗该核多少钱？"

"两角吧。"

"到省会去当风味小吃卖，肆角钱一碗会抢光的。"陈副省长睐着

261

眼睛微笑道："你们何不到省会去开几个店，会挣不少钱。怎么样，书记、县长，有困难找我，好不好？"

"当然好，有省长支持，我们何乐而不为！"县委书记说。

至于杂合面的捞面，细节就略去不叙。反正省长吃得十分惬意，谈笑风生中，又介绍了他拒绝 D 县县委接风时不见诸报端的一些情况，末了对大家说："你们这里就挺好，既简朴，又实惠，反映了一种好的精神，好的作风；今后不管什么人来，无论是中央的、省里的、外地的或者外国的，这么招待就行了。"

"对，对。"一片赞同的声音。

一天一夜的紧张和忙碌总算顺顺当当、平平安安地过去了。许多困累，一切奔波，所有的心计，都没有白费，省长不是挺满意地离去了吗？这就好，油滑的招待所所长，油滑固然油滑，却并无野心，他并没有想从一餐饭，一次招待中捞取点什么资本；充其量不过是想讨上司的欢心，免除登报挨批或者为保住卑微的职位罢了。既然这一切危险都不存在了，刘启旺自己也深感满意。他唯一感到遗憾的是那天下午拢账的时候发现：一共用去了人民币一百九十元，较之 D 县县委接风那一席仅仅少花了两角钱。但是，这又算得了什么呢？只要省长满意于此，其余都是微不足道的。